DUMONT

Ohne Freunde sind Max und vor allem sein friedfertiger, etwas mädchenhafter Bruder der Bande um den älteren Tschernik hilflos ausgeliefert. Und so schauen alle zu, wie Max' Bruder eines Tages in die Enge getrieben wird, der Erste einen Stein wirft, dann ein Stein nach dem anderen fliegt. Der Junge stirbt. Auch Max hat zugesehen und aus Angst nicht geholfen. Von den Erwachsenen wird die Tat schnell als Unfall abgetan. Wieder ist Max mit seinen Gefühlen allein.
Wie die anderen Kinder versteht auch Max die Erwachsenen nicht: die tüchtigen Mütter, die unnahbaren Väter, ihre unberechenbare Härte gegenüber den Kindern, ihr Schweigen, wenn es um die Vergangenheit geht, ihr Wegschauen bei Konflikten. Geplagt von seiner Schuld flüchtet er sich in seine Streifzüge in die Umgebung des Dorfes, in seine Beobachtungen der Natur, deren Schönheit ihm Trost spendet. So wie die Molche. Seine Entdeckungen lenken Max ab, bis er schließlich doch zwei Freunde findet – und Marga. Gemeinsam beschließen sie, gegen die Bande vorzugehen.

Volker Widmann wurde 1952 geboren. Er ist Schriftsteller, Berater von sozialen Unternehmen und Veranstalter von Konzerten mit zeitgenössischer improvisierter Musik. Er lebt in Hebertshausen im Dachauer Hinterland.

VOLKER WIDMANN

DIE MOLCHE

ROMAN

DUMONT

FSC
www.fsc.org
MIX
Papier | Fördert gute Waldnutzung
FSC® C083411

Dieses Buch wurde klimaneutral produziert.

Klimaneutral
Druckprodukt
ClimatePartner.com/17531-2110-1001

April 2023
DuMont Buchverlag, Köln

Umschlaggestaltung: Lübbeke Naumann Thoben, Köln
Umschlagabbildung: © Krasimira Petrova Shishkova / Trevillion Images
Satz: Fagott, Ffm
Gesetzt aus der Dante
Druck und Verarbeitung: CPI books GmbH, Leck
Gedruckt auf säurefreiem und chlorfrei gebleichtem Papier
Printed in Germany
ISBN 978-3-8321-6677-9

www.dumont-buchverlag.de

Für Ursel

1

Der erste Ziegelstein traf meinen Bruder am Oberarm. Er weinte nicht, er schrie nicht. In seinen Augen lag ein Ausdruck, als ob er immer schon erwartet hätte, dass dieses Unheil über ihn hereinbrechen würde.

Sie hatten ihn unter den hohen Nussbäumen des winterlichen Parks langsam eingekreist. Vergeblich hatte er Schutz gesucht im Schatten der mächtigen grauen Stämme, in dem schwarzen Schattengeflecht auf dem stumpfen da und dort in der Sonne blitzenden Schnee und war immer weiter in den vorderen Teil des Parks abgedrängt worden.

Den Park begrenzten zwei in einem spitzen Winkel aufeinander zulaufende Straßen, deren eine auf der Ebene der Flussaue zum Elektrizitätswerk führte, während die andere langsam zum Tor des düsteren alten Gebäudes anstieg, wo die Alten des Dorfes verwahrt waren, sodass der Park umso steiler geneigt war und gleichzeitig breiter wurde, je näher man dem verfaulten Holzgatter des Altersheims kam, das ihn am hinteren Ende einfasste. Dort war die Schlittenbahn.

Es bereitete ihnen großes Vergnügen, die Wehrlosigkeit des Jüngeren, seine verzweifelte Ratlosigkeit, seine vergeblichen Versuche, einen Ausweg zu finden, anzusehen. Er hatte seine Mütze verloren, und seine blonden Haare klebten ihm an der Stirn, sein helles verschwitztes Gesicht war voller roter Panikflecken. Sie öffneten die Umkreisung und trieben ihn grölend mit Schneeball- und Astwürfen vor sich her und näherten sich dabei immer mehr der kleinen, sehr steilen Schlittenbahn, wo einige Kinder schon lange nicht mehr Schlitten fuhren, sondern teils voller Entsetzen, teils mit der gleichen Freude, die die Horde der Treiber erfüllte, der Jagd zusahen. Eines von ihnen war ich.

Ich war erstarrt, zu keiner Bewegung fähig, etwas Eisiges füllte mich von der Stirn bis zur Magengrube aus. Was sollte ich tun? Die schreiende Horde, die sich jetzt immer enger um meinen Bruder schloss, das waren die größeren dreizehn- bis vierzehnjährigen Jungen, und der größte von ihnen, das war Tschernik, den jedes Kind im Dorf wegen seiner Brutalität und Verschlagenheit fürchtete. Ich hatte selbst gesehen, wie er einmal auf dem Schulhof ein Spatzenjunges, das aus dem Nest gefallen war, in seiner Faust zerquetschte und über die Mauer warf. Sein Vater schlug ihn jeden Tag. Er war ihr Anführer, und ich stand hier mit kaltem Schweiß auf der Stirn unter den Kleinen und einigen Mädchen, starr, von diesem Eisblock ganz ausgefüllt, aber mit jagendem Herzen. Wie konnte mein Bruder auch nur so ungeschickt sein und sich von diesen Kerlen einkreisen lassen? Hatte er denn alleine, ganz für sich im vorderen spitz zulaufenden Teil des Parks auf seinem Schlitten sitzen müssen, den Kopf im Nacken, um den Schneeflocken zuzusehen, die für Momente durch das schwarze Geäst der Nussbäume sanken? Hatte er denn nicht bemerkt, wie sie zu ihm hinsahen und sich grinsend in die Ohren flüsterten? Er machte immer alles falsch, war immer auf seltsame, unbegreifliche Weise weit jenseits der ungeschriebenen Gesetze der Dorfkinder.

Am oberen Ende der Schlittenbahn war ein gemauerter Bunker aus dem Krieg in den Hang gegraben. Halb verfallen, gähnte seine Öffnung aus dem Schnee, ein schartiges, halbrundes schwarzes Loch, das einst mit einem seiner Form angepassten Flügeltor gesichert gewesen war. Doch die Flügel waren längst vermodert, nur einzelne Bretter hingen noch an den verrosteten Beschlägen, die weit geöffnet schief in den Angeln hingen. Keines der Kinder hätte gewagt, diese Höhle zu betreten. Dorthin trieben sie meinen Bruder. Seine Bewegungen ließen keinen Zweifel daran, dass er jetzt ganz von panischem Schrecken erfüllt war. Ich sah seinen Augen an, dass sie nichts Bestimmtes mehr wahrnahmen. In seiner Verzweiflung lief er jetzt selbst auf das Loch zu. Vielleicht hoffte er, sich dort irgendwie in Sicherheit bringen zu können.

Mit wenigen Sätzen erreichte er das Tor, und das Dunkel verschluckte ihn. Sie hielten nicht inne, johlend folgten sie ihm, die Ersten drangen bereits in den alten Bunker ein. Ich lief hinterher. Zwischen den Rücken der Horde hindurch, im Licht, das durch den Torbogen fiel, sah ich meinen Bruder. Er hatte sich in die hinterste Ecke verkrochen, vor ihm türmten sich bis zum Eingang trockener, staubiger Schutt, Ziegelsteine, Balkenreste, Abfall. Mit geweiteten Augen drückte er sich an die Ziegelwand ganz hinten in der gemauerten Höhlung. Jenseits des hereindringenden Lichtscheins, der ihn aus der Dunkelheit heraushob, konnte man nichts erkennen. Sein Brustkorb hob und senkte sich, Schweiß lief an seinen Schläfen herab. Die Jagd war zu Ende, sie hatten ihn. Sie hätten sich jetzt umdrehen und gehen können. Doch sie hatten noch nicht genug. Es war Tschernik, der einen Ziegelstein aufhob und ihn auf meinen Bruder schleuderte.

»Da, du Schisser.«

Er traf meinen Bruder am Arm. Andere hoben ebenfalls Steine auf. »Seid ihr verrückt geworden?«, schrie ich. Die großen Jungen stießen mich weg. Noch ein Stein flog und noch einer.

»Hört bitte auf! Hört doch auf!«

Ein Stein traf ihn am Kopf. Mein Bruder stand auf, als wollte er einen Schritt nach vorne machen. Plötzlich wurde sein Gesicht vollkommen weiß, dann fiel er in den Staub wie eine Puppe und blieb reglos liegen.

Mit einem Schlag herrschte gellende Stille. Mir war, als verbreitete sich diese Stille von dem Bunkerloch aus in Ringen über das ganze Dorf, als quellte eine Dunkelheit, ein tiefes Entsetzen, eine Verstummung aus der Mitte dieses Lochs, sickerte tief in die Kinder, rollte in Wellen über den Nussgarten hinaus die Straßen hinunter, liefe durch die Zimmer der Menschen, durch die Ställe, die Läden und kleinen Geschäfte und verebbte am Ende irgendwo in den dunklen Wäldern, die das Dorf in drei Himmelsrichtungen fast einschlossen.

Die Jungen, die Tschernik gefolgt waren, drehten sich um und liefen davon. In alle Himmelsrichtungen rannten die Kinder davon, davon vor diesem Entsetzen, das sie dennoch nie mehr verlassen sollte, manche mit der Hand vor dem Mund, andere weinend, alle so schnell sie konnten, Schlitten hinter sich herziehend, weg, nur weg. Sie durchquerten die Schattenbahnen hinter den grauen Stämmen, traten aus den Schatten in milchiges Licht und wieder in den Schatten. All das geschah nahezu lautlos, keine Rufe, kein Flüstern waren zu hören. Auch ich lief davon.

2

Mein Bruder war ein zartes, ratloses, wie aus Gold gesponnenes Geschöpf. Er hatte die großen grünblauen Augen unserer Mutter. Auf seinem blonden Haar glänzte ein rötlicher Schimmer, und er trug es länger als wir übrigen Jungen mit unserem Kahlschnitt, den uns der Dorffriseur alle vier Wochen verpasste. Ihm dagegen hing es gerade über die Augen bis zu seiner sommersprossigen Nase. Mit einer Handbewegung, an der ich ihn unter Tausenden erkannt hätte, wischte er sich das Haar seitlich aus den Augen. Sein Haar schnitt meine Mutter selbst. Sie waren dazu allein im Badezimmer mit den meergrünen Kacheln. Durch die Tür konnte ich die vor Zärtlichkeit tiefe Stimme meiner Mutter hören und sein helles Lachen. Nicht, dass die Tür zum Badezimmer abgeschlossen gewesen wäre, aber ich wäre nie auf den Gedanken gekommen, es an so einem sonnigen Vormittag zu betreten.

Er war nur dreizehn Monate jünger als ich und gleich groß. Wenn wir uns im Garten vor dem Haus prügelten, schlug ich ihm von Anfang an hart ins Gesicht, damit er schnell aufgab und ich keine schmerzhaften Schläge abbekam. »Du gemeine Sau!«, zischte er dann und rannte mit Tränen in den Augen davon.

Mein Bruder hielt sich an keines der Gesetze der Kinderwelt, die von der der Erwachsenen völlig abgeschlossen war, oder er kannte sie einfach nicht und niemand versuchte je, sie ihm nahezubringen. Auf dem Schulhof stand er bei den Mädchen und verfolgte aufmerksam und sachverständig ihre Tänze beim Gummitwist, dem Hüpfspiel, für das man einen langen, zusammengeknoteten Hosengummi brauchte und das immer drei Mädchen zusammen spielten. Zwei hatten den Gummi um ihre Knöchel, dann um ihre Knie und am Schluss fast um die Hüften, während ein Mädchen hüpfte, höher und höher. In der Pause konnte es vorkommen, dass er auf dem Mäuerchen an der Treppe saß, die zum Friedhof hinaufstieg, und ein Junge aus den beiden unteren Klassen zu ihm hinlief, ihn mit der flachen Hand mitten ins Gesicht schlug, um dann so schnell er konnte zurück in den Haufen der Größeren zu rennen, die ihn anerkennend grinsend erwarteten. Mein Bruder hob dann nur leicht den Kopf, legte eine Hand auf die schmerzende Stelle und vergaß den Schlag offenbar augenblicklich. Manchmal lächelte er auch noch, statt finster um sich zu blicken. Beim Fußball am Nachmittag standen er und der dicke Gregor immer als Letzte in der Mitte des Feldes, bis sich einer der beiden Mannschaftsführer erbarmte und ihn in seine Mannschaft wählte, nicht ohne einen Blick mit dem gegnerischen Kapitän zu wechseln, der in etwa besagte: Oder willst du ihn? Bekam er im Spiel tatsächlich einmal einen Ball, blieben manche Spieler stehen, um zuzusehen, wie er sich mit seinen langen Beinen sofort verhaspelte, alles versuchte, um den Ball unter Kontrolle zu bringen, was ihm nie völlig gelang. Der Ball sprang schließlich irgendwie weg, und die anderen Spieler nahmen den verunglückten Ball als Pass. Während des Spiels rannte er immer hinter dem Ball her wie ein kleiner Junge, offenbar ganz zufrieden mit sich. Er schien das für den Sinn des Spiels zu halten. An manchen Tagen stolzierte er im Garten in Kleidern unserer Mutter umher und tanzte im Schatten des Birnbaumes fröhlich lachend mit jemand Unsichtbarem.

Wir verloren ihn bei einer Wanderung im Gebirge und fanden ihn wieder auf einer Bank sitzend in ein Gespräch in Zeichensprache mit einem riesigen schwarzen amerikanischen Soldaten vertieft.

»Worüber habt ihr euch unterhalten?«

»Wie man die Zukunft vorhersehen kann.«

Einmal kletterte er auf den Steinhaufen einer Burgruine herum, als ihn die Angst packte. Er konnte nicht vor und nicht zurück. Sein schwaches Herz! Zwei fremde Männer in Sonntagsanzügen mussten ihn aus seiner verzweifelten Lage retten.

Oft fand ich ihn an dem kleinen Tisch unseres Zimmers reglos zum Fenster hinausblickend.

»Was tust du?«

Das war unsere Standardfrage, die ich mehrmals am Tag stellte, auch wenn ich gar nicht wissen wollte, was er gerade tat. Ich bekam immer eine Antwort.

»Ich schaue meinen Gedanken nach. Sie sind wie Seifenblasen. Schillern sogar ein bisschen.«

Oder ich sah ihn unter dem von Bienen summenden Apfelbaum. »Was tust du?«

»Zuerst hab ich meine Augenlider nicht mehr zugemacht. Man sieht dann überall silberne Tropfen ganz langsam von oben nach unten gleiten. Versuch's mal. Dann habe ich gemerkt, dass die Luft aus lauter durchsichtigen Würfeln besteht. Man kann sie mit der Hand durcheinanderbringen, aber sie ordnen sich sofort wieder. Sie haben eine Außenhaut, dünner als Libellenflügel.«

Beim geringsten Anzeichen einer Zwistigkeit zwischen meinen Eltern ging er aus dem Zimmer. Oft lief ich ihm nach. »Was tust du?«

»Wenn man an den Frieden denkt, dann kommt er.«

»Was tust du?«

»Ich lerne die Sprache der Bäume. Wie sie zornig fuchteln, zärtlich fächeln, wie sie dir winken, wie sie dahin zeigen und dorthin weisen, so ernst, so sehr auf uns bedacht. Wie sie mit dem Wind spielen, träumerisch hin- und herschwanken, ihre Äste heben wie Gefieder und anmutig senken wie Tänzer die Arme, wie sie über etwas erschauern, du kannst sehen worüber, wie sie zittern vor Erregung und sich schütteln vor Lust im Regen. Wie sie fluten und wehen in einem ungeheuren Unsichtbaren. Wie sie lässig wippen, wenn keine Gefahr droht, wie sie dir freundlich zunicken, um dich zu bestärken, um dir recht zu geben, und wie sie mit allen Ästen sich spreizen und verneinen, wenn du schiefliegst.«

Er hatte ein schwaches Herz. Er musste nicht am Turnunterricht teilnehmen, aber dabeisitzen. Er durfte die Wäschekörbe meiner Mutter nicht tragen und wurde nie zum Einkaufen geschickt. Er sollte sich nicht anstrengen. Immerzu fasste meine Mutter an seine Stirn, ob er Fieber habe. Vor der Schule spuckte sie auf ihre Finger und rieb ihm die Augen aus. Sonne war nicht gut für ihn. Hatte er sich die Knie aufgeschlagen, war meine Mutter drauf und dran, ihn das Bett hüten zu lassen.

»Was tust du?«

»Schau dort. Wenn ein welkes Blatt aufs Wasser fällt, spürt man den sanften Druck des Aufpralls auf die Wasserfläche an den Schläfen, eine winzige Anspannung, die sich löst mit dem ersten Ring, der sich im Wasser ausbreitet. Spürst du es?«

Mein Bruder war an seinem schwachen Herzen gestorben. Darüber waren sich alle Erwachsenen im Dorf einig. Er hatte sich beim Spielen zu sehr erhitzt und aufgeregt. Sein Herz hatte versagt, und beim Sturz hatte er sich eine Verletzung an der

Stirn und blaue Flecke am Körper zugezogen. Es war genau das geschehen, was meine Mutter immer befürchtet hatte. Nur wir Kinder wussten, dass er ermordet worden war.

Ich hasste Ameisen. In der Küche rührte ich Scheuerpulver, Essig und Salz zusammen und schüttete das tödliche Gift in die Ritzen und Spalten der Gehwegplatten draußen im Garten vor den Fenstern des Wohnzimmers, wo sie ihre widerlichen Erdhaufen aufgetürmt hatten. Ich kontrollierte am nächsten Tag, ob sie wieder erschienen waren. Sie waren weg. Am übernächsten waren sie wieder da. Was konnte noch giftiger sein? Vielleicht Kloreiniger? Am erbarmungslosesten wütete ich gegen die Haufen der roten Ameisen im Gras nahe den Johannisbeersträuchern. Ich zerknüllte ein Blatt Zeitungspapier, stopfte es in den Bau und wartete geduldig, bis es fast rot war von aufgeregten Ameisen, die ihre Hinterleiber hoben und Ameisensäure in die Luft spritzten, ein widerlicher Geruch. Dann zündete ich es an. Die Flammen fraßen sich erst bläulich und klein vom Rand hin zur Mitte des Papiers, wo sie gelb und grün und durchsichtig hoch aufschlugen. Die Leiber der Ameisen krümmten sich, verschmorten zu kleinen schwarzen Kugeln. Zu Hunderten starben sie, Fassaden stürzten ein, Feuerzungen schlugen aus den Fensterhöhlen, sie suchten Schutz in den Höhlungen des Papiers und starben zusammen in einem Augenblick. Mein Gesicht war heiß vom Feuer. Ich hörte die Stimme meines Bruders. »Du Ungeheuer.« Ich hieb nach ihm. Noch nach Tagen konnte ich mich der Stätte der Verheerung nicht nähern.

Im Sandkasten im hintersten Eck des Gartens schlug ich Schlachten. Ich brach aus einer trockenen dünnen Haselnussrute Stöckchen, Heerscharen von Soldaten. Mit den Händen formte ich Wälle und Gräben, auf denen ich dicht an dicht meine Soldaten postierte. Mit Steinen bombardierte ich die Stellungen, die Soldaten flogen durch die Luft, Stöckchen zerbrachen und zersplitterten. Diese Gemetzel konnten sich über Stunden hinziehen, während derer ich ganz in die Schlacht versunken war. Ich hörte das Pfeifen der Granaten, spürte die Explosionen im Magen, roch Angst und Blut. Manchmal trat mein Bruder neben mich und umarmte mich. Dann war die Schlacht zu Ende.

Seit mein Bruder tot war, lag ich nachts allein in unserem Zimmer. Meine Mutter hatte seine Sachen, seine Socken und Unterhosen, seine Hemden und Hosen, in unserem Schrank etwas zusammengeräumt, wie sie es auch zu tun pflegte, als er noch lebte. Seine Bücher standen ordentlich im Regal über dem Bett, zwei davon lagen Kante auf Kante auf seinem Nachttisch. Niemand hatte diese Dinge seitdem berührt. Jederzeit hätte seine Nachttischlampe angehen und seine Hand nach einem der Bücher greifen können, die ja überhaupt noch nicht zu Ende gelesen waren. Doch das geschah nicht. Es konnte nicht geschehen. Es war auch nicht wahr, dass ich mitten im Schlaf auffuhr, weil ich das Gefühl hatte, mein Bruder schaue mir beim Schlafen zu, wie er es manchmal getan hatte, als er noch lebte. Es war nicht wahr, dass er da stand am Fußende meines Bettes in seinem blau und hellblau gestreiften Schlafanzug.

»Was tust du?«

»Ich schaue dir beim Schlafen zu.«

Mein Bruder war. Tot. Tot, tot, tot. Am Tag seiner Beerdigung, einem sonnigen Wintertag voll silberhellem Licht, hatte ich mich auf den Friedhof geschlichen, und er lag da in einer weiß lackierten Holzkiste, die mit weißem Stoff ausgeschlagen war, draußen vor dem Totenhaus. Er war bis zur Brust in ein weißes Tuch gehüllt, auf dem seine Arme lagen. Seine Hände waren verschränkt. Sein Gesicht war weiß wie im Schlaf, aber ein wächserner Hauch lag auf seiner Stirn. Die Augenlider waren geschlossen, der Abglanz eines Lächelns spielte auf seinen Lippen. Die Totenfrau hatte sein Haar gewaschen, es glänzte frisch und rötlich, aber dann bemerkte ich etwas Entsetzliches. Die Totenfrau hatte den Scheitel auf der falschen Seite gezogen, vielleicht um die kleine Wunde an der Stirn zu verdecken. Seine Lippen waren dunkelblau, die Nagelbetten seiner Finger dunkelgraublau und die Fingernägel lang wie Krallen. Seine Stirn war kalt wie ein Eisblock.

Mein Bruder war tot, weil ich ihn im Stich gelassen hatte.

»Was tust du jetzt?«

3

Ein wisperndes Knistern, für einen Moment graues Flimmern, ein gleichbleibender sehr hoher, sehr leiser Ton, den man im Freien niemals hätte hören können, und das Fernsehgerät sprang an. Mein Vater hatte die Flügeltüren aufgesperrt und auseinandergeklappt, das Gerät, das wie ein kleiner Schrank aus dunklem Holz aussah, eingeschaltet, die Rollläden heruntergelassen und sich zurückgezogen, um sein Sonntagsschläfchen in seinem Arbeitszimmer zu halten.

Im flimmernden bläulichen Licht, das aus dem Gerät hervordrang, hatte sich eine Kinderschar aus der Nachbarschaft zusammen mit mir um den Apparat versammelt, verteilt auf herangeschafften Stühlen, einem Polstersessel, auf Kissen, die über den Teppich verstreut lagen, gespannt und erwartungsfroh flüsternd. Der Ölofen bullerte und erfüllte den dunklen, nur von dem Gerät erleuchteten Raum mit behaglicher Wärme. Die Lampe in Form eines Segelschiffes mit echten Segeln aus Pergament, die ein großes Kreuz trugen, stand auf einem gehäkelten Deckchen und spendete wenig, aber dafür goldenes Licht. Ihr Schatten auf der Wand hinter dem Fernsehgerät, schwarze geblähte Segel, der schlanke Rumpf, die feine Takelage, war ein Versprechen von Abenteuer und Gefahr.

Es gab erst wenige solcher Fernsehgeräte im Dorf, und für die Kinder war diese knappe Stunde am Sonntagnachmittag ein

Ereignis, dem sie die ganze Woche über entgegenfieberten. Noch erzählte ein Sprecher mit schwarzer Hornbrille irgendetwas, die Kleineren fingen schon an herumzubalgen, als endlich die Titelmelodie erklang.

Männer mit breiten Hüten ritten, Staub aufwirbelnd, durch eine endlose Landschaft, riesige Wolken schwebten über ihnen. Das waren Cowboys. Sie trugen Colts und Sporen, und sie waren Kerle. Mit einem Satz sprangen sie aus dem Sattel auf den Boden, hielten die Pferde am Halfter und ließen sie in einem Bach saufen. Sie machten Scherze, hatten ganz weiße Zähne, und die Pferde schnaubten. Ihre Welt war grau, schwarz und weiß.

Die Kinder verhielten sich vollkommen still, kein Laut, kein Wort sollten ihnen entgehen. Bläulich weißer Schimmer lag auf ihren Gesichtern, die Augen waren weit aufgerissen, hie und da stand ein Mund offen. Aller Augen verfolgten das Geschehen auf dem Bildschirm. Wir saßen in dieser manchmal heller, manchmal dunkler flackernden Lichtblase, rings um uns her war Dunkel.

Ein halb nackter Mann mit langen Haaren, nur ein Tuch um die Hüften, robbte auf dem Bauch zwischen den Felsen auf das Lagerfeuer zu. Ein Indianer! Er trug ein großes Messer an der Seite, das in einem geflochtenen Schaft steckte. Die kleinen rückten zu den größeren Kindern, die großen gaben beruhigende Kommentare: »Der hat ja nicht mal einen Revolver.« Ich hielt mich an den hölzernen Lehnen des Sessels fest, den ich ergattert hatte. Zum Glück konnte niemand sehen, wie fest ich sie mit meinen Fingern umklammerte und wie angespannt ich mich aus dem Sessel nach vorn beugte.

Da spürte ich, wie ein Rücken meine Knie berührte. Dann stand Ellie blitzschnell auf und verkroch sich auf meinen Schoß. Niemand hatte sie beachtet. Der Sessel stand etwas außerhalb des Lichtkreises. Ich konnte ihren spitzen Hintern auf meinen Oberschenkeln spüren. Der Indianer lugte hinter dem Felsen hervor. Jetzt sah man im Widerschein des Lagerfeuers seine Kriegsbemalung. Die Cowboys schliefen. Einer döste abseits über seinem Gewehr. Ellie zog ihre Beine an und legte sich seitlich auf mich wie auf ein Polster. Sie war leicht. Sie war sehr dünn. Ich spürte ihre Rippen auf meinen und ihre Hüfte in meinem Schoß. Ihre Schulter war unter meinem Kinn.

Ellie war ein Nachbarsmädchen, das ich kaum kannte, denn sie war die Älteste von uns und ging schon in die Schulklasse für die größeren Kinder. Jetzt schlich sich der Indianer zu den Pferden, die im Schatten der Bäume angeleint waren. Sein Messer blitzte im Mondlicht. Die Kinder schrien auf, der Kleinste rief: »Ihr müsst aufwachen!«, und Ellie presste sich fester an mich. Ich roch ihren scharfen Geruch, er strömte aus ihrem Haar, unter ihren Achseln und zwischen ihren Beinen hervor, obwohl sie doch gestern gebadet haben musste, so wie ich. Ich spürte die Wärme ihres mageren Körpers auf meinen Schenkeln und an meiner Brust. Mein Herz schlug schneller, nicht nur weil der Indianer inzwischen die Pferde losgeschnitten und mit einem Schnalzen verjagt hatte. In gebeugter Haltung lief er lautlos von hinten im Schatten auf die weiterdösende Wache zu.

Ich schob meine Hand unter Ellies Strumpfhose. Ich weiß nicht, warum ich das tat. Es gab keinen Grund dafür, aber meine Schläfen pochten. Ellie wandte ihren Kopf und blickte mich erstaunt mit ihren schwarzen Augen an. Ich sah ein dunkles Glimmen, das ich noch nie in jemandes Augen gesehen hatte, und war darauf gefasst, dass sie im nächsten Augenblick wütend aufspringen würde. Doch sie tat nichts und schaute wieder in Richtung Fernseher. Der Indianer legte der Wache in einer einzigen raschen Bewegung die Ellenbeuge um den Hals, zog sein

Messer, und die Wache sank in sich zusammen. Ich umfasste eine Backe ihres Hinterns mit der Hand und drückte meine Finger in Ellies Fleisch. Warum atmeten wir beide schneller, aber doch so, dass den anderen Kindern nichts auffallen konnte?

Der Indianer gab den anderen Kriegern ein Zeichen. Die Cowboys schliefen. Die Kinder hatten jetzt Angst, eine seltsame Angst, die einen nur vor diesem Gerät überkam, eine Angst, die merkwürdig mit Erregung vermischt war und die untrennbar war von der Geborgenheit in diesem dunklen Raum, wo der große braun emaillierte Ölofen gemütliche Wärme abstrahlte. Ein junger Indianer trat einen Stein los, der Häuptling blickte ihn grimmig an, der Stein kullerte laut den Abhang hinunter, und das Pferd des Anführers der Cowboys wieherte und klopfte warnend mit den Vorderhufen auf den Boden. Endlich, endlich erwachte der Anführer, schob den Hut aus den Augen und sah sofort, was geschah. Er rief etwas, alle Cowboys sprangen auf und verschanzten sich mit gezogenen Revolvern hinter ihren Sätteln und den Felsen. Die Kinder jubelten.

Ellie und ich atmeten jetzt in einer gemeinsamen Hitze, in der mein Herz flatterte wie ein Sittich im Käfig, ihr knochiger Leib auf meinem. Meine Hand schien zu glühen, und Ellie bewegte vorsichtig, vorsichtig ihre Hüften. Wir trieben auf dieser Hitze wie auf einem Floß, in Ellies scharfen Geruch gehüllt, einen unerforschten Strom hinunter.

Der Film verschwand langsam in einem Nebel. Wie aus weiter Ferne drangen die Kriegsschreie der Indianer, die Revolverschüsse, die Rufe der Cowboys an meine Ohren. Ein Indianer kippte langsam nach vorne, in die Brust getroffen, ohne dass ein Tropfen Blut zu sehen gewesen wäre, aber das Geschehen erreichte mich nicht mehr. Die Handlung, weit weg in diesem braunen Kasten mit seinem grauen Guckfenster, wies mit einem Mal große Lücken auf. Indianer ritten über die Prärie, Cowboys sammelten sich am Fluss. Irgendwann strahlte die blonde Farmersfrau, und die Cowboys, diese Kerle, mit ihren verwegenen Hüten, ihren engen blauen Hosen und den Sporen an den Stiefeln ritten lachend auf ihre Ranch zurück.

Die Titelmelodie erklang, der Abspann lief über den Bildschirm. Ellie war längst wieder auf den Teppich geglitten, als eines der Kinder die Rollläden hochzog, das graue Winterlicht durch die Scheiben drang und die Verzauberung in tausend unsichtbare Scherben zersprang. Die Kinder zogen sich ihre dicken Jacken über und tobten hinaus in den verschneiten Garten. Ellie und ich liefen weit voneinander entfernt mit hinaus. »Ich bin Slim. Du bist Jerry«, rief Rudi, der Nachbarsjunge mit den roten Locken, und hielt mir einen Stock wie einen Revolver unter die Nase. »Und ich bin Nscho-tschi«, rief die Kleinste, und alle lachten: »Die spielt ja gar nicht mit!«

Auf meinen Handflächen brannte die Wärme von Ellies Hintern, und in meinem Pullover hing ihr Geruch, als mich ein Schneeball traf und mir kaltes Schmelzwasser den Nacken hinunterrann.

4

Meine Mutter zupfte die engen Sonntagssachen zurecht und gab mir einen Kuss auf die Nase. »Du bist spät dran.« Ich trat hinaus in den Wintersonntagmorgen. Der Himmel war ein weißer Abgrund, der schon knapp über den Dächern zu beginnen schien. Die Drähte und Stangen des an unser Grundstück grenzenden Hopfengartens hoben sich schwarz von den schneebedeckten Furchen des Ackers ab. Ich stapfte in einer ungeheuren Stille unter dem schlaff zwischen den Pfosten hängenden Telefondraht, der zu unserem Haus führte, hoch zum Weg ins Dorf. Nur das Knirschen meiner Stiefel im Schnee war zu hören. Wind hatte den Schnee auf dem Dorfweg glatt geblasen und große vereiste Pfützen freigelegt. Lustlos versuchte ich, mit meinen Stiefeln auf dem Eis zu schliddern. Ich rutschte ein Stück, und ein dunkler Krähenschwarm flog aus den weißen Furchen auf, überquerte die Straße in geringer Höhe – ich sah die harten, großen Schnäbel und die schwarzen, bösen Augen – und drehte in Richtung Bahnhof ab, während die Formation sich auflöste und der Wattehimmel das Krächzen und die leisen Trii-Rufe der Vögel verschluckte. Kein Mensch war zu sehen. Ich war wirklich zu spät.

Der Weg führte am Altersheim und am Nussgarten vorbei langsam abwärts und verbreiterte sich, bis ihn schließlich grauschwarze Häuser aus Sandstein säumten, mit zugezogenen Gardinen, windschiefen Gattern und Toreinfahrten, die wie für immer geschlossen wirkten. Eine Gänseschar war aus dem Garten des Dorffriseurs entkommen, der vorderste Gänserich kam fauchend mit lang gestrecktem Hals und geöffnetem Schnabel auf mich zugewatschelt. Ich trat nach ihm. Das machte ihn noch wütender. Ich begann zu laufen und erreichte schnell den Durchgang hinauf zur Kirche. Ich öffnete das schmiedeeiserne Türchen zum Friedhof, aus dem sich düster die Kirche mit ihrem ungeheuer hohen Kirchturm erhob. An manchen Tagen bewegten sich die goldene Kugel und der Wetterhahn auf seiner Spitze langsam durch den Himmel, als wollten sie jeden Moment auf einen herabstürzen. Heute standen sie glücklicherweise still, als die Glocken zu dröhnen begannen.

Vor dem Hauptportal hatten sich die Frauen und Mädchen versammelt, stampfend in der Kälte, in einem Nebel von Atemfahnen. Sie sahen wie ausgestopft aus in ihren dicken dunklen Mänteln, ihren Handschuhen, Mützen und doppelt gefalteten Kopftüchern. Gleichgültig blickten sie herüber. Ich hatte es doch noch rechtzeitig geschafft.

Am kleineren Nebeneingang standen die Männer und Jungen, die Männer weiter hinten in ihren schwarzen Sonntagsanzügen, unter denen sie dicke Strickwesten trugen, mit den glänzenden Stellen am Hintern und an den Ellenbogen, vorne am Eingang der Haufen der Jungen, vom langen Warten schon unruhig, kurz vor dem Beginn einer Schneeballschlacht, aber das war auf dem Friedhof verboten. Einzelne Männer rauchten zwischen den Grabsteinen und drückten verstohlen ihre Zigaretten an den Grabeinfassungen aus und steckten sie in die Schachteln zurück. Ich drängte mich zwischen den dumpf nach Mann riechenden Leibern hindurch nach vorne zu dem Jungenhaufen.

»Schau, schau, der Max, wieder mal zu spät«, flüsterte Tschernik mir ins Ohr, und seine Augen leuchteten auf, weil er sich eine Abwechslung versprach. Zuerst kniff er mich und dann auch ein paar der Jungen um ihn herum schmerzhaft durch die Kleidung, und alle sahen dabei unbeteiligt in die Luft. Die Männer sollten nichts bemerken, obwohl sie nicht aussahen, als ob es sie interessiert hätte. Ich unterdrückte Schmerzenslaute, ich würde mich hier vor diesen gelangweilten, frierenden Männern nicht blamieren. Jetzt grinste Tschernik. Er riss ein Büschel Stechpalmenblätter vom Beet neben dem Eingang ab und stopfte sie mir mit einer raschen unauffälligen Bewegung in den Hemdkragen tief in den Rücken. In der Kirche erklang die Orgel, der Messner schob den Riegel nach oben, die schweren Türen aus zinnfarbenem Holz mit ihren geschmiedeten Beschlägen schwangen auf, und die Jungen stürmten in die Kirche, sofort von einer tiefen Männerstimme ermahnt, nicht zu rennen. Der Pulk um mich herum sorgte dafür, dass ich mich von den Blättern nicht mehr befreien konnte, bis wir in dem harten eckigen Gestühl saßen.

Die spitzen Stacheln der Blätter stachen mir ins Fleisch, ich schwitzte zwischen den Schulterblättern, obwohl der hohe Kirchenraum eiskalt war. Während wir das erste Lied sangen, passten zwei Jungen links und rechts neben mir auf, dass ich mir nicht in den Kragen greifen konnte, was ich hier in der Kirche zwischen all den Menschen im Sonntagsstaat und vor dem Pfarrer, der gerade in seinem schwarzen langen Kittel, aus dem am Kragen zwei weiße frisch gebügelte Stoffrechtecke lugten, ohnehin niemals gewagt hätte. Die Orgel jaulte ein letztes Mal auf, und es herrschte mit einem Mal eine angespannte, vom Geräusch einzelner Huster und vom Füßescharren noch verstärkte Stille. Der Pfarrer hatte die Kanzel auf einer steinernen Wendeltreppe leicht keuchend erklommen und legte beide Hände auf die goldverzierte Balustrade neben die aufgeschlagene Bibel. Er ließ die Stille noch einen Augenblick lang in der von mehlgrauem, schräg durch die hohen Bogenfenster einfallendem Licht erhellten Kirche stehen. Ernst blickte er auf die durch einen breiten Mittelgang getrennten Frauen und Männer herab. Dann hob er an zu sprechen.

Er sprach vom Frieden und der baldigen Ankunft eines Herrn. Der Schweiß zwischen meinen Schulterblättern schien den Schmerz, den die Stacheln mir zufügten, noch zu steigern. Zufrieden grinsend versuchten die beiden neben mir, eine halbwegs bequeme Stellung zu finden. Ihm sei zu Ohren gekommen, dass im Dorf nicht immer unter allen Gläubigen Frieden herrsche, sondern vielmehr Zwietracht und Streit, auch und gerade unter ihren jüngeren Gliedern. Angesichts des tragischen Todes eines jungen Gemeindemitglieds, das wir erst vor Kurzem beerdigt hätten und das Gott zu sich genommen habe, sollten wir alle uns daran erinnern, dass Jesus uns von der Liebe zu unserem Nächsten gesprochen habe.

Wenn ich ganz gerade saß und die Rücklehne der Bank nicht berührte, die ohnedies nicht zum Anlehnen gemacht war, gelang es mir, die Stacheln, die langsam immer weiter nach unten rutschten, nicht so deutlich zu spüren. Ich blickte über die Köpfe der Frauen hinweg auf das dunkle Altarbild, das an dem gegenüberliegenden grauen Sandsteingemäuer hing. Ein Großteil des Bildes war in Schwärze gesunken, aber ich konnte noch deutlich einen nackten Mann erkennen, der in einem Bottich stand, unter dem grinsende Schergen ein Feuer geschürt hatten. Der Pfarrer las mit geübter Stimme aus der Bibel: »Der Psalmist sagt: Meide das Böse und tue das Gute; suche Frieden und jage ihm nach! Und Petrus: Seid gütig zueinander, seid barmherzig, vergebt einander, weil auch Gott euch durch Christus vergeben hat.« Wieder sangen alle. Ich sang nicht mit. Ich traute mich nicht, ich fürchtete, meine Stimme klänge zu verzerrt. Die beiden neben mir sangen fröhlich besonders laut und besonders falsch mit.

Irgendwann war der Gottesdienst zu Ende. Die Orgel spielte, ich drängte mich aus der Bank, Tschernik gab mir zum Abschied einen harten Schlag zwischen die Schulterblätter mit. Ich rannte über den Friedhof, die Stufen zum Schulhof hinunter in den stinkenden Abort der Schule. In dem Gestank, der mir den Atem nahm, zog ich mich bis zum Gürtel aus und befreite mich von den quälenden Blättern. Ich trat hinaus in die dumpfe Helligkeit und sah die gebeugten krummen Rücken der langsamsten Kirchgänger, die Nachhut der schwarz gekleideten alten Weiber, die vorsichtig auf ihre Stöcke gestützt den mit Sand bestreuten Weg zum Dorfplatz hinuntertappten.

Ich versuchte gerade, mich an ihnen vorbeizuschlängeln, als ich sah, wie Ellie unter dem Torbogen über dem Durchgang zum Dorfplatz aus dem Schatten trat. Sie hatte auf mich gewartet. Sie konnte von meiner Demütigung in der Kirche nichts bemerkt haben, aber ich war ihr trotzdem dankbar, dass ich den langen Weg zurück in der Kälte nicht allein gehen musste. Wir trotteten schweigend nebeneinander her. Es war tatsächlich dunkler als am Morgen, der Himmel dunkelgrau mit hellen Rissen und Schlünden. Die Hauswände schienen näher an die Straße herangerückt zu sein und waren fast schwarz. Da und dort brannte Licht hinter den dicken Gardinen. Es würde bald zu schneien beginnen.

Wir erreichten das vereiste niedrige Tor am Nachbarsgarten. Ich hatte Hunger, und es war an der Zeit, sich zu verabschieden.

Doch Ellie machte keine Anstalten, die Klinke zu drücken. Sie blickte auf unser geöffnetes Garagentor.

»Er ist weg. Sie ist leer.« Das stimmte, Vater fuhr Sonntagvormittags in seinen Schachclub, Mutter war in der Küche mit den Kleinen und bereitete das Mittagessen. »Komm.«

Sie nahm meine behandschuhte Hand in ihre behandschuhte Hand und zog mich zur Garage. Wir schlüpften hinein. Es war fast dunkel hier drinnen, etwas Licht drang durch ein Seitenfenster voller Spinnweben, ein staubiges Ölkännchen war auf dem Sims vergessen worden, und es war sehr kalt, kaum wärmer als draußen.

Ellie warf ihre Handschuhe auf den Betonboden und begann wortlos, ihre dicke wollene Strumpfhose auszuziehen. Das Spinnweblicht hob die Schlieren ihrer Atemwolke hervor, ihr Gesicht war im Schatten. Sie streifte die Unterhose ab, schlug den Rock hoch und zeigte mir ihre Möse. Ich sah ein Dreieck zwischen ihren langen weißen mageren Oberschenkeln, in der Mitte einen Schlitz, der sich hinter einem dünnen Flaum schwarzer Haare verbarg. Mein Atem ging schnell. Ich war nicht sicher, aber das hier war sicher etwas Verbotenes, Vater konnte jeden Moment zurückkommen. Unsere Atemwolken vermischten sich.

»Jetzt du.«

»Mach ich nicht.«

Sie hob ihr Gesicht ein wenig aus dem Schatten. Wieder sah ich das Glimmen in ihren schwarzen Augen. Es war plötzlich klar, dass ich tun musste, was sie verlangte. Ich warf wie sie die Handschuhe auf den Boden und öffnete hastig meinen Gürtel, ließ die Hose und die lange graue Unterhose auf die Knöchel fallen. Einen Moment lang starrte ich auf ihr dunkles Dreieck, und sie betrachtete mein Schwänzlein. wie man eine Raupe betrachtet oder einen Engerling, dann zog sie eilig ihre Strumpfhose samt Unterhose wieder hoch, und ich schlüpfte so schnell ich konnte in meine Hosen.

Der Nebel war aus den Flussauen heraufgekrochen bis zu den höher gelegenen Häusern am Hopfengarten, bis hin zu den schwarzen Telefonmasten, die eine einzelne Leitung zu einem der Häuser trugen. Auch der Schlittenberg lag ganz im Nebel, fahl blakte die Sonnenscheibe. Die Sonne war nicht stark genug, den Nebel zu vertreiben, aber sie füllte den Dunst ganz mit diffusem gelbem Licht, als ob der Nebel ihr Licht aufsaugte. Die schlechte Sicht hielt uns Kinder nicht vom Schlittenfahren ab.

Die Kinder aus dem Tiefenbornviertel neben dem Hopfengarten mit seinen vier, fünf kleinen Häusern hatten am Abend zuvor eimerweise Wasser zum Rodelhang geschleppt und ausgekippt. Über Nacht war alles, auch die kleine Schanze aus festgetretenem Schnee, beinhart gefroren.

Ich stand mit meinem Schlitten am obersten Punkt der Bahn, gebannt von dem Schauspiel, das auf dem Rodelhang dargeboten wurde. Neben mir stürzten sich die Jungen in ihren wollenen Wintersachen, angetan mit Schals, Mützen und Handschuhen, auf ihren Schlitten auf die schwarzbraune, vereiste Bahn, sich gegenseitig anfeuernd, hinein in die gelben Schwaden. Man konnte sie nur bis zur Mitte des Hangs, bis dahin, wo wir die Schanze gebaut hatten, mit den Blicken verfolgen, dann verschluckte sie der Nebel. Die Schlitten rumpelten mit großer Geschwindigkeit über das Eis. Die Wagemutigsten steuerten mit ihren Stiefelabsätzen, die Schlittenschnur straff in einer Hand, die andere um eine der Sitzlatten der Holzschlitten gekrallt, direkt auf die Schanze zu. Die meisten stießen in dem Moment, in dem sie von der Schanze abhoben, einen schrillen Schrei aus, wie es nur Knaben vor dem Stimmbruch können. Bei diesem Tempo flogen die Jungen fast auf Kopfhöhe an den wieder heraufsteigenden Kindern vorbei, sie streckten einen Arm zur Balance aus und verschwanden noch in der Luft in dem gelben Gewaber. Ich hörte das Krachen der wieder auf dem Eis auftreffenden Kufen, aber sehen konnte ich keinen.

Die Mädchen starteten etwas unterhalb des höchsten Punktes. Sie wollten erst ausprobieren, wie die eisige Bahn zu nehmen war. Ich verstand das nur zu gut, denn nicht weit unterhalb der Schanze machte die Bahn einen Bogen, den man bewältigen musste, wollte man nicht geradeaus in die tiefen Furchen und die Drähte des unteren Hopfengartens rauschen.

Oft wurden mehrere Schlitten zusammengebunden. Auf dem ersten und letzten Schlitten saßen kräftige Mädchen und Jungen, in der Mitte die kleineren Kinder. Unter Jubel und Geschrei starteten diese Gespanne, die, wenn sie erst einmal Fahrt aufgenommen hatten, eine größere Geschwindigkeit erreichten als einzelne Schlitten. Für die Jungen war es der größte Spaß, sich bäuchlings vom höchsten Punkt aus auf ihre Schlitten zu werfen, das Gespann vor ihnen einzuholen, bevor es zu schnell wurde, und zu versuchen, die Sitzlatten des letzten Schlittens zu packen und die Steuerung zu übernehmen. Warnrufe gellten dann in die Winterluft, und das Kind auf dem letzten Schlitten schlug nach dem Angreifer und warf ihm Schnee ins Gesicht. Ließ er sich nicht abschütteln, lenkte er den letzten Schlitten hin und her, sodass das Gespann sich in Schlangenlinien zu Tal bewegte. Wurde das Schlingern zu heftig, kippte die ganze Kette zur Seite um. In einer Schneewolke wirbelten dann die Schlitten, die Körper, die Mützen, die Handschuhe durcheinander, während der Jäger triumphierend daran vorbeischoss. Manche der Jäger steuerten solch ein Gespann unter dem erbitterten Widerstand des Kindes auf dem letzten Schlitten, ungeachtet der wütenden Beschimpfungen und Drohungen, die auf sie einprasselten, geradeaus in die Furchen des Hopfengartens, wo das Gespann die ersten Furchen übersprang, oft auseinanderriss, bis es mit einem Ruck zum Stehen kam. Die Kleinen weinten, und die Größeren schworen Rache. In jedem Winter schnitten sich Kinder an den Drähten, und ich sah das Blut in den Schnee tropfen.

Die Luft war erfüllt von den Schreien der Springenden, dem Kreischen der Mädchen in der Kurve, dem Rumpeln der eisenbeschlagenen Kufen auf dem Eis, dem Knirschen der Stiefel im Schnee, von den hellen Rufen und dem Lachen der Kinder. Der Nebel und der leichte Schneefall, der mittlerweile eingesetzt hatte, dämpften alle Geräusche und ließen sie wie von fern her klingen. Das gelbe Licht verschob die dunklen Farben der Winterkleidung der Kinder bis ins Schwarze. Hie und da wich der Nebel etwas, und ein verschwitztes, rotnasiges Jungengesicht wurde hervorgehoben, ein aufgelöster Zopf, eine rote Hand, die ihren Handschuh verloren hatte, Körper warfen plötzlich lange Schatten über die Bahn, und im nächsten Augenblick verschluckte der Nebel wieder alles, um an anderer Stelle erneut aufzureißen.

Rufe drangen an mein Ohr. »Na los, Feigling! Traust dich wohl nicht. Schaut euch den Max an, den Schisser!« Ich legte die Schlaufe der Zugschnur am Schlittenende um eine der Sitzlatten, sprang auf meinen Schlitten, dessen Kufen ich am Morgen mit einer Speckschwarte eingerieben hatte, um ihn noch schneller zu machen, und stürzte mich in den Hang. Ich steuerte auf die Schanze zu. Ich wusste, man musste sie genau in der Mitte treffen, wo die beiden Rinnen ausgefahren waren, wenn man nicht in der

Luft umkippen, mit nur einer Kufe auftreffen und vom Schlitten geschleudert werden wollte. Es gelang. Die Schanze katapultierte mich auf meinem Schlitten hoch in ein silbergelbes, lautloses Nichts. Keine Rufe mehr, keine Kinder. Vor Schreck hielt ich den Atem an. Ich hatte das Gefühl, als hätte mein Herz zu schlagen aufgehört. Wäre mir nicht der kalte Fahrtwind ins Gesicht geschlagen, hätte ich bezweifelt, dass ich mich überhaupt in eine Richtung bewegte. Ich schwebte, mit beiden Fäusten hinter mir zwei Sitzlatten des Schlittens fest umklammernd, durch etwas, das vor meinem Leben schon gewesen war und nach meinem Tod wieder sein würde. Dann krachte der Schlitten auf die dunkle Bahn zurück, das Holz knackte – unsere Schlitten hielten nicht lange –, mein Hintern erhielt einen harten Schlag, und ich jagte auf den verschneiten Hopfengarten zu. Mit aller Kraft stemmte ich eine Stiefelferse in den Schnee, beugte mich tief in die gleiche Richtung und schaffte es gerade noch an der ersten Furche vorbei in den flacher werdenden Auslauf des Rodelberges. Ich stellte die Füße auf die Kufen und ließ den Schlitten dahingleiten. Mein Herz klopfte bis zum Hals, der Hintern schmerzte, in den Ohren pochte eine heiße Freude.

Mein Schlitten fuhr bis zur Straße am Rand der Aue, bis dahin, wo der tiefe Schnee begann und man an den Spuren sehen konnte, dass es nur wenige Kinder bis hierher geschafft hatten. Tief befriedigt stieg ich ab und machte mich auf den Rückweg.

Schnee fiel inzwischen dichter in großen, feuchten Flocken, die sofort auf der Wolle meines Winterpullovers schmolzen. Ich stapfte, meinen Schlitten hinter mir herziehend, die Rodelbahn bergauf, die immer noch gelblicher Nebel umhüllte, der jetzt aber von grauen und silberfarbenen Lichtkeilen durchdrungen war, in denen Flocken wirbelten. Ich schloss zu den anderen Kindern auf, die ebenfalls bergan strebten. Immer wieder schossen Schlittenfahrer an uns vorbei, die der Nebel ausspie und wieder verschluckte. Der Schnee weichte das Eis auf der Bahn auf, und verschmierte Erde trat zutage. Das Rumpeln der Kufen war einem samtenen Zischen gewichen. Die Rufe der Kinder drangen gedämpft da und dort aus dem Nebel, seltsam ortlos und zufällig, ohne dass man sie einem Rufer hätte zuordnen können.

Plötzlich waren auf der Höhe der Schanze, die wir gerade erreicht hatten, aufgeregte Schreie zu hören. »Haut ab! Was wollt ihr hier? Nein!« Dann konnte ich erkennen, was vor sich ging. Die Jungen aus dem Bahnhofsviertel hatten sich um die Schanze verteilt und schubsten die Kinder, die sich herandrängten, in den Schnee. »Verschwindet, ihr Pisser! Das ist unsere Schanze. Weg da!« In ihrer Mitte am nächsten zur Schanze stand Tschernik, der größer war als alle anderen und keine Mütze trug, sodass ihm das Wasser aus seinen kurzen Haaren über sein breites Gesicht rann. Seine abstehenden großen Ohren leuchteten blaurot im gelben Dämmer. Er blickte hämisch grinsend zu der gerade angekommenen Schar von Kindern hinüber. »Wer kommt denn da? Die Hosenscheißer vom Tiefenborn und Max, der größte Schisser von allen.« Er drehte sich zu den anderen um. »Gleich rennt er weg, heim zu seiner Mamafotze.«

Rudi, der Nachbarsjunge, dem die karottenroten Haare unter der Mütze hervorquollen, war neben mich getreten. »Das lassen wir uns nicht gefallen!«, zischte er. Fast gleichzeitig stellten wir unsere Schlitten aufrecht stehend vor uns ab, bückten uns und begannen ein Bombardement mit Schneebällen. Weiß platzten die ersten Treffer auf den schwarzen Wintersachen. Die Jungen aus dem Bahnhofsviertel hatten sich jetzt alle uns zugewandt. Sie warfen zurück. Immer mehr Kinder beteiligten sich an der Schlacht. Die Sonnenscheibe stand groß über den Kämpfenden, sandte schwefelfarbene Lichtlanzen durch den Dunst unter sie, in deren Licht die Schneekugeln aufblitzten, die in einem wilden Gestöber kreuz und quer durch die Luft flogen, dort eine eingemummte Schulter trafen und da gegen einen Schlittenschild krachten. Die Winterkleidung der erhitzten Kinder dampfte in der Kälte. Ein paar der Jungen aus Tscherniks Bande schlugen mit ihren Schlittenkufen Eisbrocken aus der Schanze und bewarfen uns damit. Wir hielten unsere Schlitten vor Brust und Gesicht und wehrten damit die Eisbrocken ab, so gut es ging. Ein Brocken traf Rudis kleinen Bruder. Er heulte auf und ließ sich in den Schnee fallen.

Die Mädchen hatten bereits den Rückzug angetreten. »Hört doch auf. Ist doch egal, wem die Schanze gehört. Hört auf, seht ihr nicht, dass Herbertle schon weint!« Die Tschernik-Jungen drangen weiter gegen uns vor. Kochend vor Wut sah ich, dass uns nichts übrig blieb, als uns ebenfalls zurückzuziehen. Rudi blickte sich bereits nach dem besten Fluchtweg um, als der Erste vor mir auftauchte. Ich erkannte ihn. Er wohnte in dem noch unverputzten Haus etwas oberhalb des Schlittenhanges. Ich hob meinen Schlitten über den Kopf. Plötzlich streifte etwas gelbes Licht sein schweißüberströmtes Gesicht, die Augen sanken in dunkelbraune Höhlen, sein Schatten fiel auf den zerstampften Schnee. Ich schlug zu. Das eisenbeschlagene hintere Ende einer Kufe traf ihn seitlich oberhalb der Stirn. Er schrie. Der Schrei stand über uns wie ein Habicht über einem Hühnerhaufen, und für einen Moment schien alles angehalten, die Flocken in der Luft, tanzend für immer in diesem silbergelben Licht, das Durcheinander der Schlitten, ein verlorener Fäustling im Schnee, die entsetzte Kinderschar mit schreckgeweiteten Augen, wie erstarrt in einer Abfolge von Bewegungen, sich bückend, mit zum Wurf ausholenden Armen, mitten im Lauf, im Umdrehen, erstarrt, bis Blut unter seiner Mütze hervorquoll und alle Kinder in alle Richtungen davonliefen.

Ich ließ meinen Schlitten zurück und rannte bergauf durch knöcheltiefen Schnee auf unser Haus zu. Jemand rief: »Der Jonathan kommt!« Ich blickte nach oben und sah ihn unter seine Haustür treten. Jonathan war der Vater des verletzten Jungen. Er war einer der Kriegsversehrten im Dorf. Wir wussten nicht genau, was dieses Wort bedeutete, aber die Kinder tuschelten sich über Jonathan zu, dass er eine Silberschale als Schädeldecke trage und seit dem Krieg nicht mehr richtig im Kopf sei. Er hob ein Beil neben dem Türstock auf und begann, ebenfalls durch tiefen Schnee die Hangkante am oberen Hopfengarten entlang in Richtung unseres Hauses zu laufen. Sein Weg war länger, aber ich musste bergauf. Als ich endlich die Hangkante erreichte, war er schon dicht hinter mir. Er stieß gurgelnde Verwünschungen aus.

Die Hangkante war auf der Ebene unseres Grundstücks, aber ein Zaun trennte es vom Hopfengarten. Ich rannte den Zaun entlang neben den Furchen des Hopfengartens. Sein Keuchen kam näher. Der schwer gewordene Schnee klebte in immer größer werdenden Batzen an meinen Stiefeln. Meine Füße wurden schwerer und schwerer. Rote Flecken tanzten vor meinen Augen. Er schnaufte und fluchte jetzt direkt hinter mir. »Ich schlag dich tot. Ich schlag dich tot!« Ich konnte es nicht sehen, aber ich spürte zwischen den Schulterblättern, wie er das Beil hob. Das Loch im Zaun! Ich ließ mich mit letzter Kraft fallen und rollte mich seitlich durch das Loch auf den Weg, der zu unserem Haus führte. Es war ein Loch, wie es nur Kinder benutzen konnten, der Zaun war nur leicht vom Boden angehoben. Er blieb zurück.

Ich läutete an der Haustür unter dem Balkon Sturm. Mutter öffnete. »Was – ?« Schluchzend drückte ich mich an sie.

Meine Mutter war keine Frau, die sich von einem tobenden Verrückten am Gartenzaun einschüchtern ließ. Sie trat hinaus in den Nebel, eine große schlanke Frau, und richtete ein paar Worte an den Schäumenden, und der ließ sein Beil sinken, suchte es irgendwie zu verbergen, lüftete gar für einen Moment die speckige Schirmmütze, eine dunkelblaue Narbe quer über den gelblichen Schädel wurde sichtbar, krümmte sich zu einer schiefen Verbeugung und zog mit hängendem Kopf ab.

Sie kam wieder ins Haus, drückte meinen Kopf an ihre Brust, fuhr mir durch die schweißnassen Haare. Dann legte sie mir ihre Hände auf die Schultern, drehte mich zu sich und blickte mich ernst mit den großen blaugrünen Augen meines Bruders an. »Was ist passiert?« Ich wischte mir Tränen und Rotz aus dem Gesicht und erzählte es ihr.

Das alles war für meine Mutter keine sonderlich aufregende Sache. Ich bekam ein paar knappe Anweisungen – »Wir gehen rüber, und du entschuldigst dich! Wir nehmen ein paar Plätzchen mit.« –, und die Sache war erledigt.

Von Zeit zu Zeit saß ich mit meiner Mutter am Küchentisch, und sie erzählte, wann immer ihr danach war, von Krieg und Flucht. Sie erstickte ihre Erlebnisse im Krieg nicht im Schweigen. »Ich habe alles gesehen. Auf der Flucht und danach«, sagte sie, schaute einen dabei nicht an, und ein grauer Schatten zog über ihr Gesicht. Ihre Mutter und ihre Schwester waren auf dem Treck aus Kindern, Frauen und alten Männern, der sich viel zu langsam vor der näher rückenden Front durch Schnee und Eis schleppte, getötet worden. »Die Tiefflieger haben sie abgeknallt wie die Hasen. Das Schrecklichste war, dass wir sie da liegen lassen mussten zwischen den Pferdekadavern und den rauchenden Karren.«

Sie schlug sich in eine der zerbombten Städte im Süden des Landes durch. »Die Leichen stanken aus den Kellern. Ein Winter lang Kohlsuppe und steinhartes Brot, aber wir waren am Leben.« Ein dunkelhaariger Gefreiter kam aus der Gefangenschaft zurück. »Da siehst du, so ein fescher Kerl war dein Vater. Für die Hochzeit hat er sogar Sekt bei den Amis organisiert. Und Zigaretten.« Vater studierte, Mutter half im Rathaus aus. »Ich konnte Steno. Wir Frauen haben die Stadt aufgeräumt, Ziegel geklopft, die Straßen freigeschaufelt.« Vater fand eine Stelle. »Das war ein Forschungslabor. Sie hatten sogar ein Elektronenmikroskop. Frag mich nicht, was das ist.«

Lange Zeit kamen keine Kinder. »Weißt du, ich musste kotzen, wenn ein Mann mir nahe kam.« Vater wechselte mehrmals die Stelle. »Er konnte es nirgends lange aushalten.« Sie zogen um, dahin, dorthin, in jenen Jahren war es für ihn leicht, eine Stelle zu finden, am Ende in die nahe Kreisstadt. »Dann kamst du, mein Augenstern, dann dein Bruder nach gut einem Jahr. Eine herrliche Zeit. Na ja, dann war erstmal Pause, bis die Kleinen kamen. Wegen ihnen sind wir dann hierhergezogen.«

Vater arbeitete während der Woche in der Hauptstadt, und Mutter zog vier Kinder alleine auf. Viel Zeit blieb nicht für die beiden älteren. Meine Mutter war überzeugt, Kinder brauchten eine harte Hand, sie aber schlug uns nie, das war Vaters Aufgabe am Wochenende. Wichtig war gesunde Ernährung, und gute Nahrungsmittel waren die, die sie als Kind schon geliebt hatte. Sie brachte die Herrin über das Milchhaus unten am Dorfplatz, die rundliche Frau Brase, dazu, Sauermilch in das Sortiment aufzunehmen. Seit einiger Zeit standen auf der kalten Steintheke, hinter der sie mit weißer Schürze und weißem Schiffchen auf der Dauerwelle thronte, neben den braunen Literflaschen mit Vollmilch, die mit goldfarbenen Aluminiumfolien verschlossen waren, ebensolche Flaschen mit silbernem Deckel, Sauermilch. Sauermilch, die bald alle Frauen im Dorf kauften, denn ihre Wirksamkeit war ja offensichtlich: »Schaut euch bloß diese großen kräftigen Kinder an!«

Sauermilch mit heißem Maisbrei, in dem Schafskäsescheiben schmolzen, gekochtes Rindfleisch mit eingemachten grünen Tomaten, roter Presssack mit Zwiebelsalat, den Mutter in einem Geschirrtuch so lang auswrang, bis er süß schmeckte, Sauerkrautsaft und selbst gemachter Holundersaft gegen den Husten, das waren die Köstlichkeiten, die wir Kinder am Küchentisch vorgesetzt bekamen.

In dem Winter, als mein Bruder noch lebte, hatte Mutter beschlossen, dass in der Waschküche ein Schwein geschlachtet werden sollte. Ihre beiden Brüder kamen angereist, und wir Kinder mussten in der Küche bleiben, wo wir uns die Nasen an den beschlagenen Scheiben des Küchenfensters platt drückten. Der Metzger wetzte draußen seine Messer und drapierte sie auf einem Beistelltisch wie auf einem Altar. Dann betäubte er die entsetzlich laut schreiende Sau vor dem Abgang zur Waschküche mit einem Bolzenschussapparat, die Brüder knieten auf ihr, um sie zu Boden zu drücken, der Metzger stach ihr in den Hals, aber meine Mutter war diejenige, die das warme Blut, das in Schwällen aus der Halsschlagader spritzte, in einer Schüssel rührte, damit es nicht stockte.

Ganz in Dampf gehüllt brühten die Männer das geschlachtete Tier in der Zinkwanne, in der wir im Sommer badeten, enthaarten die Sau mit Eisenketten, die sie unter dem Leib hin- und herzogen, wendeten schwitzend immer wieder den rosigen Körper in der grauen, schwappenden Brühe und schabten schließlich mit scharfen Glocken die letzten Borsten von der Haut, während meine Mutter angetan mit Schürze, Kopftuch und Gummistiefeln immer neue Eimer mit kochendem Wasser aus der Waschküche heraufschleppte. Vater stand zwischen den rasch arbeitenden Männern herum, rührte keinen Finger und rauchte.

Die Männer banden die Hinterläufe der ausgebluteten Sau zusammen, hievten sie mit vereinten Kräften auf ein Gestell und hängten sie mit dem Kopf nach unten auf. Der Metzger schlitzte mit einem großen Messer den Bauch von oben bis unten auf, fing die herausquellenden Därme mit beiden Armen auf und ließ das stinkende Geschling in eine Wanne gleiten. Die Kinder am Küchenfenster schrien auf, und mein Bruder rannte aufs Klo, um sich zu übergeben.

Als zuletzt auch die Klauen gesäubert und das Tier in zwei Hälften geteilt war, zündeten sich die Männer eine Zigarette an und trugen die Hälften auf den Schultern rauchend in die Waschküche. Ich lief in den Keller, weil ich mir nichts entgehen lassen wollte, und wurde so halbherzig zurückgeschickt, dass ich blieb. Auf dem alten Waschtisch, der nicht mehr gebraucht wurde, seit Mutter ihre Waschmaschine hatte, zerlegte der Metzger mit einem Hackbeil die Schweinehälften. Er verteilte das Fleisch peinlich genau auf vier Blechwannen, eine für uns, jeweils eine für die Brüder und eine für ihn selbst.

Mutter hatte Feuer unter dem großen Waschzuber gemacht, der ebenfalls ausgedient hatte. Wasser kochte, Dampfschwaden füllten die Waschküche. Leber, Herz, Kopf und Füße warf Mutter in die brodelnde Brühe. In dem Dampf und der Hitze, die die Waschküche erfüllten, hatten die Brüder ihre Hemden ausgezogen, doch der Schweiß rann ihnen weiter in die weißen gerippten Unterhemden, während der Metzger seine blutbespritzte Gummischürze und sogar das Schiffchen auf dem Kopf anbehielt und mein Vater nicht einmal seine Hemdsärmel hochgekrempelt hatte.

Meine Mutter brachte Schnaps und stieß lachend mit den Männern an. Auch sie trug mittlerweile nur noch ihr besticktes Unterhemd unter der Schürze, und das Tuch war lässig um die Stirn gebunden. Mein Vater trank nicht. »So eine schöne fette Sau«, rief Onkel Franz, »und unser schönes Schwesterchen!« Er nahm meine Mutter in den Arm, die neben ihm in ihrer Schürze sehr schmal wirkte, und sie wagten ein paar Tanzschritte auf dem Holzrost in der Waschküche. Der Tanz misslang, beide gerieten unter allgemeinem Gelächter ins Taumeln.

Ein verlockender Duft stieg vom Waschzuber auf. Mutter fischte mit einer hölzernen Wäschezange ein großes, dickes Stück Wangenspeck heraus und teilte das Fett in dicke, dampfende Scheiben. Die Männer griffen zu, streuten Salz auf die heißen Stücke, bliesen darauf mit dicken Backen und geröteten Köpfen, taten verzückt, kauten die Scheiben mit einem Stück Brot und tranken einen Schnaps nach dem anderen. Ich erhielt auch ein Stück. Es schmeckte köstlich. Vater verzichtete.

Meine Mutter war sehr stolz auf ihren neuen elektrischen Herd und ihre Küchenmaschinen, den Quirl, das Rührgerät, sie hantierte damit an vielen Tagen pfeifend in der Küche. Sie fuhr Auto, entschlossen, aber vorsichtig, immer in der Furcht, einen Kratzer in die Karosserie zu machen, steuerte den schweren Wagen dennoch frohgemut mit vier Kindern in die Kreisstadt, um eine Freundin zu besuchen. Nicht selten stimmte sie mit fester Stimme ein Kinderlied an, und wir Kinder fielen ein: »Wem Gott will rechte Gunst erweisen, den schickt er in die Wurstfabrik, den lässt er in die Knackwurst beißen …« Aber oft sah ich sie bleich mit Körben voll nasser Wäsche die Kellertreppe heraufkommen, und manchmal hörte ich sie vom Bett aus am Küchentisch weinen, wenn wieder einmal eines der Kleinen krank war, sein Zustand sich nicht besserte und sie nicht weiterwusste, allein und ganz auf sich gestellt, wie sie war.

Ihre Hände waren rau und gerötet von der Hausarbeit, und nach dem Tod meines Bruders fiel mir eine graue Strähne an ihrer Schläfe auf.

Sie liebte ihre Kinder, sie liebte ihren Ältesten, dessen war ich mir sicher, aber ich hätte es nie über das Herz gebracht, ihr eine zusätzliche Last aufzubürden. Sie erfuhr nie etwas von meiner Schuld und nie das Geringste von meiner Pein.

Spätnachmittägliche Dunkelheit begann sich aus dem perlgrauen Januarhimmel auf die Schule herabzusenken. Der Schulhof mit dem kahlen Baum in der Mitte füllte sich mit Schwärze. Die massive Sandsteinmauer des Friedhofs gegenüber färbte sich von moosüberwachsenem Graubraun über trostloses Schiefergrau zu bedrohlichem Anthrazit, als würde sie langsam in dunkles Wasser getaucht, als entfernte sie sich von Augenblick zu Augenblick immer mehr in die Nacht.

Lehrer Roth schaltete mit einem Klacken die Lampen im Klassenzimmer ein, die aus nichts als einer Glühbirne und einem innen weißen, außen dunkelgrünen Schirm aus Blech bestanden. Sechs gelbe Lichtkegel verjagten das angenehme Dämmerlicht aus dem Klassenzimmer. Ein gutes Dutzend Nachsitzer starrten aus drei Bankreihen nach vorn zum Stehpult des Lehrers, dessen abgeschrägte Fläche eine Leselampe beleuchtete. In der letzten zerkratzten, mit eingeritzten Buchstaben und Zeichnungen geschändeten Bank saß ich und neben mir Karl aus meiner Klasse. Die Schulmöbel waren am Boden festgeschraubt und bestanden aus einer Bank, einem Tisch und einer Rückenlehne aus Latten.

Der von Generationen von Schülern bearbeitete Tisch hatte am oberen Ende eine Rinne für Stifte, Griffel und Federhalter und in der Mitte ein Tintenfässchen mit einem Metalldeckel zum Aufklappen. Unsere ledernen Schulranzen hingen an einem Haken seitlich am Tisch. Karl war ein schnaufender Riese, der kaum noch in die Bank passte. Er hatte an diesem Winternachmittag nur eine Aufgabe, die er mit wohligem Grunzen erledigte. Jedes Mal, wenn ich eines der Schreibgeräte mit der linken Hand ergriff, gab er mir einen Schlag auf den Hinterkopf. Ich war Linkshänder, doch mit der linken Hand zu schreiben, hatte Lehrer Roth verboten. So hatte ich seit der ersten Klasse beim Schönschreibunterricht Karl als Wächter neben mir, aber die Buchstaben, die ich mit der rechten Hand schrieb, waren immer noch wackelig und schief. Deshalb musste ich nachsitzen.

Lehrer Roth trug einen braunen Anzug, aus dem ein zerschlissener Hemdkragen und ebensolche Manschetten hervorlugten, mit Kniebundhosen, er war lang und schmalschulterig, und er trug eine randlose Brille, die im Licht der Lampen blitzte. Sein hervorstechendstes Merkmal war sein langer, dünner Hals, der den kleinen Kopf mit der scharfen Nase trug. Deshalb war sein Spitzname Ganggerer, Gänserich. Er unterrichtete die ersten vier Klassen zusammen in diesem Raum mit den ausgetretenen Dielen, den abgewetzten Bänken, der quietschenden Tafel, der verschmutzten, zerkratzten grünen Ölfarbe an den Wänden, die bis in Höhe der Fenstersimse der drei großen zweiflügligen Sprossenfenster reichte, und mit dem staubig braunen Kruzifix in der oberen rechten Ecke. Ein Geruch von Putzmittel, Bohnerwachs und Kreide hing in der Luft.

Der Pedell hatte den Holzofen im Klassenzimmer angeheizt und trockene Scheite zum Nachlegen danebengestapelt. Es war gerade so warm, dass man die Mäntel ausziehen und an die Haken draußen im Gang hängen konnte, aber ein eisiger Hauch wehte vom Pult herunter auf die über ihre Tische gebeugten Schüler. Lehrer Roth hatte aufgeblickt. Wen würde er sich als Erstes vornehmen? In der ersten Bank neben den Fenstern saßen die Zwillinge Mia und Pia. Sie waren schon in der sechsten Klasse, mussten aber immer mit uns Jüngeren nachsitzen, weil sie einfach nicht wussten, was zwölf mal vierzehn ergab. Niemand wollte seine Aufmerksamkeit erregen, alle blickten geschäftig auf ihre Tische, alle außer Karl, dem nichts passieren konnte, und ich spürte, ohne hinzusehen, dass die Zwillinge an der Reihe waren.

»Mia und Pia, Rechenheft!«

Jeder aufgerufene Schüler hatte aufzustehen und an das Pult zu treten, das erhöht auf einem mit dunkelgrünem Linoleum belegten und mit einer scharfen Metallleiste abgeschlossenen Podest stand. Die Zwillinge, die in ihren roten Jacken und schwarzen Hosen von hinten vollkommen identisch aussahen, ergriffen ihre Hefte und stellten sich eng nebeneinander vor das Pult. Mit einer Bewegung – sie führten oft wie Tänzerinnen Bewegungen gemeinsam aus – reichten sie ihre Hefte hinauf unter die blitzenden Brillengläser. »Eselsohren! Setzen, alles noch mal!« Lehrer Roth schlug mit seinem Lineal auf die Hefte – ein wohlvertrautes, knallendes Geräusch – und gab sie angewidert den beiden Unglücklichen zurück. Mit gesenkten Köpfen schlichen die Mädchen zurück in ihre Bank.

Ralf beugte sich flüsternd hinüber zu Gregor. »Wer schwätzt denn da?« Lehrer Roth stand auf, stieg kerzengerade die Stufe hinunter, seine Wanderschuhe knarrten, den Eisstrahl seines Blicks auf die Jungen gerichtet. Noch bevor er ihre Bank erreicht hatte, sprangen beide auf und stellten sich neben die Bank. Ralfs Ohren glühten, Gregor stand in der Hüfte leicht nach vorne gebeugt. Sie wussten, wir alle wussten, was ihnen bevorstand. »Hand!« Ich glaubte, ein Funkeln hinter den Brillengläsern wahrzunehmen. Die Jungen wirkten mit einem Mal klein wie Hunde vor der schmalen, dunklen, hoch aufgerichteten Gestalt. »Ich sagte: Hand«, drohend, leise.

Ein Kind aus der ersten Klasse weiter vorne stieß ein Winseln aus. Lehrer Roth drehte sich um, das Kind presste die Lippen zusammen. Langsam hob als Erster Gregor seine kleinen, speckigen Hände mit den Handflächen nach oben quer über den Tisch. Sie zitterten. »Zwei. Und wehe!« Wehe, wenn du sie wegziehst. Lehrer Roth griff in die Innentasche seines Rocks und holte den Rohrstock hervor. Gregor wandte den Kopf ab. »Sieh mich an!« Zischend klatschte der Rohrstock einmal auf jede Handfläche. Gregor krümmte sich noch weiter nach vorne, stieß einen unterdrückten Schmerzlaut aus und setzte sich, die Hände unter den Achseln. »Jetzt du. Schwätzen im Unterricht!« Auch Ralfs Hände zitterten, als er sie ausstreckte, aber er sah Lehrer Roth mit hasserfülltem Blick direkt in die Augen. Wieder dieses Zischen des Rohrstocks, das Klatschen auf der Haut, ein Geräusch, das tief in meinen Träumen nistete. Das Kind aus der ersten Klasse weinte jetzt, versuchte aber, sich panisch die Tränen mit dem Ärmel abzuwischen, bevor Lehrer Roths Blick auf es fiel. Ralf gab keinen Ton von sich, setzte sich und umklammerte den vorderen Rand des Tisches so fest, dass seine Knöchel weiß hervortraten. Seine Stirn glänzte in dem kalten Licht vor Schweiß.

Lehrer Roth trat vor die Tafel und wandte uns seinen krummen, knochigen Rücken mit den hervorstehenden Schulterblättern zu. Zusammen saßen wir in diesem hell erleuchteten Zimmer, erfüllt von einem gleißenden Schrecken, der aber auch, wie mir schien, in all den Jahren tief in das Holz der Dielen, in die Spalten dazwischen, in die Scharten der angeschraubten Bänke eingesickert war; mir war, als hätten sich die Wände, an denen da und dort eine Karte oder eine Schautafel braun wurde, mit Angst und Schrecken so vollgesogen, dass sie unten aus den schwarz gebohnerten Leisten wieder hervorzusickern schienen und mir den Atem nahmen. Die Ritzereien in den Bänken waren wie ein lautloser Schrei.

Lehrer Roth hatte jetzt Aufgaben für jeden Jahrgang an die Tafel geschrieben. Rechnen, Schreiben, Lesen, Heimatkunde. Für die Schönschreiber hatte er ein großes und ein kleines B und G und den Satz »Ehre deine Eltern« in Sütterlinschrift und lateinischer Schreibschrift angeschrieben. Die Kleinen mussten nur die Buchstaben mit ihren Griffeln auf ihre Schiefertafeln kratzen, ich hatte alles nacheinander jeweils zehn Mal zuerst mit der Stahlfeder, dann mit dem Füller in Sütterlin- und Schreibschrift in mein Heft zu ziselieren.

Mittlerweile kam es nur noch selten vor, dass ich ein Schreibgerät mit der linken Hand ergriff, und Karl döste neben mir mit offenen Augen. B und b, B und b, B und b. Ich schrieb an diesem Tag einigermaßen ordentlich und flüssig, die Feder kratzte nicht auf dem Papier, und die Buchstaben wurden denen auf der Tafel immer ähnlicher. Ich sah das Klassenzimmer, die arbeitenden Schüler in ihren scharfe dunkelbraune Schatten werfenden Bänken sitzen, die Lichtkegel, die helle Seitenwand, den Lehrer, der einen Apfel aus seiner Ledertasche gekramt hatte und ihn mit Behagen verspeiste – »Es gibt nichts Gesünderes als einen Apfel im Winter, der hält alle Krankheiten fern, Kinder, und ihr müsst morgens und abends Zähne putzen« – als Spiegelbild in den Fensterscheiben. Obwohl ich Buchstabe um Buchstabe aufs Papier schrieb, glitt ich auf dem Lichtschein, der durch die Fenster auf das Pflaster draußen fiel, hinaus in die frühe Winternacht.

Das zweistöckige Schulhaus war aus den gleichen Sandsteinquadern erbaut wie die Kirche und die Mauer des Friedhofs, den man durch einen Torbogen betrat, zu dem eine ausgetretene Treppe vom Schulhof aus hinaufführte. Der größere Teil des Schulhofs lag meist im Schatten des hohen Friedhofsgemäuers und war von einer brusthohen Mauer eingefasst, über die man auf die offene Tür eines Saustalls hinter einem kleinen Bauernhof blicken konnte. Hier wurde im Herbst der Kartoffelstampf für die Säue gekocht, und wir holten uns dort nach der Schule frisch gekochte Kartoffeln. Man konnte vom Schulhof aus der Bäuerin zusehen, wenn sie in Schürze, Kopftuch und Gummistiefeln die schwappende Brühe aus allerlei Abfällen in die Steingutröge schüttete. Das Grunzen und Stampfen der Säue drang herauf, der Dampf aus den Trögen, der Gestank von Schweinemist. Im hintersten Eck des Schulhofes kauerte der aus Holz gezimmerte Abtritt an der Friedhofsmauer. Zwei Holztüren mit Riegeln, die schon lange nicht mehr griffen, weil das Loch für den Zapfen völlig ausgeleiert war, schlossen sich vor Mädchen und Jungen. Im Pissoir herrschte ein derart scharfer Uringeruch, dass man seinen Atem anhalten musste. In der rotbraunen Steingutrinne krümmten sich dicke weiße Maden auf den gelben Schlieren des Urinsteins. Hinten im Halbdunkel hüllte sich der Abort, ein kreisrund ausgeschnittenes Loch in einem dicken, rund abgewetzten Brett, in das ich niemals zu blicken wagte, in infernalischen Gestank. Eine abgegriffene Holztür verschloss diesen Platz, und Generationen von fiebrigen Schülerfingern hatten zwei Löcher in die Wand zum benachbarten Abort der Mädchen geschabt. Manche Mädchen verstopften diese Löcher mit ihrem Taschentuch oder hielten sie mit den Händen zu, manche nicht.

An der Wand in der Nähe des Pultes, meist von einer Landkarte abgeschirmt, hatte der Lehrer seinen Schrank. Nicht viele

Schüler wussten, was der Schrank enthielt. Ich wusste es, weil ich oft Besorgungen für den Lehrer zu machen hatte. Er hatte erklärt, für mich gebe es vom Stoff der ersten vier Klassen nichts mehr zu lernen, nur die Schrift sei nach wie vor inakzeptabel. Ich solle mich anderweitig nützlich machen. Nach der Pause musste ich jeden Morgen zum Kolonialwarenladen laufen und für den Lehrer eine Flasche Weißwein und eine Tafel Schokolade kaufen. Alles war bereits in einen Korb gepackt und mit einem Geschirrtuch bedeckt. Die Inhaberin schrieb Zahlen in ein schwarzes Buch, schenkte mir einen Lutscher, und ich lief in die Schule zurück. Ich ließ mir so viel Zeit wie irgend möglich und tauchte oft erst zum Ende der vorletzten Stunde auf. Von der Landkarte vor der Klasse verborgen, sperrte ich den Schrank auf, der Schlüssel hing an einem Nagel in der Rückwand, und räumte den Einkauf in die Fächer. In den Fächern lagerte die ganze Welt von Lehrer Roth. Schachteln mit eingewickelter Kreide, Bleistiftbündel, Buntstifte, Tintenflaschen, grüne Tinte, rote Tinte, blaue Tinte, leere Weinflaschen im untersten Fach, Stapel von Schulheften, eine in einer Flüssigkeit schwebende Ringelnatter in einem gut verschlossenen Glas, Handtücher, Ersatzkniestrümpfe, ein Stapel Liederbücher und ein Stapel Bibeln, Wanderführer, sein Wanderstock, ein zerfledderter Gedichtband mit einem Rücken mit Frakturschrift, die ich gerade erst zu lernen begann, und viele andere zerlesene, staubige Schulbücher, seit Jahren nicht mehr benutzt, und das frisch gelieferte, noch von einer Banderole zusammengehaltene Bündel der Rohrstöcke. Manchmal musste ich in der letzten Bank Schularbeiten korrigieren, was sehr einfach war, denn ich hatte nur die Wörter zu zählen. Je mehr Wörter, desto besser die Note. Er schlug mich nie.

Die Stunde für die Nachsitzer neigte sich ihrem Ende zu. Alle Schüler mussten aufstehen und sich neben die Bank stellen. Die

Erst- und Zweitklässler durften sitzen bleiben, Lehrer Roth nannte es das Einmaleinsspiel. »Erst umgekehrt. Vierundsechzig?« Wer »acht mal acht« rief, durfte sich setzen. Die Rechenkünstler saßen schnell, am Schluss standen nur noch Mia und Pia. Lehrer Roth ließ sie eine Weile in dem allgemeinen Gefeixe und Gekicher stehen. Ihre Schultern sanken gleichzeitig nach vorne, und ihre schwarzen halblangen Haare hingen vor ihren bleichen Gesichtern. Irgendwann erlöste er sie. »Setzen!« – »Aufstehen!« – »Auf Wiedersehen, Herr Roth!«

5

Im Herbst war der Fluss über seine Ufer getreten und hatte die Wiesen überschwemmt. Auch der Gemüsegarten meiner Tante Grete stand unter Wasser. Das Wasser war nicht abgeflossen, und als der Winter kam, war die ganze Fläche zugefroren. »Die Wiesen sind sowieso nichts wert«, sagte Onkel Alfred. Die Jungen hatten am Morgen in der Schule behauptet, dass das Eis jetzt trüge. Das konnten wir uns nicht entgehen lassen. Ich holte meine weißen Schlittschuhe aus der Ablage. Sie waren sehr schön, nicht bloß welche zum Anschrauben an die Winterstiefel, und die Kufen waren noch scharf genug. Endlich konnte ich meinen neuen gelben Anorak anziehen. Anorak ist ein Eskimowort. Ich steckte meine Zöpfe unter der Mütze fest, nahm die kleine lederne Umhängetasche vom Haken an der Tür, hing mir die zusammengebundenen Schlittschuhe über die Schulter und wollte los. »Moment, Prinzessin«, sagte Oma und reichte mir zwei aufeinandergelegte, sauber in Fettpapier eingepackte Brotschnitten. Sie lächelte. Ich wusste, es waren mit Zucker bestreute Butterbrote, meine Lieblingsspeise. »Danke!«, sagte ich und rannte hinaus. Am Brunnen warteten die Freundinnen, alle in dicken Winterpullovern mit Norwegermuster. Nur ich hatte einen Anorak, und Marie sagte: »Toll, der Anorak. Gelb steht dir gut, Marga.«

Das halbe Dorf war auf dem Eis. Die niedrig stehende Wintersonne schien auf die riesige blendend helle, glitzernde Eisfläche, die die ganze Au bedeckte bis hin zu den mit Raureif überzogenen Uferbüschen in der Ferne, die in leichtem Dunst verschwammen. Überall sah man Gruppen von Eisläufern, dazwischen einzelne Läufer, die große Kreise zogen. Ihre langen Schatten überkreuzten sich, wenn sie sich begegneten, Licht blitzte zwischen ihren Umrissen hindurch, und dann jagten ihre seltsamen schmalen Begleiter wieder hinter ihnen her einzeln über das Eis. Die Jungen hatten begonnen, ein Eishockeyfeld mit ihren Stiefeln abzugrenzen. Mitten zwischen all den Läufern sah ich Mia und Pia, die Zwillinge, in Schwarz und Rot. Sie stachen hervor aus der Menge in dunkler Winterkleidung, denn sie trugen als Einzige schwarze Hosen und dazu rote Wolljacken. Wie immer zu Späßen aufgelegt, winkten sie uns zu, winkelten ihre Arme ab wie zwei Vogelscheuchen, beide mit genau der gleichen Bewegung, wiegten sich hin und her und lachten. Dann wandten sie sich ab, fuhren gebückt ein paar Meter, als hielten sie einen Eishockeyschläger wie die Jungen, grimmig vor sich auf das Eis schauend. Am Ende der kleinen Vorstellung drehten sie ihre Köpfe in unsere Richtung, die schwarzen Fransen ihrer Pagenköpfe flogen gleichzeitig auf, und grinsten herüber. Wir winkten zurück, setzten uns auf Tante Gretes Gartenmäuerchen und zogen unsere Schlittschuhe an. Silvie hatte ihren Schlitten dabei, auf den wir unsere Winterstiefel und manche Mädchen ihre Schals und Handschuhe legten, denn so kalt war es gar nicht. Wir waren ganz aufgeregt und übermütig. Charlotte warf den feinen Schneestaub in die Luft, und wir sprangen herum und versuchten, ihn mit dem Mund aufzufangen. Die ersten Jungen kamen angekurvt und versuchten uns zu beeindrucken, indem sie scharf vor uns abbremsten und dann weiterfuhren. »Schau sie dir an, die Angeber!«, sagte Marie mit ihrer tiefen Stimme, und wir lachten extralaut.

Die Schlittschuhe waren fest gebunden, und ich stürzte mich aufs Eis. Anfangs fiel es mir schwer, das Gleichgewicht zu halten, ich war ein Jahr lang nicht mehr Schlittschuh gelaufen, doch bald fuhr ich große Kurven, lange Achter, Spiralen. Ich hätte singen können, und mir wurde heiß. Ich nahm meine Wollmütze ab und stopfte sie in eine Anoraktasche. Meine Zöpfe flatterten im Wind. Wie sehr ich das mochte! Das Eis war durchsichtig wie Glas. Man sah das Gras und die braunen Blätter des Herbstlaubs ganz deutlich und wie vergrößert. Ich fuhr einen Bogen so schnell ich konnte fast bis in die Nähe der Büsche, aber dort war das Eis nicht überall gefroren und ich kehrte in einem weiten, weiten, schnellen Halbkreis wieder zu den Mädchen zurück.

Meine beste Freundin Charlotte konnte rückwärts genauso gut fahren wie vorwärts; wie elegant sie die Füße umsetzte, wenn sie eine Kurve fuhr, und was für ein Tempo sie draufhatte! Das musste ich auch versuchen. Am schwierigsten war der Umschwung aus der Vorwärts- in die Rückwärtsfahrt in die gleiche Richtung. Es klappte nicht so richtig, und ich hatte Angst hinzufallen. Charlotte kam angerauscht, größer als ich, schlank, ihr braun gemusterter Pullover passte perfekt zu ihrem brünetten Haar. »Ich zeig's dir.« Was ich am besten konnte, war mich auf der Stelle zu drehen. Man hielt erst die Arme ausgestreckt, bis man sich sicher fühlte, und dann legte man sie an und drehte sich schneller und schneller um die eigene Achse, bis einem schwindelig wurde und man sofort bremsen musste. Ich bewunderte meine eigene Schlittschuhspur, die ich ins Eis gekratzt hatte. Es waren zwei wunderschöne ineinander verschlungene Spiralen.

Wir wurden immer übermütiger und ahmten die Figuren von Eiskunstläuferinnen nach, die wir einmal in Tante Gretes

Fernsehgerät gesehen hatten. Wir nahmen uns in den Arm und versuchten über das Eis zu tanzen, Silvies hellblondes Haar wehte in der Sonne wie eine Fahne, Marie schüttelte ihre sandfarbenen Locken im Takt. Viele der Jungen waren inzwischen herangeglitten, bestaunten unsere Vorführung und machten fachmännische Bemerkungen. Ein glucksendes Schnalzen, hohl, eindringlich, lief wie ein Schauder über das Eis, hallte über die ganze Fläche, und plötzlich krachte das Eis laut, und ein Sprung, aus dem dunkles Wasser quoll, riss es entzwei. »Nicht alle auf einem Haufen. Auseinander!«, schrie Alfred, der Sohn des Dorfschmieds. Alle liefen lachend auseinander.

Wir Mädchen fuhren zurück zu Silvies Schlitten, um eine Pause zu machen. Die Jungen waren mit der Abgrenzung ihres Eishockeyfeldes fertig, und die Spielführer begannen Spieler für jede Mannschaft zu wählen, was in großem Durcheinander ablief, weil jeder der Spieler, bevor das Spiel überhaupt begonnen hatte, beeindruckender als der andere mit seinem Schläger auf dem Eis vor dem Tor aus zwei alten Stiefeln herumfahren musste und manche sich schon erste Kämpfe um den kleinen schwarzen Puck lieferten. Wir saßen auf dem Schlitten und sahen zu den Jungen hinüber, die ganz genau wussten, dass wir sie beobachteten, aber auf keinen Fall zu uns herüberblickten. Ich packte mein Zuckerbrot aus und biss hinein. »Wollt ihr auch mal?« Silvie und Charlotte bissen ab und machten: »Mmh.«

Das Eis gab jetzt noch mehr merkwürdige Geräusche von sich. Ab und zu schien sich eine Spannung in einem beängstigenden hohlen Stöhnen, einem tiefen Knall, der über die ganze Fläche lief, zu lösen. Als auch Marie an den Schlitten heranfuhr, begann das Eis zu knistern und bekam feine Risse. So dick war es wohl doch noch nicht. Wir hörten das knallende Klacken des Pucks und die Jubelschreie seltsam überdeutlich. Ein toter Fisch war ins Eis eingefroren.

Da sah ich weit entfernt am Eisufer am Dorfausgang einen Jungen im Schnee sitzen und seine Schlittschuhe anschrauben. An seinem dunkelblauen Pullover erkannte ich ihn. Diesen Pullover hatte der Junge fast immer an. Er war von Hand gestrickt wie auch viele der Pullis der Mädchen, aber so schlecht, dass selbst ich, die noch lange nicht so gut strickte wie Tante Grete oder meine Oma, es hätte besser können. Es war Max. Er bekam solche Pullover zu Weihnachten von einer Tante aus einer weit entfernten Stadt, die ihn nie besuchte.

Als er mit dem mühseligen Anschrauben fertig war, erhob er sich und bewegte sich unsicher auf den wackeligen Kufen. Er war kein guter Schlittschuhläufer. Weitab von uns Kindern und den paar Erwachsenen zog er einen unsicheren Kreis. Seit sein Bruder tot war, sah man ihn meist allein. Die Kinder mieden ihn, weil sie nicht wussten, wie man mit jemand umging, der gerade seinen Bruder verloren hatte. Der andere Grund war, dass alle Kinder wussten, wie sein Bruder gestorben war, und dass das kein Unglücksfall gewesen war, wie die Erwachsenen sich immer versicherten, tragisch, aber ein Unglück, sein schwaches Herz, darauf hatten sie sich merkwürdig rasch verständigt. So war es gewesen, fertig, aus. Ich hatte es ja nicht mit eigenen Augen gesehen und widersprach nie. Es war zwecklos. Selbst meine Oma hegte nicht den geringsten Zweifel. Und wie es schien auch seine Eltern nicht. Wie sonst sollte es gewesen sein? Doch wie trat man ihm entgegen? Wer hätte sich das getraut unter den argwöhnischen Blicken der Jungen aus dem Tschernik-Haufen, die ja auch hier eisliefen? So zog er dort hinten, wo im Gegenlicht Silberriefen auf dem Eis schimmerten, schon fast im Dunst des Ufergebüschs seine Runden, völlig allein.

Mich schmerzte dieser Anblick. Ich fand ihn merkwürdig, aber irgendwie nett. Seine Eltern waren vor ein paar Jahren aus der Kreisstadt ins Dorf gezogen. Es war für ihn, für seinen hübschen toten Bruder und für seine kleinen Geschwister schwerer gewesen als für die Kinder der Flüchtlinge, die nach dem Krieg im Dorf geblieben waren, mit uns, die wir schon immer da gewesen waren, zu spielen, obwohl wir ja die ganze bisherige Schulzeit miteinander verbracht hatten. Das sagte jedenfalls Onkel Alfred. Und dann noch der ein bisschen abgedrehte Bruder. Ja, er war süß, aber man wusste nie, woran man mit ihm war. Das hatten alle Mädchen gesagt, als er noch lebte. Max' Mutter war eine Schönheit, mit ihren braunen Haaren und den hellen Augen, tapfer, sagte meine Oma, allein mit vier Kindern und der Vater die ganze Woche irgendwo in einem Institut, was auch immer das war, auf Arbeit und weg. Der Vater sah aus wie ein verschreckter Habicht.

Ich merkte, dass auch die anderen Mädchen auf dem Schlitten zu ihm hinübersahen. Mit einem Mal wurde mir klar, warum. Er war wirklich schon ganz weit hinten im Dunst bei dem Ufergebüsch, wo das Eis dünner wurde und nicht überall geschlossen und das Wasser tiefer war. Er musste umkehren, aber er fuhr einfach weiter. Ich sprang auf, und es geschah: Er brach ein. Sofort lief ich los, die Mädchen mit. Man sah jetzt nur noch seinen Oberkörper.

Die Strömung zieht mich unter das Eis. Ich habe keine Kraft mehr.

Was tust du?

Niemand ist da. Niemand.

Vergib mir.

Von Weitem riefen wir den Eishockeyspielern zu, schrien und winkten. Sie hatten offenbar noch nichts bemerkt. »Hey, Max ist eingebrochen! Er ertrinkt!« Widerwillig hörten die Jungen auf zu spielen.

»Wer soll hier ertrinken? Wo denn?«

»Max, Max, ihr Idioten!«

»Scheiß auf Max«, sagte Ralf, Tscherniks bester Freund.

Alle blickten zu der Stelle, auf die wir deuteten. Max klammerte sich verzweifelt am glatten Eisrand fest.

Ich schrie: »Wollt ihr ihn ersaufen lassen? Wollt ihr ihn umbringen wie seinen Bruder?«

Endlich kam Bewegung in die Jungen, auch einer der Erwachsenen, Herr Wrede, der Nachtschicht arbeitete, war da. »Los, schnell, schnell, zwei Schlitten zusammenbinden. Los!« Zwei der Älteren und Herr Wrede fuhren der Unglücksstelle entgegen. Wieder knackste das Eis. »Auseinander. Und wir bleiben hier. Das Eis dort trägt nicht«, das war die tiefe Stimme von Alfred. Die drei näherten sich der Stelle. »Norbert, du als Erster. Ich bin zu schwer. Auf den Bauch und die Schlitten vor dir her. Ich halt dich an den Füßen fest«, sagte Herr Wrede.

Das Eis trug jedes ihrer Worte zu uns herüber, klar und deutlich, obwohl sie doch ein ganzes Stück entfernt waren. Auch Max schrie etwas, aber das blieb unverständlich, von einem Gurgeln verschluckt. Norbert schaffte es auf dem Bauch liegend, die Schlitten bis an das Loch zu bugsieren. Max griff nach der gebogenen Kufe, aber sie rutschte ihm aus der Hand. »Noch mal. Max, noch mal!«, rief er. »Er hat ihn! Zieht!«, hörte ich Herrn Wrede schließlich keuchen.

Herr Wrede zog an Norberts Füßen, und der andere Junge zog gebückt, aber schon stehend an Herrn Wredes Füßen. Er konnte sich mit seinen Schlittschuhen ins Eis einstemmen. Wäre Max nicht am Ertrinken gewesen, das ganze Bild hätte lustig ausgesehen. Max lag schon mit dem Oberkörper auf dem Eis. Noch ein Junge war dazugekommen und zog an Herrn Wredes anderem Bein. Sie schafften es. Herr Wrede und der Nachbarjunge Rudi brachten Max im Laufschritt nach Hause.

Hätten sie ihn wirklich ertrinken lassen?

6

Der Winter hatte lange Widerstand geleistet, war immer wieder mit düsteren Tagen voller Schneeregen über die Dorfstraßen hergefallen, doch die Sonne war stärker gewesen, der Schnee war geschmolzen und rann in glitzernden Rinnsalen davon. Zartes Grün lag über den Wiesen, Knospen brachen auf. Als meine Mutter zum ersten Mal in diesem Jahr die großen weißen Betttücher im Garten aufhängte, sanken letzte Schneeflocken aus einem Himmel wie gewalktes Papier einzeln herab, ließen sich auf Narzissen und Krokussen nieder und verwandelten sich in sonnenblitzende Tropfen. Erste warme Tage brachten eine köstliche Frische von den Auen herauf, dann standen alle Fenster des Hauses offen, um den Mief des Winters zu vertreiben.

Ich aber verkroch mich in mein Zimmer, versponnen in ein Knäuel immer gleicher Gedanken und Selbstgespräche. Ich war fast ertrunken. Was hatte mich hinausgeführt auf das Eis, dorthin, wo der Dunst begann? Etwas hatte mich unter Wasser gezogen. Das war die Strömung. Wie die Kälte hochkroch in mir. Sie hatten meine Schreie nicht gehört, sie haben sie nicht gehört. Ich wäre ertrunken, ich konnte mich nicht festhalten am Eis. Tschernik und seine Kumpane, sie haben mich in der Kirche gequält, und sie quälen mich weiterhin, wo immer sie mich sehen. Was kann ich alleine ausrichten gegen diese Horde? Sie lauern mir nach der Schule auf. Bin ich der Nächste? Erst mein Bruder, dann ich? Warum machen sie das? Ich habe ihnen doch nichts getan, genauso wenig wie mein Bruder. Es bereitet ihnen einfach Vergnügen, einen Riesenspaß. Was sollte ich tun? Wen außer Rudi kannte ich, zu dem ich hätte gehen können? Warum war ich so weit hinausgefahren, obwohl das Eis zu knacken begann? Hatten sie mich wirklich nicht gehört?

Ich lag auf meinem Bett und fuhr mit dem Zeigefinger die Konturen des Blumenmusters auf der hellblauen Wandtünche nach, wieder und wieder, einen Stängel hoch bis in die Blüte, wieder einen, vollkommen gleich mit dem ersten, und wieder einen, bis ich keine Blumen mehr sah, und alle Gedanken endeten. In solchen Momenten war es, als durchschritte man eine Glaswand, als könnte man hinter das Muster gelangen. Dort gab es eine vertraute Zone, die ich immer öfter aufsuchte, eine Zone der Stille und des Friedens ohne Fragen an meinem Bruder, ohne Gedanken an ihn.

Aber nachts begann alles von neuem. Da musste ich mich besonders in Acht nehmen. Leicht konnte es geschehen, dass ich aus Träumen voller Prügeleien auffuhr und wie tausendmal zuvor fragte: »Bist du wach?« Doch ich erhielt keine Antwort mehr, niemanden hatte ich mit meiner Frage geweckt. Wie entsetzlich lange es währte, bis ich mir dessen bewusst wurde! Ich war allein jetzt, niemand mehr sagte: »Schlaf! Ich bin da.« Nie mehr.

Ich setzte mich auf. Das Zimmer, unser Zimmer, war noch immer unverändert. Meines Bruders Bett war frisch gemacht und glatt gezogen, als könnte er jeden Moment unter die Decke schlüpfen. Auf dem Nachttisch lagen die beiden Bücher, Kante auf Kante, jeden Tag unverändert. Hätte er gelebt, wäre das Bett zerwühlt, eines der Bücher, ein Zirkusbuch aus der Vorschulzeit, sein Lieblingsbuch, wäre aufgeschlagen gewesen. All diese Dinge lagen wie erstarrt und kalt da, sie waren der Beweis, dass mein Bruder tot war, dass er nicht hier war, und doch schienen sie auf ihn zu warten. Mich fror.

Ich stand auf und öffnete unseren gemeinsamen Schrank, zog mir meinen blauen Pullover an. Im Schrank lagen in der einen Hälfte die Sachen meines Bruders, von meiner Mutter ordentlich zusammengelegt und sauber gestapelt, Sachen, die niemand mehr trug. In die Fächer der anderen Hälfte stopfte ich mein Zeug. An seinen Hemden, seinen Pullovern, seinen Hosen haftete etwas, kein Geruch, sie waren ja frisch gewaschen, aber die Erinnerung an seinen Geruch, und daran, wann und wo er sie getragen hatte. Und wie er sie trug. Sie schufen ein Bild von ihm, das ich nicht sehen wollte, das ich aber nicht wegwischen konnte, das mir das Herz zerriss, jedes Mal, wenn ich den Schrank öffnete. Es war lächerlich, aber mir schossen die Tränen in die Augen, wenn ich den Hemdenstapel ansah. Und es kam noch etwas hinzu, dessen ich mich schämte: Ich begann, mich vor diesen abgenutzten Sachen zu ekeln.

Unten neben der Schublade für die Socken und Unterhosen gab es eine zweite, die ihm gehört hatte. Ich zog sie auf. Mein Bruder hatte darin seine Heiligtümer verwahrt: einen Glaskasten mit einer einzelnen Libelle, die Feder einer Schleiereule, eine verschrumpelte Weidenpfeife, einen Zauberstab vom Jahrmarkt mit bunten Sternchen und seine Schmetterlingssammlung. Die Falter, Kleine Füchse und Weißlinge, waren in einem verglasten Holzrahmen nach Größe sortiert und auf schwarzen Samt gespannt. Wie oft hatten wir zusammen die Sammlung bewundert, doch heute verstörte mich ihr Anblick. Ein besonders prächtiges Exemplar hatte einen Flügel verloren, feiner Staub bedeckte an dieser Stelle den Samt. Mir leuchteten aus dem Rahmen keine flaumigen Schönheiten mehr entgegen, sondern nur noch ein paar aufgespießte Insekten, vertrocknet, farbmatt und tot.

Vom straff bezogenen Bett meines Bruders, von den niemals mehr berührten Büchern floss eine Kühle in den Raum, etwas seltsam Fremdes, das mir den Atem nahm wie ein Ring um die Rippen.

Ich sprang auf, fegte die beiden Bücher vom Nachttisch, das Zirkusbuch kam auf dem Rücken zu liegen, eine Seite löste sich, ich polterte die Treppe hinunter, knallte die Haustür hinter mir zu – »Max, wohin gehst du?« – und rannte hinaus in den gleißenden, wehenden Tag. Ich rannte einfach los, musste den Ring abstreifen, ganz gleich wohin, nur nicht ins Dorf, denn ich hatte keine Lust, Tschernik und seinen Kumpanen zu begegnen. Ich lief einen Feldweg entlang und unterquerte die Bahnstrecke. Als ich Atem schöpfend aus der feuchten, moosüberwachsenen Unterführung trat, sprang mich die klare, durchsichtige Helligkeit des Frühlingstages an. Sonnenfächer fielen auf den Weg, die Bäume trugen ihr erstes Laub. Lautes Gezwitscher hüllte sie ein wie eine Wolke, Vögel hüpften geschäftig von Ast zu Ast im lichten Gebüsch. Von einem Ring um die Brust war nichts mehr zu spüren.

Zwischen Büschen und Wiesen stieg der Weg leicht an hinauf zum Waldrand. Ich tauchte ein in das gestreifte Dämmerlicht zwischen den rotbraunen Stämmen der Kiefern, und ich berührte die glatte graue Rinde der Buchen mit den Händen. Vorjähriges Laub knirschte unter meinen Sohlen, morsche Äste und alte Kiefernzapfen knackten. Der Wind, der hie und da noch einen Hauch Winterkälte mit sich führte, rauschte in den langen Nadeln. Wo die Sonne den Waldboden berührte, dampfte schwarzbraunes Laub, im lichten Dunst standen erste Schwebfliegen. Die Luft war erfüllt vom Harzduft der frisch ausgetriebenen Bäume und vom bitteren Geruch des Laubs am Boden, das der Winter zurückgelassen hatte. In den Wipfeln klopfte ein Eichhörnchen einen erbeuteten Zapfen gegen einen Ast, braune Schuppen rieselten herab. Ein umgestürzter Baum griff schwarz hinaus auf eine leuchtende, tauglitzernde Wiese.

Ich drang tief in diesen Wald. Niemand konnte mich hier entdecken, niemand sich nähern, den ich nicht zuerst bemerkt hätte. Hoch über dem Dorf fand ich mitten auf einer Lichtung eine Buche, die mich unter ihrem Astgewirr voller gerade aufgebrochener Knospen aufnahm. An ihrem Fuß teilte der Schatten des Stammes in schräger Linie die weißen Sterne der Buschwindröschen in zwei Hälften, die Blüten im Dunkel strahlten duftig und ließen die Köpfe hängen, dort, wo die Sonnenstrahlen sie erreichten. Ich fand eine trockene Stelle und setzte mich ins Laub. Leises Schaben und Kratzen der Äste im Wind. Die Geräusche des Dorfes, Hundegebell, eine Kreissäge, ein Hahnenschrei, zwei Glockenschläge, die sich in Ringen ausbreiteten, drangen wie aus weiter Ferne an mein Ohr. Ein Zug fuhr irgendwo weit da unten in einer Welt, mit der ich nichts zu tun hatte. Nichts konnte mich hier behelligen. Ein flirrendes Schattengeflecht bewegte sich auf dem Boden rings um mich, als atmete es.

»Was tust du? Bist du hier?«

Als ich die Haustür öffnete, trug meine Mutter einen Korb Wäsche in ihr Bügelzimmer, eines der Kleinen schrie im Elternschlafzimmer. Sie wischte sich die Haare aus der Stirn und begrüßte mich mit einem Lächeln. »Na, wieder zurück, mein Großer?«

»Wir müssen seine Sachen aus dem Zimmer räumen.«

Sie überlegte einen Augenblick. »Gut. Einverstanden, aber das Bett bleibt drin.«

Auch in den Jahren zuvor war ich viel allein im Wald herumgestromert, der das Dorf an drei Seiten umschloss, aber seit diesem Frühlingstag nutzte ich jede Gelegenheit, meinem Zimmer zu entfliehen. Ich lernte, mich zu orientieren, die Furcht, mich zu verlaufen, die Angst vor dem Alleinsein in der feuchten Dunkelheit unter den Fichten, verloren sich, ich erschrak nicht mehr zutiefst, wenn ein Häherschrei plötzlich die Stille zerriss, und ich fühlte mich zunehmend sicher, fast geborgen, frei. Aber allein.

Meine Eltern hatten vor ein paar Jahren das kleine Haus gekauft, und wir waren in das Dorf gezogen. Jeder kannte mich, aber ich hatte keine Freunde. Ich kapselte mich nicht ab, wie mein Bruder es getan, der ganz in seiner eigenen Welt gelebt hatte, dennoch war es mir nicht gelungen, wirklich Anschluss zu finden. Wir zitterten zusammen vor Lehrer Roths Rohrstock in unserem zerschrammten Klassenzimmer neben dem Friedhof, waren wir aber entlassen, ging jeder seiner Wege. Nachmittags trafen sich die Kinder der alteingesessenen Bauern, wenn die Arbeit auf den Höfen fürs Erste getan war, zum Völkerballspielen vor dem Rathaus oder zum Fußball draußen auf dem Sportgelände. Ich machte gerne mit, denn inmitten der Kinder fühlte ich mich sicherer. Sie ließen mich mitspielen, aber ich blieb immer außerhalb ihres Geflechts von Blicken und Gesten, verstand viele ihrer Scherze nicht. Sie sahen sich ähnlich, nicht nur, weil alle Jungen dieselbe Frisur hatten, sondern weil sie alle untereinander verwandt waren. Ich war größer als die meisten meiner Altersgenossen. Das kam von der guten Ernährung, da waren sich die Frauen im Dorf sicher, die meine Mutter bei jeder sich bietenden Gelegenheit darüber ausfragten. Doch ich hatte nichts von der Zähigkeit der Bauernkinder, nichts von ihrer gleichmütigen Art. Ich kannte nur wenige der unzähligen

Geschichten, die unter den Kindern kursierten, es war nicht einmal so, dass sie mich sonderlich interessiert hätten.

Dann waren da noch die Flüchtlingskinder. Sie versuchten zusammenzuhalten, was selten gelang, zu verschieden waren die Länder, aus denen ihre Eltern im Krieg geflohen waren. Ihre Väter arbeiteten im Werk, auch viele der Mütter. Die Kinder wurden streng gehalten, mussten fleißig sein, saßen lange über ihren Schularbeiten. Die jüngeren Kinder trugen die Sachen der älteren so lange, bis sie nicht mehr zu flicken waren. Rudi, der Nachbarsjunge mit den roten Locken, war einer von ihnen. Wenn sich seine Mutter mit meiner unterhielt, hörte ich immer, dass er es einmal besser haben sollte. Rudi war der Einzige, den ich ab und zu besuchte. Er war ein Einzelkind, das viel zeichnete und an langen Nachmittagen allein zu Hause ganz eigene Ideen ausbrütete. So war er der festen Überzeugung, dass man seine Augen niemals mit Wasser in Berührung bringen dürfe, weil man sonst Gefahr liefe, langsam zu erblinden. Seine Wimpern und seine Augenwinkel waren deshalb mit gelben, trockenen Schleimresten verklebt, die wir beide einfach »Schlaf« nannten. An manchen Nachmittagen, wenn beide Eltern in der Arbeit waren, saßen wir am Tisch in der winzigen Küche und spielten Fang den Hut oder Mensch ärgere dich nicht. In der Küche waren Teller, Tassen und Töpfe in so strenger Ordnung aufgeräumt, als würden sie nie benutzt, die Dielen glänzten vor Sauberkeit, und als ich einmal ein Glas Milch umgestoßen hatte, geriet Rudi in helle Aufregung. Ich sah ihn nicht oft.

Tschernik und seine Freunde wussten, dass ich allein war.

Am Hang oberhalb der Flussaue gab es einen Obstgarten. Dort lag ich im kurzen, würzig duftenden Gras lange vor dem ersten Schnitt unter gerade austreibenden Apfelbäumen, die Arme unter dem Kopf verschränkt. Im hohen Blau zerfetzte der Wind weiße Wolken. Meisen und Spatzen lärmten im Geäst über mir, ab und zu fiel das braune Hüllblatt einer Knospe auf mich herunter.

Unten lief die Straße zum Elektrizitätswerk, gegen die Aue hin gesäumt von einer Schlehdornhecke, in der in regelmäßigen Abständen Ahornbäume standen. Die Bäume und die Hecke waren verblüht, die Blüten auf die Straße gefallen. Ein weißer Blütenteppich, immer wieder unterbrochen von gelbgrünen Kreisen, war über die rissige Straße gebreitet. Leichter Mandelgeruch, kaum wahrnehmbar, wehte herauf zu mir.

Es näherte sich eine Radfahrerin. Sie durchquerte den lichten Schatten unter den Bäumen, fuhr heraus in das strahlende Frühlingslicht, um erneut in rötlich grünen Schatten einzutauchen. Es sah aus, als hätte der Wind die Blüten eigens für sie über die Straße gestreut. Fuhr sie unter den Bäumen, leuchteten ihre helle Schürze, weißen Kniestrümpfe und die weißen Schleifen in ihren Zöpfen aus dem Schatten hervor, in der Sonne blitzten die Speichen, die gebogene Lenkstange und die Klingel, die Zöpfe wehten hinter ihr her, der wasserblaue Rock bauschte sich, und die Schürzenbänder flatterten im Fahrtwind. Marga.

Sie fuhr unter einem blauen Himmel mit großen weißen Wolken, und ihr Schatten, ein Mädchen, das sehr aufrecht und anmutig im Sattel sitzt und kräftig in die Pedale tritt, jagte fröhlich hinter ihr her, für Augenblicke über Blütenweiß, sich auflösend im grünlichen Geflimmer unter den Bäumen, im Sonnenlicht aufs Neue unter die Reifen springend. Ich richtete mich auf und legte die Unterarme auf die Knie. Sie war einfach ein Mädchen, das ich seit der ersten Klasse kannte, aber ich konnte den Blick nicht von ihr abwenden, und mein Atem ging schneller.

In diesem Frühjahr trafen sich die Mädchen oft nach der Schule beim langen Granittrog des Dorfbrunnens vor den breiten Sandsteintreppen, die zur Schule, zum Friedhof und zur Kirche hinaufführten.

Gestern war ich in meinem spindelförmigen Raumschiff unterwegs gewesen, bei dem leider das hintere Schutzblech etwas klapperte, in einem Universum, das sich ganz im Inneren eines einzigen Atoms befand, war so langsam wie möglich mit Lichtgeschwindigkeit an den Mädchen vorbeigefahren, die die neuesten Schlager gesungen hatten. »Ich will 'nen Cowboy als Mann, weil ein Cowboy so gut küssen kann«, trällerten sie und probierten Blicke aus. Falk ritt auf seinem Rappen unerschütterlich durch dieses Feuerwerk von *Na, was willst du? Bin ich nicht schön? Glotz nicht so blöd!*, als mich ein völlig anderer Blick traf. Marga sah mir einfach in die Augen, offen – *ich sehe dich* –, leicht spöttisch. Kann ein einziger Blick einen eisenharten Kämpen vom Pferd werfen? Prinz Eisenherz gab seinem edlen Araberschimmel die Sporen, die schlecht geölten Pedale knarrten, und rettete sich in den Schatten vor dem schmiedeeisernen Tor am zweiten Aufgang zum Friedhof. Sherlock Holmes war jetzt so gut wie unsichtbar, blickte in seinen Rückspiegel, seine neueste Errungenschaft, und observierte die winzigen Gestalten in dem ovalen Rahmen. Manche Mädchen saßen auf dem Rand des Brunnentrogs unter einer Linde im ersten Grün, andere hüpften die Treppen zum Friedhof herauf und herunter, sangen und lachten. Ihre oft gewaschenen Kleider, die Schürzen, die Kniestrümpfe hatten die Farben eines Taubenschwarms, der pickend vor einer Scheune gelandet ist. Der Recke schien tatsächlich unsichtbar zu sein, keines der im Spiegel versammelten Mädchen hatte in seine Richtung geblickt. Nur eine hob langsam den Kopf und sandte einen betont flüchtigen Blick gegen Ivanhoes Rüstung. Ich wendete mein Pferd, gab ihm die Sporen, das Schutzblech würde wohl in Bälde einfach abfallen, und starr geradeaus blickend passierte ich die Mädchen. Sie sangen: »Beiß nicht gleich in jeden Apfel«, und ich galoppierte an ihnen vorüber, wehrte mit meinem Schild den Pfeilhagel der Blicke ab, in den Pedalen stehend, die breite Brust der Sonne entgegengewandt. Hatte ich mich getäuscht, oder war da deutlich ein Kichern zu hören gewesen?

Diesen ersten neuen Blick aus Margas großen braunen Augen trug ich seit gestern mit mir wie eine Kostbarkeit.

Marga war die beste Schülerin an der Schule und Lehrer Roths offensichtliche Freude. Sie saß neben der dicklichen Emma in der ersten Reihe, und manchmal hatten wir den Eindruck, als fände sein ganzer Unterricht nur für sie statt. Ihre Hefte waren sauber eingebunden, ihre Schrift klar und leserlich. Immer waren ihre dicken, braunen Zöpfe fest gebunden und ihre Schürze frisch gebügelt. In diesem Haufen von Kindern, wo die Mädchen Strickjagen trugen, deren Ärmelenden sich bereits auflösten, die Kniestrümpfe rutschten und Flecken auf den Schürzen unvermeidlich waren, wo die Jungen das ganze Frühjahr und den Sommer über die gleiche speckige kurze Lederhose, H-förmige graue Hosenträger, oft mit einem röhrenden Plastikhirsch in der Mitte, über ihren karierten kurzärmligen Hemden trugen, die nicht selten aus der Hose hingen, umwehte sie etwas Sonntägliches. Sie war die schnellste Läuferin im Sport und die beste Weitspringerin. Wenn sie mit langen Sätzen anlief und sich vom Absprung hochschnellte, schien es, als wäre es einfach nur selbstverständlich, sich mit den Beinen strampelnd und mit den Armen rudernd durch die Luft zu bewegen. Seit der Begegnung am Brunnen jagte ich nur noch hinter ihr her, wenn wir zwischen den hohen Scheunen hinter dem kleinen Rathaus

Fangen spielten. Vom Spiel aufgewirbelter Staub schwebte dann über dem festgestampften ockerfarbenen Boden, ihre Zöpfe flogen, die weißen Schleifen wippten auf und ab, ihr blaues Kleid leuchtete. »Fang mich, fang mich doch, wenn du kannst.« Sie lief schnell und mühelos, ich erwischte sie nicht. Wir rannten zwischen grauschwarzen Sandsteinwänden durch die dunklen Gässchen, flitzten um Häuserecken und liefen dann plötzlich in blendendem Sonnenschein, lachend und keuchend, sprangen über ein blitzendes Rinnsal mitten im Weg, von dem Enten quäkend aufflogen.

Nach einer Weile ließ sie mich herankommen. Sie stieß ein großes dunkelbraunes Scheunentor auf und blieb zwischen den Strohhaufen stehen. Ich packte ihre Schultern von hinten und legte meinen Arm leicht um ihren Bauch. »Ich hab dich!« Plötzlich hielt ich dieses Mädchen umschlungen, spürte ihren erhitzten Leib, fühlte, wie ihr Herz schlug und wie sich ihre Rippen heftig hoben und senkten. Ich roch den Duft ihres Nackens, wie nach schwarzroten Herzkirschen, einen Hauch von Seife zwischen ihren zarten Schulterblättern und den aufregenden Schweißgeruch ihrer Achseln. Sie drehte sich in meinen Armen zu mir um und schaute mir in die Augen. *Ich sehe dich*. Sie hob die linke feine, dünne Augenbraue, und sofort ließ ich sie los, als hätte ich mir die Finger verbrannt. »Ja, weil ich stehen geblieben bin.« Im Scheunendunkel lag ein violetter Schimmer auf ihren klar konturierten Lippen wie Flor auf reifen Pflaumen.

»Und jetzt?«, sagte Marga. Dann lächelte sie und wischte sich den Schweiß von der Schläfe, wo eine blaue Ader pochte.

»Du bist.« – Wie atmete man eigentlich? – »Schön.«

»Komm, wir müssen zurück.«

Sie wandte sich dem gewaltigen Sonnenglanz draußen vor der Scheune zu, aber hier drinnen im Schatten, in diesem Geruch nach jahrealtem Staub und Stroh, sagte sie: »Du bist nett. Das mit deinem Bruder tut mir leid.«

Meine Streifzüge führten mich immer weiter vom Dorf weg. Ich hatte die Brücke über den Fluss hinter mir gelassen und fuhr mit dem Fahrrad auf die moosgrün bewaldeten Hügel auf der anderen Seite der Auwiesen zu. Ein ungeheures Wolkengebirge türmte sich dort über dem Horizont.

Ich überquerte die geteerte Hauptstraße, auf der hellblaue Lastwagen ratterten und schwarze, in der Sonne glänzende Automobile geschäftig der Kreisstadt entgegenfuhren. Lichte Kiefernäste zogen über mir dahin, Schatten streiften meine Wangen, und der Fahrtwind blies mir die Haare aus der Stirn. Der Weg begann anzusteigen, und ich kam ins Schwitzen. Ich hielt an und blickte umher. In die grüne Decke des Waldes, die die welligen Konturen der Landschaft nachbildete, waren an einigen Stellen ockerfarbene Flecken gerissen, wie mit äußerster Brutalität geschlagene Wunden. Das musste ich mir ansehen.

Ich bog ab in einen sandigen Waldweg, in den das Profil von Lastwagenreifen tief eingedrückt war. Armdicke Wurzeln krallten sich in den Weg. Ich musste schieben. Ich war so sehr mit dem Weg beschäftigt, dass ich mit einem Mal ganz überrascht in plötzliche Helligkeit trat. Anfangs hielt ich die Stelle für eine Lichtung, doch dann bemerkte ich den verrosteten und verbeulten Bagger, der wohl schon länger nicht mehr benutzt worden war.

Es war eine Sandgrube, von Kiefern umgeben, und an den steil aufragenden Wänden, die eine ebene Fläche begrenzten, erkannte ich die Spuren der Schaufelzähne. Rötlich braune Sandhaufen glühten in der prallen Sonne, die Luft über ihnen flimmerte vor abgestrahlter Hitze. Die Grube lag verlassen, niemand holte hier mehr Baumaterial. Wohin ich auch blickte, überall war die Sandfläche unberührt von Menschenhand. Die Abdrücke von Regentropfen bedeckten wie Poren die leicht zusammengebackene Oberfläche. Hie und da schlängelte sich die von Krallenabdrücken punktierte Spur einer Eidechse, vierzehig hatten Vögel Samen aufgepickt. Umso auffälliger war die frische Reifenspur. Ein Lastwagen war vor Kurzem quer über die Fläche gefahren, hinter einem Sandhaufen am Rand der Grube verschwunden und wieder zurückgefahren. Täuschte ich mich, oder flackerte tatsächlich dort auf der großschuppigen Rinde der Kiefernstämme und an der Unterseite überhängender Äste ein heller Widerschein wie von Sonne, die durch ein Wasserglas fällt? Auch farbige Lichttupfer meinte ich zu erkennen. Mein Rad schiebend folgte ich der Spur.

Als der Sand schließlich den Blick freigab, ließ ich das Rad völlig entgeistert zu Boden fallen. So etwas hatte ich noch nie gesehen. Im ersten Moment glaubte ich, vor einem Haufen von funkelnden, nach allen Seiten strahlenden Diamanten zu stehen, einem ungeheuren Schatz, einem unermesslich wertvollen Hort, größer als der der Nibelungen.

Der Sonnenschein brach sich in einer Ladung Glas, runde Scheiben wie Flaschenböden und durchsichtige Dreiecke versandten blendend helle Lichtblitze, reflektierten auf zahllosen Flächen das Licht, so hell, dass ich die Augen schließen musste, sammelten es zu weiß glühenden Punkten, und tatsächlich, auf den Stämmen leuchteten tanzende Flecken in den Farben des Regenbogens.

Der Lastwagen hatte die ganze Produktion einer Glashütte, bei deren Herstellung etwas schiefgelaufen sein musste, die auf unvorstellbare Weise misslungen sein musste, hier abgekippt.

Ich hob ein paar der Glasteile auf und fand sie makellos. Die runden hatten verschiedene Durchmesser und waren entweder nach außen oder nach innen gewölbt. Die einen vergrößerten die Falten meiner Handfläche zu verblüffender Größe, die anderen verkleinerten sie. Am erstaunlichsten aber waren die gläsernen Dreiecke. Sie waren so stark, wie mein Daumen breit war, beide Seiten waren gleich lang, die Kanten rund geschliffen. Ich blickte hindurch, und die Kiefern, die Sandhaufen, mein Fahrrad hatten einen Rand in Regenbogenfarben. Ich entdeckte, dass die farbigen Flecke von diesen Glasteilen ausgingen. Ich nahm eines aus dem Haufen, und wenn ich es in einer bestimmten Richtung in die Sonne hielt, konnte ich überallhin einen kleinen Regenbogen werfen. Das war wunderschön.

Ich stopfte mir die Taschen meiner Lederhose mit diesem magischen Glas voll und radelte nach Hause wie im Rausch, im Taumel eines Glücks, wie es der Anführer einer Expedition empfinden mochte, die nach entbehrungsreichen Monaten voller Krankheit und Zweifel den sagenhaften Schatz tief unten in den Verliesen des verfallenen, vom Dschungel überwucherten Palastes gefunden hatte.

7

Im süß duftenden Schatten der blühenden Lindenbäume warteten die Kinder in bunter Sonntagskleidung vor dem weit geöffneten schmiedeeisernen Tor zum Friedhof auf das Brautpaar.

Die Morgensonne fiel durch das frische Laub, verteilte in der von Bienen summenden Kühle flimmernde hellgrüne Flecken auf dem moosigen Pflaster, hob da ein erwartungsfrohes Kindergesicht, ein hellblaues Sonntagskleidchen, rote Schleifen in den Zöpfen, dort den flaumigen Nacken eines Jungen aus dem Schattengewirr unter den Bäumen heraus. Kleine Mädchen hüpften aufgeregt auf der Stelle, Jungen machten sich einen Spaß daraus, in der wartenden Schar Fangen zu spielen.

Ich stand zusammen mit anderen Jungen an mein Fahrrad gelehnt abseits auf dem Gehsteig. Die Kinderstimmen zwitscherten durcheinander wie ein Schwarm Spatzen in einem Liguster. Die Glocken dröhnten im Kirchturm, der hoch über uns durch den blauen Himmel voller aufgeplusterter Wolkenhühner zog. »Sie kommen!« Zuerst war niemand zu sehen, doch dann bogen die ersten beiden Brautjungfern in ihren weißen Kleidchen, ihren weißen Kniestrümpfen, ihren weißen Schühchen und ihren kleinen weißen Schleiern um die graue Mauer der Kirche. Zwei der größeren Mädchen spannten ein Gummiband, das sie sonst für ihr Hüpfspiel benutzten, zwischen den dunkelbraunen sandsteinernen Pfosten des Tores an ihren Handgelenken auf.

Da bog der ganze Hochzeitszug um die Ecke. Die Brautjungfern streuten Rosenblätter auf den leicht abwärts führenden, aus großen Steinen gefügten Weg zwischen den Grabsteinen, die Braut schob ihren Schleier aus dem Gesicht und strahlte am Arm des Bräutigams in Schwarz und Weiß, der würdig zu blicken versuchte. Dahinter gingen die beiden Elternpaare von Braut und Bräutigam, die Schar der Verwandten, unter denen einige schon wieder munter plauderten, froh, den feierlichen Teil in der Kirche hinter sich zu haben. Ich lehnte mein Fahrrad an die Mauer und stellte mich mitten unter die Kinder, denn gleich würde es aufregend werden.

Das Brautpaar war vor dem Gummiband angekommen, die beiden Mädchen stammelten irgendetwas, das man trotz der mit einem Mal herrschenden atemlosen Stille nicht verstehen konnte. Die Verwandten traten neben das Brautpaar, niemand wollte sich das bevorstehende Schauspiel entgehen lassen.

Die Kinder hielt es nicht mehr auf der Stelle, sie suchten sich andere Plätze, die sie für günstiger hielten. Der Bräutigam zog einen Beutel aus der Innentasche seines Jacketts, Münzen klimperten, die Kinder stießen einen Schreckenslaut aus, er suchte den Blick der Braut, sie nickte, und dann warf er in hohem Bogen eine Handvoll Münzen hoch in den lichtgesprenkelten Schatten, und die Münzen regneten aufblitzend auf die Kinder herunter. Die Kinder streckten den herunterprasselnden Geldstücken ihre Hände entgegen und kreischten, so laut sie konnten. Die Münzen prallten auf Köpfe und Schultern der Kinder, fielen dann auf Pflaster, wo sie zwischen den Schuhen in alle Richtungen durcheinanderrollten. Ein heißer Kampf um die Münzen entbrannte, ein einziges Stoßen, Rempeln, Springen und Kratzen, ein Wirbel von Kinderleibern. Schmerzensschreie, wilde Verwünschungen, aufheulende Kleinkinder. Die Jüngsten waren aus der Mitte des Gewühls an den Rand gedrängt worden, als der Bräutigam wieder eine Handvoll Münzen warf, diesmal gerade an den Rand des tobenden Haufens.

Ich kroch auf allen Vieren inmitten all der Körper, ich sah bloß Schuhe, Strümpfe und Waden und Hände, die sich um Münzen schlossen. Mit blutenden Handflächen und einem aufgeschlagenen Knie erkämpfte ich mir vier Zehnpfennigstücke und drei Fünfer. Bei zwanzig Pfennig Taschengeld in der Woche war das eine erkleckliche Summe Geldes für mich, die ich fest in meiner Faust umschlossen hielt. Ich richtete mich auf und hoffte auf noch einen Wurf, aber anscheinend hatte der Bräutigam genug für den künftigen Wohlstand und das Wohlergehen seiner noch zu gründenden Familie getan. Die Mädchen ließen das Gummiband fallen, und die Hochzeitsgesellschaft schritt durch die da und dort noch nach Münzen haschende Kinderschar dem nahe gelegenen Wirtshaus zu.

Die letzten Nachzügler gingen an den Kindern vorbei, die Kniestrümpfe wieder hochzogen, Hosen abklopften und Blut aus Wunden saugten und Weinende, die nichts ergattert hatten, trösteten, als ich dort im tiefsten Schatten der Linde zwei größere Jungen sah, die einem dritten – war das Heinz aus meiner Klasse? – die Faust an die raue Rinde pressten und so lange draufschlugen, bis der Gepeinigte mit einem Empörungs- und Schmerzensschrei die Faust öffnete und sie seine Münzen an sich nehmen konnten.

Ich drehte mich nach meinem abgestellten Fahrrad um und sah Tschernik mit zwei weiteren Kumpanen, der sich lässig an meinen Sattel lehnte.

»Haut ab! Lass mein Fahrrad in Ruhe!«

»Schau, schau, unser Großmaul will wieder mal eins auf die Fresse.«

Ich hielt die Münzen in meiner Faust so fest umklammert, dass die Knöchel weiß hervortraten.

»Lass mein Fahrrad los!«

Ich blickte mich um. Viele der anderen Kinder bemerkten kaum, was vor sich ging. Sie standen umher in aufgeregtem Geschnatter, doch ein paar der Jungen sahen zu uns herüber. Sie würden es nicht riskieren, sich mit Tschernik anzulegen und dabei vielleicht auch ihre Münzen zu verlieren. Ich konnte versuchen, einfach wegzurennen, aber mein Fahrrad wollte ich ihnen auf keinen Fall überlassen.

»Na, dann schaun wir doch mal nach, was unser Schisser-Max da in der Hand hat.« Die zwei packten mich und drückten mich zu Boden.

»Ihr seid Schweine!«

Zu zweit streckten sie meinen Arm auf dem Boden aus. Noch hielt ich die Faust fest geschlossen, als Tschernik einfach darauftrat. Ich stöhnte. Meine Münzen rollten in den Staub. Tschernik hob sie auf und steckte sie in seine kurze Lederhose.

»Lasst dieses Baby los. Brav hat er gesammelt.«

Die drei schwangen sich auf ihre Räder, von hinten kamen die anderen beiden angestrampelt, und fünf lachende Jungen verschwanden jenseits des Marktplatzes.

Etwas hielt die Kinder davon ab, nach Hause zu laufen. Marga schickte mir ihren ernsten Blick – *ich sehe dich* –, während Silvie und Charlotte auf sie einredeten. Ich kämpfte mit den Tränen. Das Lichtgesprenksel vor dem Tor war opakem Schatten gewichen, der Duft war verflogen, eine Wolke verbarg die Sonne. Die Jungen unter dem dichten Blattwerk der Linden, wo sich Schattenschichten auf Schattenschichten zu legen schienen, ließen die Köpfe hängen, Rudi kam herüber und drückte mir eine warme Münze aus seiner Beute in die Hand. Zum ersten Mal hatte ich das Gefühl, nicht alleine diesen Kerlen ausgeliefert zu sein. Sie hatten uns alle gedemütigt.

Am Vormittag waren Zettel durch das Klassenzimmer gewandert, manche erhielten einen, andere nicht. Mia und Pia gaben am Nachmittag anscheinend eine Art Vorstellung auf der Rampe des alten Lagerhauses.

Das Lagerhaus nahe den Bahngleisen stand seit Jahren leer. Der große dunkelbraune Holzbau mit seinen vergitterten Fenstern, seinen abgegriffenen Klinken und Riegeln, unwiderstehlich kühl und angenehm zu berühren, zog die Kinder des Dorfes in seinen Bann. Die Laderampe an seiner Stirnseite war überdacht, der Vorbau mit zwei Rolltoren verschlossen. Doch der gusseiserne Riegel war zerbrochen, und die Tore ließen sich leicht bewegen. So erklommen immer wieder Kinder die Holztreppe, die auf die Rampe führte, und machten sich ein Vergnügen daraus, die Tore aufzuschieben, von der Rampe ins Gras zu springen oder im Dachgebälk herumzuklettern. Unter den Jungen galt es als besondere Mutprobe, sich auf Sackrutschen durch die offenen Luken an der Längsseite des Gebäudes in den dunklen Keller gleiten zu lassen, ohne zu wissen, was einen in der Dunkelheit dort unten erwartete. Wer es wagte, fand sich in einer Staubwolke auf einem Haufen von Mäusen zerfressener Jutesäcke wieder. In dem geheimnisvollen Halbdunkel hingen riesige Spinnennetze in den Winkeln, zusammengesunkene Zement- und Düngersäcke lehnten wie graue Kobolde vergessen an den Wänden. Kletterte man gar eine ausgetretene Bretterstiege ins Erdgeschoss hinauf, betrat man einen großen Raum, wo trübes Licht in schrägen Blöcken durch fast undurchsichtig gewordene Oberlichter einfiel und wo man goldene Lichtwände durchschritt, in denen Spinnweben wehten und Staubteilchen tanzten, Sonnenlicht, das durch die Ritzen zwischen den Latten der Außenwand fiel. Rieselte dann plötzlich Staub aus dem hohen Balkenwerk oder fingen herabhängende Ketten an zu klirren, war es Zeit für einen blitzartigen Rückzug, die Stiege hinunter, eine glatte Sackrutsche hinauf, was nur gelang, wenn einem jemand auf dem Bauch liegend von außen die Hand reichte.

An diesem Tag aber war die Rampe eine Bühne, und die Rolltore waren der Vorhang. Ein Dutzend Kinder in meinem Alter fieberte der Aufführung entgegen. Einige saßen bereits erwartungsvoll auf einem Stapel frisch gelieferter Telefonmasten zu Füßen der Bühne, andere tobten im Gras herum und bewarfen sich mit Erdklumpen. Marga war mit ihren Freundinnen erschienen. Sie hatte eine Decke mitgebracht, die sie auf den Masten ausgebreitet hatte, um ihr Kleid nicht zu beschmutzen. Silvie trug einen Kranz aus Gänseblümchen in ihrem hellblonden Haar, was ihre blauen Augen noch mehr leuchten ließ. Charlotte hatte sich eine Art Geschirrtuch um den Kopf geschlungen und versuchte, hochmütig um sich zu blicken. Heinz, der in der Schule in der Bank vor mir saß, hockte ganz oben auf dem Stapel und schien wachsam nach etwas Ausschau zu halten. Ich hatte mir einen Platz in gehöriger Entfernung von Marga und ihren Freundinnen gesucht, Rudi saß neben mir und rutschte aufgeregt auf dem rauen Holz hin und her, drauf und dran, aufzuspringen. Wonach hielt Heinz Ausschau? Mit einem Mal wusste ich es: Tschernik war nicht da und keiner seiner Kumpane. Merkwürdig.

Was erwartete uns? Ich warf Marga einen fragenden Blick zu, aber eine Wolke von munterem Geplauder mit ihren Freundinnen schirmte sie ab. Für die Mädchen schien die Vorstellung nicht mehr als eine aufregende Abwechslung zu sein. Vielleicht war es nicht die erste, aber es war jedenfalls die erste, zu der ich eingeladen war. Mein Herz klopfte mir im Hals. Wann ging es endlich los?

Mit einem Mal waren Geräusche hinter den Rolltoren zu hören, sie wurden von innen berührt und schwangen in ihrer Aufhängung leicht vor und zurück, geschwind verteilten sich die Kinder, die gerade noch im Gras getobt hatten, überall auf dem Stapel, das Geplauder erstarb. Vier Hände fingerten durch den Spalt in der Mitte, und die Tore glitten auf quietschenden Rollen auseinander. Gebrochenes Spätnachmittagslicht fiel auf eine leere Bühne. Ein Raunen lief durch die Zuschauer. Plötzlich sprangen mit genau der gleichen Bewegung Mia von links und Pia von rechts vor ihr Publikum. Manche Zuschauer ächzten leise. Die Zwillinge trugen ihre schwarzen engen Hosen mit den Reißverschlüssen seitlich an der Hüfte, die sie immer trugen, und darüber abstehende, halb durchsichtige Unterröcke und viel zu große schwarze Büstenhalter, die sie ihrer Tante entwendet haben mussten. Sie stellten sich Rücken an Rücken, zündeten sich in der hohlen Hand eine nicht vorhandene Zigarette an, schritten dann auf der Rampe auf und ab und machten dabei bewundernswert gleichzeitig Bewegungen, wie sie Frauen beim Rauchen einer Zigarette machen. Pia verschwand hinter der Bretterwand neben dem Tor, Mia, die man an einem kleinen Leberfleck auf ihrer Oberlippe erkennen konnte, stolzierte weiter auf und ab, dabei auf eine nicht vorhandene Armbanduhr blickend. Im nächsten Augenblick sprang Pia wieder ins Licht, sie trug jetzt statt des Büstenhalters eine ärmellose Weste und hielt sich ein Büschel ihrer schwarzen Haarfransen unter die Nase. Sie stellte sich vor uns auf, legte den Kopf schief, verzog den Mund und schabte sich mit einem Messer, das gar nicht da war, über die Wange, während sie ihren Blick fest auf einen Punkt oberhalb von uns fixiert hielt. Währenddessen beugte sich Mia nach vorne und streckte ihren Hintern heraus, tupfte sich die Wangen, zog sich mit etwas, das sie nicht zwischen ihren Fingern hielt, die Lippen nach und steckte sich ihre schwarzen Strähnen hoch, die sofort wieder glatt und glänzend herunterfielen. Pia drehte sich nach ihr um, legte das nicht vorhandene Messer auf eine Ablage aus Luft, schlich sich von hinten an Mia heran und langte ihr unter den Unterrock, wobei sie mit ihrem großen Mund breit zu uns heruntergrinste. Mia schlug ihr ein bisschen auf die Hand, warf den Unterrock ins Dunkel hinter der Bühne, und die beiden waren fertig zum Ausgehen. Sie hängten sich am Ellenbogen ein und tanzten hinter die Bretter. Wir jubelten und klatschten, Silvie verlor ihren Kranz aus Gänseblümchen.

Wie vom Erfolg beflügelt, zeigten Pia und Mia uns Szene um Szene aus dem Leben der fremdartigen Erwachsenen, von dem wir so wenig wussten. Die Zwillinge waren Waisen, lebten die meiste Zeit bei ihrer Tante, die den ganzen Tag im Werk arbeitete, sie aber, wann immer ihr danach war, zu anderen Verwandten im Dorf abschob. Sie sahen viel. Pia läutete jetzt mit ernstem Gesicht eine riesige Glocke am Sonntagmorgen, man konnte genau sehen, wie das Seil sie immer ein Stück mit hinaufzog; sie verschwand, und die beiden kamen als achtbeiniges Tier auf die Rampe, Pia auf Händen und Knien, Mias Bauch auf Pias Rücken. Sie hatten eine Bettdecke übergeworfen, man sah nur die nackten, langen, sehnigen Arme und Beine und die beiden dunklen Pagenköpfe. Mia bewegte sich auf und ab, und Pia streckte die Beine und hob den Hintern, Mia klammerte sich an sie, und so stakten sie über die Rampe, während Mias Zehen auf dem Boden schleiften. Wir brüllten vor Lachen. Wenig später saßen die Zwillinge betend und sehr gerade in völlig gleicher Haltung in einem Chorgestühl aus Nichts, ihre orangeroten Jacken zugeknöpft bis zum Hals, und waren alle Frauen.

Einmal steckte Pias Hals in einer langen Papierröhre, Mia kniete vor ihr und hielt die Handflächen empor. Pia ließ ein unsichtbares Rohrstöckchen sausen, so präzise, dass wir fast das Klatschen zu hören glaubten und Rudi neben mir seine Hände entsetzt unter die Achseln steckte. Dann aber sprang Mia plötzlich geschmeidig wie eine Katze ihrer Zwillingsschwester an den Hals und zerdrückte die Papierröhre. Wir johlten und trampelten, Rudi hüpfte herum wie ein geköpftes Huhn.

Sie sprangen erneut von beiden Seiten auf die Rampe mit nackten Beinen, das Licht hatte mittlerweile schon einen Kupferton, der ihre Pagenköpfe noch schwärzer und ihre Jacken flammend rot erscheinen ließ, man sah nicht mehr so genau. Sie hielten sich ihre Schiefertafeln aus der Schule vor den Unterleib. Die Zwillinge waren die einzigen Dorfkinder, die manchmal beim Baden nackt in den Fluss sprangen, sie hatten immer schon eine Lust gehabt, sich zu entblößen, das wussten wir, aber was jetzt folgte, nahm uns den Atem. Auf den Tafeln stand groß und krakelig: 2 + 2 = 5. Sie machten ein paar elegante Tanzschritte nach links und nach rechts, dann drehten sie die Tafeln um und rieben sie lässig an der Stelle zwischen ihren Beinen, hielten die ausgewischten Tafeln hoch – schwarze Haardreiecke sprangen mir entgegen –, grinsten breit und warfen sie hinter sich, wo sie auf etwas Weichem auftrafen. Das Publikum stöhnte auf. Die Mädchen hielten sich die Hand vor den Mund, die Jungen rissen die Augen weit auf, ich starrte gebannt auf die schwarzen Buschen. Und weg waren sie – und sofort wieder auf der Rampe in schwarzen Turnhosen und den roten Jacken, jede wiegte sich mit einem Bündel ausgeschnittener Buchstaben und Zahlen, die sie wie liebevoll an die Brust drückten, dann böse grinsend zerrissen und die Fetzen zu uns herunterregnen ließen. Wir waren jetzt alle von dem Stapel gesprungen und klatschten und johlten und jubelten direkt unterhalb der Rampe. Rudi rief: »Noch mal. Noch mal!« War die Vorstellung zu Ende?

Es kam noch etwas. Wieder in Schwarz und Rot traten sie vor uns, schlank und biegsam wie Gerten. Das Licht hatte jetzt schon so stark nachgelassen, dass ihre Gesichter im Schatten lagen und man nur die schräg geschnittenen Augen und die großen Münder deutlich sehen konnte. Gleichzeitig legten sie sich den Zeigefinger auf die Lippen und blickten ernst auf uns herab. Ein Geheimnis, jedem von uns Kindern war klar, die Vorstellung war ein Geheimnis, von dem kein Erwachsener je etwas erfahren durfte. Mit einer gemeinsamen Bewegung nickten sie und wischten dieses Geheimnis aus der Luft. Wieder die Zeigefinger auf die Lippen und eine kleine Verbeugung. Sie wollten uns noch ein Geheimnis zeigen. Sie wandten uns ihr Profil zu, sie waren sehr dünn. Mia stellte sich mit hängenden Armen und rundem Rücken auf wie ein großer Affe, Pia ließ sich vor ihr nieder, auf Knien und Handflächen. Mia wehrte mit der Hand einen unsichtbaren Fliegenschwarm ab, zog sich einen unsichtbaren Gürtel aus dem Hosenbund und hieb mit ihm auf die auf allen Vieren Kniende ein, die sich vor Schmerzen wand. Pia sprang auf und war ein kleinerer Affe, und Mia war eine kleinere Kniende, die geschlagen wurde und sich erneut vor Schmerzen krümmte. Jetzt sprang wieder Mia auf, wurde zu einem Affen, aber Pia blieb mit verschränkten Armen stehen, und Mia gab die Affenpose auf und stellte sich in genau der gleichen Haltung neben sie, und beide blickten unerschüttert hoch zu einem Affen aus Abendlicht. Und Pia stellte sich neben Mia und Mia neben Pia, und sie waren wir alle. Welches Geheimnis wollten sie uns verraten?

Schnell traten sie jetzt vorn an die Rampe, ganz hinaus in das rotgoldene Licht, verbeugten sich und waren weg. Die großen Tore schlossen sich rumpelnd, sachte vor- und zurückschwingend, und die Vorstellung war zu Ende.

8

Ich lehnte über der rauen, leicht porösen Brüstung der Sandsteinmauer, die den Schulhof umschloss, und schaute dem Bauern zu, dessen Hof an den Mauerfuß ein paar Meter unterhalb grenzte, der Blecheimer auf Blecheimer schwappender rosagelber Abfälle in den Schweinestall trug und in den Steinguttrog kippte. Die Säue quiekten schrill und machten sich grunzend und schmatzend gierig über die Brühe her. Eine Wolke von erbärmlichem Gestank quoll aus der offenen Stalltür und wehte über die Mauerbrüstung in den Schulhof, wo ein paar Dutzend Kinder ihre große Pause lärmend begonnen hatten. Der dunkel angelaufene Sandstein, von der Sonne aufgeheizt, angenehm warm an meinem Bauch, war so weich, dass die Kinder überall Kuhlen und Vertiefungen ausgeschabt und -gekratzt hatten, die sich hell von der dunkelgrünen Verwitterung der großen Blöcke abhoben und Jahr um Jahr tiefer eingegraben wurden; auf der von Moos bedeckten Mauerkrone hatten sich hie und da runde weißgraue und gelblich resedagrüne Flecken von Flechten festgesetzt, leuchtend im Licht des Frühsommers. Das war meine Lieblingsstelle in der Pause, von der ich oft auf den Hof hinunterblickte. Eine Mauer bot Schutz vor Überraschungen.

Ich hörte Schritte hinter mir, riss mich los vom Anblick der um ihr Futter kämpfenden Säue und wandte mich um. Vor mir stand Heinz, mit vorsichtigem Grinsen und in der Sonne funkelnder Brille, schmalschulterig, kurze speckige Lederhose, aus der lange dünne bläuliche Beine mit Knien wie Knoten ragten, weißhäutig und sommersprossig, mit Abstand der Größte in der Klasse, und hob einen Arm, um mit der Hand seine Augen vor der Sonne zu beschirmen.

»Du bist ja nicht so der Gesellige«, sagte er und stellte sich so, dass die Sonne ihn nicht länger blendete.

»Schlechte Erfahrungen.«

»Verstehe. Zum Beispiel beim Münzenwerfen nach der Hochzeit. Lass mal sehen.«

Er nahm ganz selbstverständlich meine Hand, legte sie auf seine große Handfläche und begutachtete gelassen die Abschürfungen und Schwellungen meiner Finger, wobei er sich etwas herabbeugte. »Übel.« Rasch ließ er meine Hand los.

»Schau!« Er zeigte mir seine zerschundene Faust. »Mich haben sie auch erwischt, die Mistkerle. Konnte nichts machen gegen die Übermacht.«

Ein vorsichtiger Blick über die Schulter, keiner von Tscherniks Freunden war in der Nähe.

»Sind elende Feiglinge.«

»Ja.«

»Weißt du was, komm mich doch mal besuchen.«

Heinz' Familie bewirtschaftete einen kleinen Hof im unteren Dorf, sein Vater arbeitete tagsüber im Werk. Noch nie hatte mich jemand aus einer der alteingesessenen Bauernfamilien im Dorf eingeladen.

»Echt?« Freude pochte in meinen Ohren.

»Klar, Mann, komm einfach nach der Schule vorbei.« Er stellte sich neben mich, und wir lehnten uns mit den Hintern an die Mauer.

Die Mädchen spielten Gummitwist nahe der Sandsteinmauer des Schulhauses. Silvie hüpfte konzentriert mit fliegendem himmelblauem Rock und mit wippenden leuchtend gelben Haaren zwischen zwei sie scharf beobachtenden stangenbeinigen Mädchen in grauen Strumpfhosen auf und ab wie ein Federball, den man auf dem Schläger tanzen lässt. Zwei Jungen standen an der Mauer und spielten Auto-Quartett. »PS, 700. Da kannst du gleich abliefern.« Hinten beim Abort rempelten sich ein paar andere Jungen in harmloser Rangelei. Lehrer Roth, der in Kniebundhosen mit einer Baskenmütze auf dem kahlen Kopf, nicht mehr Schatten werfend als ein Telefonmast, über den Hof stolzierte, den Rohrstock unter der Achsel, hob den leicht geröteten Kopf und blickte streng in ihre Richtung. Tausendfältiger Lärm von Kinderstimmen und trappelnden Füßen hallte von der Friedhofsmauer wider. Inmitten des Getümmels, des Durcheinanders der Fangen spielenden, schlendernden, rennenden, schubsenden Kinder – gerade war Rudi hingefallen und rieb sich das Knie – stand im Hof der Kirschbaum, den vor Wochen ein heftiger Sturm seiner duftigen Blütenwolke beraubt hatte – wir alle waren in dem weißen Gestöber herumgesprungen, Blütenblätter im Haar und auf den Schultern –, inmitten von alledem stand – jetzt waren schon die ersten noch gelben Kirschen zu sehen – der Kirschbaum, unberührt, in festlichem Frühsommergrün.

Ich bremste und stieg hinter dem Fuhrwerk ab, das hinter dem funkelnden Mercedes des Pfarrers vor der breiten Treppe, die zum Portal des Pfarrhauses hinaufführte, mit einer Fuhre Eisbalken gehalten hatte, um aus sicherer Entfernung einen Blick auf den Dorfplatz zu werfen. Die Pferde stampften, wegen der

Störung in ihrem Rücken unruhig geworden, mit klimperndem Geschirr auf das Straßenpflaster, der Kutscher aus der Brauerei gab einen tiefen, beruhigenden Laut von sich, nahm einen der schnaubenden Wallache für einen Moment an der Trense, begrüßte mich mit einem Nicken und wandte sich, sobald die Pferde beruhigt waren, wieder seiner Arbeit zu, mit einem eisernen Haken Eis auf eine Holzkarre zu laden.

Es war der erste wirklich heiße Tag des Jahres, und die Eisbalken, die im Winter aus dem Dorfweiher geschnitten worden waren, schmolzen in der Sonne, das ganze Fuhrwerk troff von Schmelzwasser, und ein dunkles Rinnsal begann sich durch den hellen Staub in der Gosse zu schlängeln. Während der Mann das Eis auf eine Rampe lud und die schweren Balken durch eine Luke in den Eiskeller rumpeln ließ – hatte der Pfarrerhaushalt noch keinen Kühlschrank? –, konnte ich nicht widerstehen und berührte das schimmernde, triefende Eis mit der Handfläche, und seine Kühle drang köstlich in mich ein. Ich leckte meine Hand ab und strich mir das kalte Wasser über Stirn und Schläfen.

Auf der Straßenseite neben das Fuhrwerk tretend, blickte ich auf den Dorfplatz hinunter. Alles friedlich. Kinder hatten im Schatten der hohen Kirchhofmauer gespielt, und gerade hüpfte ein roter Ball lockend zwischen den schwarzen Autos hindurch, die vor dem Brunnen geparkt hatten, auf den leeren sonnenhellen Platz vor dem Rathaus hinaus, und ein Knabe rannte aufgeregt weder nach links noch nach rechts blickend hinter ihm her. Zwei Mädchen saßen auf dem von der häufigen Benutzung vor Glätte spiegelnden Kupfersims unter dem Schaufenster der Konditorei und schleckten munter plappernd Capri-Eis. Einer der Wallache fuhr seinen riesigen dunkelbraunen Penis aus, die Eichel glänzte wie poliertes Holz, und brunzte mit einem dicken

Strahl plätschernd auf das Pflaster. Ich schwang mich auf mein Fahrrad und fuhr zu Heinz, noch für einen Moment in einer Wolke beißenden Geruchs nach Pferdeurin, dann im vertrauten Aromengemisch des Dorfes. Es roch nach warmem Schotterstaub, Hühner- und Viehstall, Mittagessen, Gänsekot und dem dumpfen Hauch aus feuchten Kellern.

Der kleine Hof der Familie Wartensteiner lag, ein Geviert offen zur Straße, die nach Süden aus dem Dorf hinausführte, im unteren Dorf, ein schmaler Innenhof, eingefasst von Wohnhaus, Gebäude für Maschinen und Geräte sowie Schweine- und Kuhstall, der einen Durchgang frei ließ hinaus zum Obstgarten, der in die Auwiesen am Fluss in blaugrün schimmernden Dunst auslief. Die Sonne beschien die Fensterfront des aus großen hell umbrafarbenen und graubeigen Sandsteinquadern gefügten Wohnhauses, grüne Fensterläden leuchteten, im Hintergrund erhob sich das hohe, steile Ziegeldach des Stalls im Halbschatten.

Heinz hockte unter einem Vordach auf einem wackeligen Melkschemel, neben sich einen rostigen Blecheimer halbvoll mit Wasser, und reparierte sein Fahrrad.

»Max, gut, dass du kommst. Hilf mir mal schnell! Der Schlauch muss wieder unter den Mantel.«

Mit vereinten Kräften gelang es uns, den Mantel des Fahrradreifens wieder auf die Felge zu ziehen, ohne den frisch geflickten Schlauch zu beschädigen.

»Grüß dich. Komm, ich zeig dir mal unser Geraffel.«

Heinz führte mich gleichmütig über den Hof. »Hinter dir, die Werkstatt.«

Uraltes, öliges Werkzeug, offensichtlich nicht mehr oft benutzt, lag umher, Zangen, Feilen, Hämmer mit schartigen Holzgriffen, eine schwärzliche Werkbank, ein hellblauer Bulldog im

Sonnenschein, der durch Scheiben voller Spinnweben drang, ausgeleierte Eggen an der Bretterwand, verbogene Heuwender. Die Werkstatt beeindruckte mich sehr, wir hatten kein einziges Werkzeug im Haus.

»Toll.«

»Spinn nicht. Lauter altes Zeug.«

Der Kuhstall war leer, Mist verschimmelte in den gemauerten Boxen, unbenutzte Ketten hingen über ungefüllten Trögen.

»Haben wir aufgegeben, seit mein Vater im Werk arbeitet, das Vieh.«

In einer Ecke grunzten Säue in ihrem Koben, ein Wurf rosiger Ferkel schlief übereinander und untereinander auf frischem Stroh. Drei Säue linsten aus winzigen blauen Augen. Der Gestank raubte mir den Atem.

»Werden im Winter geschlachtet. Nicht reinlangen. Die beißen dir die Hand ab.«

Direkt an das Wohnhaus angebaut war der mit dunkelbrauner Farbe eingelassene Hühnerstall. Die Holztür stand offen, ich hörte die leise raunzenden Gespräche der Hühner, die teils zu Dutzenden auf Stangen nebeneinander schliefen, teils gewissenhafte Staubbäder auf dem Stallboden nahmen. Alles wirkte penibel geordnet, die Legekästen voll frischem Heu mit braunen und weißen Eiern, die sauberen Stangen, der gar nicht so üble Geruch nach Stroh und Heu und die Hennen mit unversehrtem, glänzendem und wunderbar rotbraunem Gefieder wirkten, als hätten diese damenhaften Hühner das alles auf irgendeine Weise selbst bewerkstelligt.

»Das ist das Reich meiner Mutter. Die Hennen sind ihr Ein und Alles. Pass mal auf!«

Heinz schlich sich an eine Sand um sich werfende Henne heran und hatte sie gepackt, noch ehe sie auffliegen konnte. Ein paar schlafende Hennen wachten auf und protestierten laut gackernd. Die Henne strampelte mit ihren gelben Zehen, aber Heinz hielt ihre Flügel fest umschlossen, presste sie fest an seinen Körper, und sie beruhigte sich. Dann legte er die Henne vorsichtig auf der Seite auf den Stallboden, sie hatte die rötlichen Lider geschlossen. Er nahm einen Strohhalm, legte ihn behutsam der Henne auf ein Augenlid und ließ sie los. Sie blieb ruhig liegen, sprang auch dann nicht auf, als Heinz sich ein paar Schritte entfernt hatte.

Er legte seinen Finger auf den Mund, beugte sich zu mir und flüsterte in mein Ohr: »Hypnose.«

Heinz klatschte in die Hände, und die Henne rannte wütend, flügelschlagend und hysterisch gackernd mit vorgestrecktem Kopf aus dem Stall. Wir lachten.

»Jetzt zeig ich dir mein Zimmer.«

Auf der Sonnenseite des Hofs betraten wir über eine tief ausgetretene Steintreppe das Haus. Essensgeruch, Bohnerwachs, leichter Stallgeruch. Wir stiegen eine frisch gewischte Holztreppe hinauf, ein schmaler dunkler Gang mit geschlossenen Kammertüren zu beiden Seiten und einem kleinen Fenster am Ende tat sich auf, und Heinz öffnete die Tür zu seinem Zimmer. Ich hatte ein muffiges Jungenzimmer am Rande der Verwahrlosung, so wie meines zu Hause, erwartet, doch ich betrat eine überaus akkurat aufgeräumte Werkstatt. Als Tisch diente eine kleine metallene Werkbank. Mitten auf der mit Farbspritzern besprengten Arbeitsfläche lag eine dünne Platte, in der bunte Teile steckten, die mit Drähten verbunden waren, eine matt schimmernde Spule aus Kupferdraht leuchtete aus dem Gewirr. Daneben der Lötkolben, so wie Heinz ihn aus der Hand gelegt hatte.

»Das wird ein Radio. Mir fehlen noch einige Transistoren, und der Kondensator ist zu schwach.«

»Ein selbst gebautes Radio, Donnerwetter«, sagte ich voll ehrlicher Anerkennung.

Eine blaue Lochplatte an der Wand trug fein säuberlich aufgehängt eine große Anzahl von Werkzeugen, die ich noch nie gesehen hatte, Drahtrollen, Kästen mit Schrauben und elektrischen Bauteilen, Schaltpläne, Bauanleitungen und Fotos von Lokomotiven. Heinz deutete auf ein Regalbrett.

»Das ist eine Dampfmaschine mit einem Karbidbrenner. Die läuft. Ich will versuchen, sie auf eine Lafette zu schrauben, und sie auf einem Gleis fahren lassen. Das musst du dir ansehen, wenn's funktioniert. Und das hier ist die ›Bismarck‹, das größte Schlachtschiff, das wir jemals hatten«, sagte Heinz in einem Ton, als spräche er vom Wetter. Der einzige Schmuck an der Wand war ein türkisfarbener Ehrenwimpel der Spielvereinigung, der auch in meinem Zimmer hing.

»Kommt ihr bitte zum Essen?«, rief eine kräftige Stimme von unten.

Wir polterten die Treppe hinunter und betraten eine sehr große helle Küche, wo Heinz' Mutter an einem Gasherd stand. Sie war eine kleine rundliche Frau, kleiner als ihr Sohn, kaum größer als ich, in einer blauen Schürze. Sie reichte mir die Hand zur Begrüßung und schaute mich aus klaren haselnussbraunen Augen aufmerksam an.

»Und wer bist du?«, sagte sie und lächelte mich selbstbewusst an. Ihr Händedruck war der kräftigste, den ich je erlebt hatte, und ihre Handflächen fühlten sich an wie Leder.

»Ich bin der Max, Max Schwarz. Ich bin mit Heinz in der Klasse. Wir wohnen im oberen Dorf beim Tiefenborn.«

»Jetzt weiß ich. Ihr habt vor ein paar Jahren das Haus da oben gekauft. Der Grund hat meinem Vetter Herbert gehört.«

Mit einem Seitenblick auf Heinz sagte sie: »Du bist also des

Gscheiderla in eurer Klasse. Na los, setzt euch. Es gibt Tintlingsuppe.«

Wir setzten uns an den langen, mit einem karierten Wachstuch bedeckten Tisch, an dem früher wohl Mägde und Knechte gesessen hatten, auf eine abgenutzte Eckbank. In der Ecke hing eine große runde Uhr mit goldenen Zeigern und tickte vernehmlich, die Sonne schien auf den Tisch, und ein köstlicher Duft zog durch die Küche. An der anderen Wand befand sich der Sparkassenkalender, die letzten Tage waren noch nicht abgerissen. Von der Decke hing neben dem roten Blechschirm der Lampe ein mit einem Reißnagel befestigtes Klebeband, das mit toten oder noch leicht zappelnden, an den Flügeln festgeklebten Fliegen bedeckt war. Der Boden war mit großen ausgetretenen Kalksteinplatten gefliest, darauf stand neben dem hochbeinigen Gasherd ein gedrungener, wuchtiger weißlich emaillierter Herd mit Ringen auf der Kochplatte und vielen Klappen und Schubladen, den man mit Holz und Kohle befeuerte. Es gab ein Regal mit einigem Kupfergeschirr und eine weiß gestrichene Küchenkommode mit Gardinen an der Innenseite der Verglasung, der Heinz' Mutter drei Suppenteller entnahm und auf den Tisch stellte. Neben die Teller legte sie drei sehr große Löffel, drehte die blaue Gasflamme aus und stellte einen roten Suppentopf mit einem Blumenmuster aus großen Blüten auf den Tisch.

Sie setzte sich und sprach ein Gebet, Heinz murmelte leise mit, ich schwieg betreten, und teilte dann die dampfende Suppe aus. Sie stand noch einmal auf und schnitt auf der Kommode drei dicke Scheiben von einem Brotlaib ab.

»Fangt an. Lasst es euch schmecken.«

Ich hatte noch nie so eine Suppe gegessen, aber sie schmeckte so gut, wie sie roch. Die Stiele der Pilze waren in kurze Stücke geschnitten und schwammen weiß wie Knochen in der klaren heißen Brühe. Es war mir unerklärlich, wie man sie Tintlinge nennen konnte.

Als hätte Heinz' Mutter meine Gedanken erraten, sagte sie: »Die sind aus dem Obstgarten. Sind mit die ersten Pilze im Jahr. Schopftintlinge. Man muss sie ganz frisch ernten, wenn der Hut noch geschlossen ist. Schon nach einem Tag werden die schwarz und triefen. Mein Mann sagt, die fressen sich selber auf und alles, was sich auf ihren Hut setzt. Der kennt sich aus mit Pilzen. Haben früher wirklich Tinte aus ihnen gemacht.«

Dann wurde nichts mehr gesprochen. Wir löffelten die Suppe, brachen Stücke von den Brotscheiben und tauchten sie in die Brühe. Das Ticken der Uhr vermischte sich mit dem Sonnenschein zu einer von Wohlbehagen erfüllten Stille. Auf dem Hof krähte ein Hahn. Noch nie hatte ich mich bei anderen Leuten so wohlgefühlt. Heinz und ich bekamen noch einen Schöpflöffel voll, aber das Schweigen wurde nicht unterbrochen. Als wir fertig waren, stand ich auf und verabschiedete mich. Heinz' Mutter nahm eine Bastschachtel von der Kommode, ihre Augen lächelten, in ihrem runden Gesicht liefen Falten strahlenförmig von den Augenwinkeln zu den Schläfen, rötliche Pausbacken glänzten.

»Deine Mutter hat's nicht leicht mit euch Gnaggn. Bring ihr die Eier.«

Die Colts steckten wieder in ihren Halftern, der Pulverdampf war verraucht. Der Abspann lief, und alle Kinder rannten in den Garten. Ellie und ich waren die letzten. Ich wusste mittlerweile, wie man den braunen Kasten ausschaltete. Der Drehknopf klackte, das Bild zog sich auf einen Punkt zusammen, und der Schirm wurde schwarz. Ellie zog die Rollläden auf, aber nur halb. Ein mittäglicher silbergelber Lichtsturm drang durch die Fenster herein, beleuchtete den Staub auf dem Teppich und drängte die Galeonenlampe auf dem Fernsehgerät, die immer noch brannte, in den Schatten einer kümmerlichen Nebenrolle.

Ich war noch ganz gefangen von den kleinen Scharmützeln der Cowboys und dem riesigen heißen Abenteuer von Ellies Körper im Dunkeln auf meinen Knien, als Ellie mich am Ärmel zupfte.

»Ich glaube, oben ist keiner. Komm.«

Wir schlichen vorsichtig die Holzstiege hinauf am leeren Arbeitszimmer meines Vaters und am Elternschlafzimmer vorbei in den winzigen Raum gegenüber. Der Raum enthielt nichts als ein WC mit einem Plastikdeckel, blau wie ein Kinderschlafanzug, ein kleines Waschbecken, wo unter dem Spiegel unsere Zahnputzbecher standen, in jedem lümmelte eine Zahnbürste, eine offene Zahnpastatube krümmte sich auf der verschmierten Ablage. Die Wände waren bis auf halbe Höhe mit einer abwaschbaren blauen Farbe gestrichen, die sich mit dem Blau des Klodeckels biss.

Wieder geschah alles wortlos. Ellie hob ihren Rock, zog das verschossene Höschen herunter und zeigte mir ihre Möse. Jetzt war ich dran. Ich ließ die abgewetzte Lederhose und meine nicht ganz saubere Unterhose fallen. Dann tat Ellie etwas völlig Überraschendes. Sie berührte mit zwei Fingern mein Schwänzlein. Noch überraschender war, was dann geschah. Es schwoll an, wurde größer und hob sich. Ein neuartiges angenehmes Gefühl breitete sich in meinem Leib aus.

Die Kinder riefen aus dem Garten: »Elliie, Maax, wo bleibt ihr?«

Ellie stieß ein kleines Keuchen aus. Sie drückte ihren Rücken durch, streckte den Bauch nach vorne und zog mit den Fingern der anderen Hand ihren Schlitz auseinander. Ich sah geschwollene Lippen in der Farbe geronnenen Blutes, ein bläuliches Loch und einen Zipfel an der Stelle, wo die Lippen zusammenliefen. Ich war erschüttert. So sah das alles also aus. Ellie nahm meine Finger und zog sie hin zu dieser Ungeheuerlichkeit.

Die Kinder riefen: »Seid ihr oben?«

Mit einem Finger berührte ich vorsichtig ihre süß stinkende Möse. Sie war heiß. Wieder stieß Ellie ein leises Keuchen aus.

»Wir kommen. Wo seid ihr?«

Die Kinder im Garten witterten ein neues Spiel. Blitzschnell zog Ellie ihr Höschen hoch, rannte die Treppe hinunter hinaus in den Garten. Mein Schwänzlein schrumpfte zusammen, ich streifte mir die Hosenträger über die Schultern, stapfte die Stiege hinunter und trottete möglichst gelangweilt blickend wie jemand, der im Haus noch etwas erledigt hat, in den Garten und schloss mich den Kindern an. Ich war ein Indianerhäuptling, der immer wieder an seinem Mittelfinger roch.

Ich ließ mich sinken, ich sank durch die Schichten, die Ebenen, die Grenzflächen, die Membranen des Ankommens am Teich, ich sank tiefer und tiefer, sank durch das Wiedereinsetzen des Grillengeschabes, sah, wie die Barsche und Stichlinge aus den Verstecken unter der Uferböschung zurückkehrten in ihre Sonnenzonen und wie die Wasserläufer sich wieder hinauswagten auf die glitzernde Wasserfläche, schwerelos gleitend über ihrem Schatten mit den sechs dunklen, von einem leuchtenden Rand gesäumten Ovalen auf dem Ufersand, sah am Teichboden die Larven der Fliegen mit Kopf und Fresswerkzeug wieder halb herausschlüpfen aus ihren Köchern, zusammengeklebt aus Rindenresten, sank durch das Wiedererstehen, das Klarwerden des

Blattwerkschattens am Grund, den die Frösche mit ihren Sprüngen zerstört hatten, sah, wie sich das Gewebe wieder bildete, sich schloss, sank durch das Spiegelbild der Gräser und des zitternden Laubs von Erlen und Birken, der Wolken und des Himmels auf dem Wasser, sah die goldenen Augen der Frösche, die immer noch sanft und wie ölig schwappende Wasseroberfläche durchbrechen, ihre Nasenlöcher und das eine Luftbläschen, das an der Kehle emporperlte, sah die fetten Kerle vorsichtig an Land klettern, sank tief und tiefer, als eine Spinne begann, ihr Netz zu flicken, das ich zerrissen hatte – wann? –, sank tief hinunter ins Zentrum meiner Aufmerksamkeit, in mich, saß hier unten in dieser Senke überfließend vom Summen der Insekten, von Sonnenwärme und Vogelgezwitscher, und hoch über allem, weit oben trieben die Wolken auf durchsichtigen Luftschichten, trieben die dahinfließenden Ereignisse, alles, was geschah und geschehen war, und mein Bruder war tot.

Ich bewegte mich nicht, war ganz Teil dieses Sommertages am Teich nicht weit vom Feuerwehrhaus, so sehr Teil, dass ich die Bisamratte, die jetzt im Schilfschatten schwamm, längst wahrgenommen hatte, lange bevor sie mich bemerkte, weil die Barsche bei ihrem Auftauchen weg von dort in Deckung flitzten und sich die Wasserläufer für einen Moment in Sicherheit brachten, und ich bemerkte das Kaninchen unter der großen Erle, weil die Grillen dort drüben ihr Zirpen unterbrachen und ein Frosch hochschnellte und mit leisem Blib ins Wasser eintauchte. Die Libellen jagten Schwebfliegen über dem Wasser, blieben für einen Augenblick flügelschlagend in der Luft stehen, während ihre Wiederholung, die Verdoppelung dieser grazilen, vierflügeligen Flugapparate, tief unten zwischen dicken, knolligen Iriswurzeln zu schweben schien, und es war so still, dass ich das leise Klappern ihrer gläsernen Flügel hören konnte. Ein gelbes

Birkenblatt segelte seinem Spiegelbild entgegen, und als es sich mit ihm vereinigte, ohne im Geringsten in die gespannte Oberfläche einzutauchen, glaubte ich diese Berührung auf meiner Haut zu spüren. Das Blatt trieb in einem Windhauch davon wie ein winziges Boot, und die scharf geschnittenen Schatten der Gräser auf dem rötlichen Sand zitterten, wurden undeutlicher, als eine zerzauste Wolkenschaluppe sich vor die Sonne schob, und wieder klar und scharf, als die verwehte Galeone weitergesegelt war.

Was tust du? Dein Scheitel war auf der falschen Seite. Sie plagen jetzt mich. Nicht nur mich. Was soll ich tun?

Birkenblätter begannen über mir in ihrem Glanz zu klimpern, das braune Schattengewirr um mich kam in Bewegung, eine leichte Bö drückte ihren Bauch grau geriffelt aufs Wasser, raschelte trocken im Röhricht, warf blendend helle Lichtschalen in das schwarzgrüne Dunkel unter den Erlen.

Ja, ich weiß, du kannst mir nicht helfen, so wie ich dir nicht geholfen habe. Aber muss nicht etwas geschehen?

Barsche sprangen mit blitzenden Bäuchen aus dem glänzenden Spiegel, als jagte etwas tief da unten im Wasser hinter ihnen her, sich verschränkende Ringe liefen über den Teich, von dort aus, wo sie wieder eingetaucht waren. Schilfgeruch wehte herüber, trocken raschelten die scharfschnittigen Blätter.

Im Schatten eines Teichrosenblattes stand dort, wo der Teich sich in eine Anzahl von Rinnsalen aufzulösen begann, im klaren leicht bräunlichen Wasser mit seinen Brustflossen fächelnd, ein kleiner Hecht; ein sonnendurchleuchtetes Blatt einer Wasserpflanze drehte sich in die kaum wahrnehmbare Strömung, als ich genau da ein Tier sah, das ich noch nie gesehen hatte.

Es schwebte schräg im Wasser hängend, sah aus wie eine Mischung aus Salamander, Frosch und Drachen und war nicht länger als die Spanne meiner Hand. Es war dunkel marmoriert am Rücken, hatte einen dottergelben Bauch mit schwarzen Flecken und einen wild gezackten Kamm oben am Rücken bis zum Ende des Schwanzes, der so lang war wie der Körper. Der Kopf war breitmäulig wie der eines Frosches mit ähnlich hervortretenden Augen, die Beine hingen bewegungslos im Wasser, die gelben Zehen mit schwarzen Ringen waren gut zu sehen, und der häutige Kamm hatte einen silberglänzenden Streifen und wehte im Wasser. Nicht zu glauben. Mit einer Schwanzbewegung tauchte es auf, atmete ein und tauchte wieder unter.

Vorsichtig stand ich auf und näherte mich möglichst lautlos den zwischen Binsen blinkenden Rinnsalen. Dort sah ich noch weitere Tiere. Sie trugen einen niedrigen, ungezackten Kamm, weiß-gelblich mit Streifen und Dreiecken, und waren auch erheblich kleiner, vielleicht so lang wie mein Zeigefinger. Dafür hatten sie hell orangefarbene Bäuche und mit dunkelblauen Flecken gesprenkelte himmelblaue Flanken, manche eine heidelbeerblaue Zeichnung auf dem Rücken. Wie konnte es derart schöne Tiere hier in dem Feuchtgebiet hinter dem Feuerwehrhaus geben? Ich war stolz und glücklich, sie entdeckt zu haben.

Ich musste sofort herausfinden, wie sie hießen und wie sie lebten. Rasch bewegte ich mich durch das Schilf zurück zu meinem gut versteckten Fahrrad. Zu Hause holte ich mein zerlesenes Exemplar von *Brehms Tierleben* aus dem Regal über meinem Bett und fand unter 2. Überklasse Vierfüßler, 1. Klasse Amphibia, Lurche, 2. Unterklasse Hülsenwirbler, 1. Ordnung Schwanzlurche, 3. Unterordnung Salamanderartige: Kammmolch und Bergmolch.

Am nächsten Tag war ich ausgerüstet mit einem leeren Gurkenglas wieder am Weiher. Es gelang mir, drei Molche, einen

Kammmolch und zwei orangebäuchige Bergmolche, zu fangen, was nicht so schwer war, wie ich befürchtet hatte, denn sie versteckten sich bei Gefahr zwischen den Wasserpflanzen, aber sie mussten doch sehr bald auftauchen, um Luft zu holen, und dann konnte man sie packen. Ich hielt die Molche in meinem Aquarium vor dem Bett und konnte mich nicht sattsehen an ihrer Schönheit. Rudi und Heinz mussten sie unbedingt auch sehen.

Ein paar Tage später zog es mich wieder zum Teich. Als ich vom Rad stieg, fand ich alles verändert, der Teich lag da wie entblößt. In das Schilf waren Schneisen getrampelt, die Binsen von Schuhsohlen geknickt. Die Rinnsale waren völlig zerstampft, ich sah die Abdrücke von Gummistiefeln in der feuchten Erde. Der Teich war trübe vom aufgewühlten Schlamm, die Ufer zertreten. Kein Vogel zwitscherte, die Grillen zirpten kalt und entfernt. Den Birken waren Äste abgerissen, Saft sickerte aus den großen länglichen Wunden und lief über die helle Rinde. Die Äste waren in den Binsen zerstreut, ihr Laub begann gerade zu welken.

Ein beklemmend summender Schwarm grüner Schmeißfliegen ballte sich, fuhr auseinander und kreiste erneut im grell weißen Sonnenlicht um zwei große Sauerkrautbüchsen, deren aufklaffende, messerscharf geränderte Deckel mich blendeten. Ich hatte Mühe näher zu treten. Ich blickte in die Büchsen. Sie waren halb gefüllt mit Molchen. Ein schwarzes Geschling von toten Molchen, die in ihrer eigenen Körperflüssigkeit schwappten. Die Blechbüchsen mussten für Tage in der Hitze gestanden haben, die Molche konnten nicht entkommen.

Wer hatte das getan? Wie konnte so etwas geschehen? Die Welt war vollkommen sinnlos. Gott musste diese Welt schon vor langer Zeit aufgegeben haben. Ich sank auf die Knie, drückte die

Stirn in den Schlamm und krallte mich in das feuchte Gras. Ich weinte. Ich weinte, wie ich noch nie in meinem Leben geweint hatte, weinte erst jetzt um meinen Bruder, und ich weinte über diese entsetzliche Welt.

9

Es klingelte an der Haustür. »Max, du hast Besuch«, rief meine Mutter von unten. Draußen standen Rudi und Heinz.

»Können wir deine Molche anschauen?«, sagte Rudi.

»Klar, kommt rein. Ich füttere sie gerade.«

Die beiden setzten sich auf meines Bruders Bett und beäugten das Aquarium, das zwischen den Betten auf einem Tisch stand.

»Ich seh sie!«, sagte Rudi.

Das Aquarium war ein großer alter Glaskasten, dessen Scheiben nie völlig klar und dessen Wasser nie richtig sauber war. Ich hielt darin selbst gefangene Fische aus dem Fluss und dem Teich, grünliche Weißfische mit silbernen Bäuchen, gestreifte Barsche, gut getarnte Grundfische, ein paar großschuppige Karpfen, Kaulquappen, Wasserschnecken und die Molche. Auf dem Grund aus feinem Kies lag ein dunkler Stein mit vielen Höhlungen, und zwei, drei Wasserpflanzen wurzelten dort. Unter dem Stein hielt sich ein kleiner Wels verborgen.

»Passt auf, jetzt gibt's Futter.«

Ich schüttete ein mit Wasser gefülltes Marmeladenglas voller Wasserflöhe und zuckender Fliegenlarven, die ich mit einem Kescher aus der Ferse eines Nylonstrumpfes im Dorfweiher gefangen hatte, in das Aquarium. Dazu gab es noch ein paar

Regenwürmer. Die Fische schossen aus dem verschatteten Teil des Behältnisses hervor und schnappten mit runden Mäulern nach den Wasserflöhen. Der dunkelgraue Wels verließ sein Versteck und saugte blitzschnell Fliegenlarven ein. Die Bergmolche ließen ihre gelben und orangefarbenen Bäuche sehen, der große dunkle Molch stellte seinen schwarzen, weich fließenden Kamm auf, sie schlängelten elegant den herabsinkenden Würmern entgegen. Es sah aus wie ein Tanz urzeitlicher Echsen, der schlagende Schwanz mit den scharf geränderten Zacken, die breiten Mäuler, die bunten Farbtupfer auf Flanken und Köpfen.

»Das gibt's nicht!«, sagte Rudi und drückte fast die Nase an das Glas. »Ich glaub's nicht.«

»Du hast die aus dem Teich hinter dem Feuerwehrhaus«, sagte Heinz.

»Woher weißt du das?«, sagte ich und drehte mich erschrocken um.

»Du hast es doch selbst auf dem Schulhof vor ein paar Tagen erzählt. Die kleinen Drachen und die bunten Bäuche.«

»Hab ich das? Ich muss verrückt gewesen sein.«

»Doch, hast du. Du warst ganz stolz.«

»Die Viecher sind wirklich der Hammer, unglaublich«, sagte Rudi. »Hätt' ich auch erzählt.«

»Gestern war ich noch mal dort. Ich. Sie haben.«

»Was?«, sagte Heinz.

Ich erzählte ihnen alles. Ich bemühte mich sehr, um keinen Preis sollten mir Tränen in die Augen treten. Es gelang halbwegs, aber meine Stimme stockte. Die beiden starrten mich an.

»Wer macht so was? Wer waren diese Schweine?«, fragte ich.

Heinz stand auf und stützte seine sommersprossigen Hände auf eine Stuhllehne, die schmalen Schultern nach vorn gezogen. »Du hast es auf dem Schulhof erzählt. Tscherniks Freund Ralf stand dabei«, sagte er nüchtern.

»Und sie haben was geflüstert hinten beim Klo«, sagte Rudi. »Ich hab's gehört, beim Schiffen. Irgendwas von einer irren Sache am Weiher und die ganzen ekligen Viecher in eine Büchse.«

»Also, ganz klar, Tschernik und seine Freunde«, fasste Heinz zusammen.

»Diese Drecksäcke!«, sagte Rudi. Ich brachte keinen Ton hervor. »Die machen, was sie wollen. Zuerst das mit deinem Bruder im Winter, jetzt das. Wird schlimmer und schlimmer. Ist das sein. Bett?«

»Ja.«

»Oh.« Rudi sprang auf und griff sich einen Hocker. »Sie prügeln, sie klauen, gestern haben sie einen der Kleinen verprügelt. Zum Spaß. Und mir haben sie vierzig Pfennig abgenommen bei der Hochzeit.«

»Mir fünfundfünfzig«, sagte ich.

»Mir sechzig. Diese verdammten ...«, sagte Heinz. Er hielt sich die Faust.

»Sie suchen sich jeden Sonntag einen raus nach der Kirche. Otto haben sie hinter der Umkleidekabine angepisst«, sagte Rudi. »Wie lange lassen wir uns das noch gefallen? Soll das ewig so weitergehen?«

»Nein, verdammte Scheiße. Wir müssen was tun. Wie's Mia und Pia gespielt haben«, sagte Heinz.

»Mia und Pia, auf der Rampe? Ach, das haben sie gemeint«, sagte ich.

»Wir lassen uns das nicht mehr bieten!«, sagte Rudi und strich sich entschlossen seine rötlichen Haare aus dem Gesicht. »Tod den räudigen Ogellallas!«

»Ist ja gut«, sagte Heinz.

Vater war ein kleiner schmalbrüstiger Mann, nicht viel größer als ich. Obwohl er sich zweimal am Tag rasierte, wirkte sein schmales Gesicht immer unrasiert, was seine großen dunklen Augen, die tief in ihren Höhlen lagen, noch dunkler erscheinen ließ. Er trug zu Hause einen ausgebeulten Anzug und ein kragenloses Hemd, aus dem am Hals seine grauen Brusthaare quollen. Nie sah ich ihn tagsüber ohne Zigarette, die er auf seine ganz eigene Art zwischen Mittel- und Zeigefinger hielt, die an den Spitzen gelb vom Nikotin waren. Er schien die qualmende Zigarette oft ganz zu vergessen, so sehr war sie Teil seines Körpers, dann zog er plötzlich heftig daran, saugte seine vom Bart verschatteten Wangen ein, die Asche fiel irgendwo auf seinen Anzug, und stieß durch Nase und Mund eine Rauchwolke aus, die seinen kleinen Kopf mit der scharf geschnittenen Nase für einen Moment umhüllte, als wäre der Rauch sein Atem, als sei er ganz mit Rauch gefüllt. Durch diesen Schleier fiel sein Blick auf mich, erstaunt, leicht verärgert, müde.

Ich hatte vorsichtig die Tür zu seinem Arbeitszimmer geöffnet und war eingetreten. Er saß an seinem riesigen alten Schreibtisch vor seiner Schreibmaschine, einem samtgrünen Wunderapparat, den gefüllten Aschenbecher neben sich, Zeitschriften und Fotografien von irgendwelchen Präparaten, die mit seiner Arbeit zu tun hatten, um sich auf dem Tisch verstreut. Er hörte nicht auf, auf die Tastatur zu hämmern, und ich beobachtete gebannt, wie sich rasend schnell ein Arm mit einem einzigen Buchstaben am Ende nach dem anderen aus dem Ring erhob, auf das Papier auf der Rolle knallte und zurücksank, während schon der nächste unterwegs zu dem makellos weißen Blatt war. Er hämmerte einen Satz zu Ende, bediente den glänzenden Hebel an der Seite der Maschine, ein helles Kling schwebte in der von Schwaden durchzogenen Luft, und hielt inne.

»Du siehst, dass ich arbeite«, sagte er und schnippte etwas Asche in den Becher. »Was gibt es denn, Max?«, und ich spürte seine Ungeduld, als wäre es schon mehr als genug, dass er überhaupt aufgehört hatte, seine langen Finger über die Tastatur fliegen zu lassen.

»Ich. Wir wissen nicht, was wir tun sollen. Sie haben. Uns alle. Sie haben den ganzen Teich zertrampelt und die Molche, sie haben sie in Büchsen getan, und jetzt sind sie tot«, stammelte ich.

»Molche?«

Mein Vater hatte keinerlei Interesse an den Dingen, die er durch die Fenster seines Arbeitszimmers sehen konnte. Bäume hatten Namen? Überflüssiges Wissen. Es gab Blüten in verschiedenen Farben? Es war einfach Grünzeug, Mutter riss es ab, und dann verfaulte es. Nichts war langweiliger und widersinniger als ein Spaziergang, wie wir ihn ab und zu an Sonntagen unternahmen, reine Zeitverschwendung. Einmal hatte er mit dem Gesicht ein Spinnennetz zerrissen, das über den Weg hing, und sich dann den ganzen Tag angewidert mit den Händen über das Gesicht gewischt.

»Solche wie ich sie in meinem Aquarium habe«, fing ich wieder an.

»Ach, diese Eidechsen.«

»Lurche, Schwanzlurche, aber sie verprügeln uns und sie –«

»Das müsst ihr untereinander regeln, all das. Wir sprechen beim Abendessen noch mal darüber. Aber jetzt muss ich. Weitermachen. Der Aufsatz muss dieses Wochenende fertig werden.«

Er nahm sein Feuerzeug aus der Jackentasche und zündete sich eine Zigarette an zum Zeichen, dass ich entlassen sei. Beim Abendessen schwieg er.

Meine Mutter sagte, mein Vater arbeite in einem Institut.

»Was ist ein Institut?«

»Die erforschen dort Materialien. Dein Vater ist ein Wissenschaftler, ein Forscher.«

Materialien? Auf jeden Fall war mein Vater die Woche über in der Hauptstadt, dort arbeitete er. Solange mein Bruder am Leben gewesen war, waren wir Kinder zu viert, mein Bruder und ich und die beiden Kleinen. Am Wochenende kam er heim zu uns, und meine Mutter trug ihm eine Liste unserer Missetaten vor. Er packte dann einen Besenstiel oder den Teppichklopfer und verprügelte erst mich, dann meinen Bruder. Ließen wir die Strafe nicht willig über uns ergehen und rannten gar davon, übermannte ihn sein Jähzorn. Wild schreiend und keuchend verfolgte er uns durch das ganze Haus, so lange, bis er uns gestellt hatte. Dann überließ er sich ganz seinem Zorn, einem Zorn, der mit uns nichts mehr zu tun haben konnte, und schlug uns ohne Erbarmen, oft, bis meine Mutter ihm in den Arm fiel. »Es ist genug! Genug, Ernst.« Dann saßen wir mit brennendem Hintern beim Abendbrot. Ich sprach oft das ganze Wochenende kein Wort mit ihm, was er nicht einmal bemerkte.

Er hatte vier Kinder, was ihn immer wieder aufs Neue selbst zu überraschen schien. Er war in diesem Krieg gewesen, vor langer Zeit, wie fast alle Männer des Dorfes. Es war ihm nichts passiert, er hatte keinen Arm und kein Bein verloren wie einige im Dorf, hatte keine Kopfverletzung wie der alte Jonathan, der verrückt war, verrückt wie manche der alten Männer, eingesperrt in Zimmern von ihren Familien, manchmal an Sonntagen auf die Straße an die Sonne geführt, grau wie Zement, nicht in dieser Welt, geifernd und unflätig.

Er war in diesem Krieg gewesen, vom ersten Tag bis zum letzten, und es war ihm nichts geschehen, so wie vielen anderen auch, denn sie waren ja nicht gestorben. Es gab nur diesen jäh auflodernden Zorn, den er nicht bezwingen konnte, der ihn bezwang, ihn niederwarf, etwas aufriss in ihm von dem, was in diesem Krieg geschehen sein musste.

Wie alle Männer des Dorfes, mit denen er nichts zu tun hatte, von denen er kaum einen kannte, sprach er nicht über diesen Krieg. Heinz' Vater sprach nicht, und Rudis Vater sprach nicht. Ein Schweigen, das jede Frage verschluckte, ein Schweigen, das den Kern dessen ausmachte, was die Erwachsenenwelt war, so fern von uns Kindern, so unbegreiflich, so gleichgültig gegen uns. Dieses Schweigen verlieh allem, was uns mitgeteilt wurde über die Welt, allem, was diesen Erwachsenen wissenswert schien für uns, einen Schatten, einen Geruch von Unglaubwürdigkeit, von Lüge. Es konnte nicht wichtig sein, und wenn sie uns prügelten, es war nicht wichtig, es hatte mit unserem Leben nichts zu tun. Wie es schien, hatte er allein mit diesem Schweigen mehr als genug zu tun, aber er hatte dazu noch vier Kinder. Oft sah ich ihn in seinem Sessel im Wohnzimmer sitzen, in Rauch gehüllt, über etwas nachdenkend. Mir kam es so vor, als grübelte er darüber nach, was ihn dahin gebracht hatte, dass er hier in seinem Haus saß und eine Frau und vier Kinder hatte. Die Kleinen stürmten herein, »Papi! Papi!«, umschlangen seine Schienbeine, und er drückte seine Zigarette mit einer seltsam verächtlichen Miene aus, Rauch war ungesund für kleine Kinder.

Es wurde etwas beschwiegen, das gerade deswegen von allen Seiten hereindrang, überall nach oben quoll wie Blut unter einer Schneedecke. Es musste etwas zu tun haben mit Brutalität und Gewalt, mit der Gewaltsamkeit, die überall im Dorf herrschte, die unser Leben tränkte wie Sickerwasser, das von allen Seiten in einen Raum dringt.

Mein Vater sprühte vor Wissen, er wusste einfach alles. Er erklärte mir, wie eine Dampflok, unser Telefon, die Haustürklingel, der neue Staubsauger funktionierten. In einer klaren Sommernacht konnten wir draußen im Garten stehen, und er nannte mir die Namen der Sternbilder, erzählte, die Hand mit der Zigarette in den samtenen Himmel gestreckt, wie all das entstanden war und immerzu weiter entstand, aber seine andere Hand hielt mich zu fest im Nacken gepackt, und seine Worte rauschten durch meinen Kopf, weil ich ganz darauf konzentriert war, mich diesem Griff zu entwinden.

Er sagte: »Du bist mein Ältester.« Als wäre damit alles gesagt.

Und ich sagte: »Ich bin nicht *dein* Ältester.« Er hörte schon nicht mehr zu.

Mutter sagte, er habe Erfindungen gemacht, dort in seinem Institut, und Patente angemeldet, und wir würden vielleicht eines Tages reich werden, und dann würde mein Vater für immer zu uns kommen und wir würden glücklich in unserem Haus leben, aber mir war lieber, wenn er die ganze Woche in der fernen Hauptstadt blieb.

An einem Sonntag in diesem Sommer meines Lebens hatte er ein besonderes Geschenk für seine Kinder dabei. Eine echte Rakete! Ein bauchiges, spindelförmiges Ding, so lang wie ein Lineal, mit einer gelben, weichen Spitze und drei Flügeln aus dunkelrotem Plastik, in das man Wasser bis zu einer Markierung einfüllen konnte. Man setzte die Rakete auf eine Art Fahrradpumpe und presste Luft in ihren Bauch, die das Wasser zusammendrückte.

»Da ist jetzt ein Überdruck drin«, sagte Vater. »Wenn man mit dieser roten Schnur hier das Ventil öffnet, schießt sie in die Luft. Das ist ein Antrieb wie bei einer richtigen Rakete.« Stolz stellte sich Vater mitten in den Garten. »Geht mal ein bisschen zur Seite!«

Vater zog an der roten Schnur, und die Rakete schoss zischend, einen Wasserstrahl ausstoßend, senkrecht in die Luft. Sie flog so hoch, dass sie in dem blauen Himmel mit einzelnen weißen Wolken verschwand. Vater blickte ihr mit einem Blick voll tiefer Hilflosigkeit nach. Wir Kinder jubelten. Wir suchten die Rakete den ganzen Nachmittag über und an manch einem Sonntag danach. Wir haben sie nie wieder gefunden.

Seit dem Besuch von Heinz und Rudi trafen wir uns öfter. Wir standen auf dem Bahndamm nicht weit von unserem Haus und ließen Züge an uns vorbeirauschen. Rudi legte ein Ohr auf die in der Sonne gleißenden Schienen und sagte: »Er kommt.« Dort, wo die in der Sommerhitze flimmernden Gleise zusammenzulaufen schienen, sah ich eine Rauchwolke, die rasch näher kam. »Jetzt kann ich die Lok erkennen. Es ist eine BR 41«, sagte Heinz.

Er wühlte in den Taschen seiner speckigen Lederhose, die etwas zu weit war für seine schmalen Hüften und offensichtlich nur von den Trägern gehalten wurde, und förderte eine Pfennigmünze zutage, die er vorsichtig auf eine Schiene legte. Jetzt konnte ich die Lokomotive hören, eine Folge rascher Fauchlaute, geschäftig, aufgeregt. Ich stellte meinen Fuß auf die Schiene und spürte die ungeheure Kraft der Stöße, die die Maschine an die Gleise abgab. Der stampfende schwarz glänzende Koloss kam mit großer Geschwindigkeit auf uns zu, dichte schwarzgraue Rauchwolken quollen mit jedem Fauchen aus dem Schornstein, hüllten die Lokomotive ein und wehten im Fahrtwind über eine lange Reihe rostbrauner Güterwaggons hinweg wie eine Fahne der Kraft und der Stärke. Jetzt stieß das Rauch speiende Ungeheuer aus Stahl einen schrillen, in den Ohren gellenden Pfiff aus, und wir sprangen vom Gleisschotter und stellten uns in das verdorrte Gras des Bahndamms.

In dem Moment, als die Lokomotive zischend vorüberschoss, auf- und abstampfende Kolben, rote Räder, Geruch nach verbrannter Kohle im Rauch, traten wir einen Schritt nach vorne. Wer dem heulenden Zug am nächsten kam, hatte gewonnen. Ich stand im Fahrtwind und Rauch, im Lichtblitz nach jedem Waggon, dem jagenden Schatten danach, Blitz und Schatten, Blitz und Schatten, riesige Räder aus Stahl, Kreideschrift auf den Waggonwänden, wieder und wieder der harte Schlag des Stahls bei jeder Schienenfuge, die Erde zitterte, und wieder der Schlag und der Blitz, und widerstand dem Sog, der mich an den Schultern gepackt hatte. Wie leicht es gewesen wäre, nachzugeben, sich nach vorn fallen und sich in Stücke zerreißen zu lassen. In einer Sekunde heraus aus all dem, für immer weg von hier.

»Was tust du?«

Der letzte Schatten schoss vorüber, Licht sprang mir in die Augen, der Sog war so stark, dass ich einen Schritt nach vorne machen musste, um mich mit aller Kraft dagegenstemmen zu können, und vorüber war der Zug. Ein Fetzen Papier wirbelte hinter ihm her. Wir sprangen auf den Gleisen herum, legten uns die Arme auf die Schultern, lachten.

»Du hast gewonnen«, sagte Heinz.

»Eindeutig«, sagte Rudi, und seine Augen leuchteten.

Heinz hob die ausgewalzte Münze, deren Ränder eingerissen waren und die wie neu glänzte, von den Gleisen auf und drückte sie mir in die Hand. Sie war heiß.

»101 Tonnen, 1900 PS. Behalt sie.«

Am nächsten Tag hatten Tschernik und seine Freunde den kleinen Werner aus der zweiten Klasse in eine Ecke des Schulhofs gedrängt, die außerhalb des Blickfelds von Lehrer Roth lag. Sie begannen gerade, ihn ein bisschen herumzuschubsen, als ich sah, wie Heinz sich dazwischen stellte. Er stand einfach da, lang, dünn, ernst.

»He, Blödmann, hau ab!«, zischte einer.

Ohne zu überlegen, rannte ich dorthin und stellte mich neben ihn.

»Schau sie an, die Verrückten.«

Von hinten war auch Rudi hinzugetreten, der kleine Werner klammerte sich an ihn.

»Was soll das werden? Ein Zwergenaufstand?«, sagte der fette Gregor, aber er hielt Abstand.

Tschernik drängte sich durch und baute sich vor uns auf. Gleich würde er zuschlagen. Heinz blickte ihm in die Augen, schien nicht im Mindesten beeindruckt.

»Ihr kommt alle dran«, sagte Tschernik leise, aber dann drehte er sich um, gab einem seiner Freunde einen Stoß, und sie gingen.

Jetzt erst bemerkte ich, dass die Mädchen mit ihrem ewigen Gummitwist aufgehört hatten und vorsichtig zu uns herübersahen. Marga war eines der beiden Mädchen, die den Gummi mit ihren Kniekehlen gespannt zu halten hatten. Sie warf ihre Zöpfe mit einer Handbewegung auf den Rücken und hob den Kopf. *Ich sehe dich.* Lächelte sie?

Unser Telefon klingelte. Das schwarze Gerät stand auf der Kommode im Gang. Ich ließ öfters die Wählscheibe laufen, weil das ein so schönes Geräusch erzeugte und der Zeigefinger so gut in die Löcher passte, aber ich hatte noch nie den Hörer dabei abgenommen. Es war die Sache von Vater und Mutter, das Telefon zu benutzen, wenn etwas Wichtiges an Verwandte oder Behörden mitzuteilen war.

»Max, für dich!«, rief meine Mutter und gab mir schmunzelnd den Hörer.

»Ja, Max hier.«

»Ich bin's, Heinz. Meine Güte, was hab ich Schiss gehabt heute Morgen!«

»Und ich erst. Aber sie sind abgehauen.«

»Ja, einfach abgehauen. Hätt ich nicht gedacht. Weiß nicht, was wir gemacht hätten, wenn sie zugeschlagen hätten.«

»Wir hätten riesig Dresche gekriegt.«

»Haben wir aber nicht. Klasse!«

»Kaum zu glauben.«

»Wir haben jetzt auch Telefon.«

»Was du nicht sagst.«

»Unsere Nummer ist: 493. Hey, Max, wie wär's mit einem Treffen in der Sandgrube? Um drei?«

»Ja, klar, bin da oft.«

»Weiß ich. Sagst du Rudi Bescheid?«

»Mach ich. Bis nachher.«

»Bis nachher«, sagte Heinz und legte auf.

Ich hielt den schweren glatten Hörer weiter in der Hand und starrte auf die kleinen Löcher in der Hörmuschel.

»Ich glaube, du kannst jetzt auflegen«, sagte meine Mutter, die aus der Küche getreten war, und wischte sich die Hände an ihrer Schürze trocken.

Ich hängte den Hörer in die Gabel. Ich hatte ein Summen im Kopf.

Der Waldboden um das Dorf herum bestand überwiegend aus Sand, aber nur an manchen abschüssigen Stellen war er aufgegraben, eine Wunde im Wald, von Kiefern gesäumt. Die Dorfbewohner holten sich dort Baumaterial, wenn sie einen Gehweg aufschütteten, eine Terrasse pflasterten oder Beton für eine Gartenmauer anrührten, was nicht allzu häufig vorkam.

Als Rudi und ich mit unseren Rädern ankamen, erwartete Heinz uns schon. Der Sand leuchtete in einem steil abfallenden Halbrund in der Sonne wie Honig. Die Hitze stand in der Grube, die Kiefern schwitzten Harz, und der starke Duft des Harzes zog in unsichtbaren Schlieren durch die flimmernde Luft am Waldrand. Kohlweißlinge schaukelten um verblühende Ginsterblüten.

Die Grillen verstummten in Kreisen, als wir auf die Grube zuschritten, und Grashüpfer sprangen nach allen Seiten davon. Der Boden war trocken, und bei jedem Schritt hörte ich das leise Geräusch der unter unseren Sohlen zerbrechenden Kiefernnadeln. Rudi trat auf einen dürren Zweig, aber das Knacken kam nicht gegen die Stille an.

»Hier gibt's Eidechsen«, flüsterte ich. »Bleibt mal stehen und rührt euch nicht. Wenn ihr wollt, zeig ich euch, wie man sie fängt.«

»Mach«, sagte Heinz.

»Sch. Auf den Boden schauen, nur auf die Stellen ohne Äste treten, Füße ganz sachte aufsetzen«, sagte ich.

Ich sah eine männliche Zauneidechse im grünen Hochzeitskleid zwischen den einzelnen niedrigen Blaubeerbüschen. Sie schlängelte, immer wieder innehaltend, auf eine Stelle mit festgebackenem Sand zu. Keine Bewegung, vorsichtig atmen. Sie erreichte die Stelle, rollte ihren Schwanz etwas ein und drückte ihren Bauch auf die erwärmte Stelle, Wärme tanken und dann los auf die Jagd. Am Hals konnte man ihr Herz schlagen sehen. Ihre Wachsamkeit ließ etwas nach, sie schloss sogar ab und zu die faltigen Lider. So langsam ich konnte, beugte ich mich nach vorne und begann ebenso langsam meinen Arm auszustrecken. Ich achtete genau darauf, dass der Schatten meines Armes nicht auf die Augen der Echse fiel. Ohne zu atmen, näherte ich mit ausgestreckten Fingern meine Hand von hinten. Sie legte den Kopf schief, im nächsten Augenblick würde sie fortlaufen. Da griff ich zu, einen Punkt anpeilend, der etwas vor ihrem Kopf lag, in der Richtung, in der sie weglaufen würde. Entschlossen, aber nicht zu fest, packte ich sie hinter dem Kopf und legte das sich wie wild windende Tier, der gelbweiße Bauch leuchtete auf, in meine andere Hand, die ich sofort zu einer lockeren, aber dichten Faust schloss. Ich spürte ihren jagenden Herzschlag, mit dem gepanzerten Kopf versuchte sie sich mit erstaunlicher Kraft zwischen meinen Fingern hindurchzudrücken. Ich hielt die Faust so lange geschlossen, bis ich merkte, dass ihr Herzschlag sich beruhigte. Sie war jetzt in einer warmen dunklen Höhle und zog sogar ihren Schwanz nach, um ihn einzurollen.

»Schaut mal!«, sagte ich und ließ einen kleinen Spalt zwischen Daumen und Zeigefinger, durch den Licht in ihre Höhle drang.

Sofort streckte sie den schmalen kleinen Kopf da hindurch, die goldenen Augen mit der senkrecht stehenden Pupille blickten neugierig. Ihr Herz schlug ruhig.

»Jetzt kann man sie anschauen. Sie hat keine Angst mehr. Man kann ihr sogar vorsichtig über den Kopf streichen.«

Rudi versuchte es und strich mit einem Finger über die hellbraunen, schön gefügten Platten des Stirnpanzers.

»Ganz kühl.«

»Seht ihr, hier an der Kehle, das Herz schlägt ruhig. So muss es sein. Beim Fangen dürft ihr sie niemals am Schwanz packen, den kann sie abwerfen und ihr habt den Schwanz in der Hand und sie muss hässlich durch den Sommer laufen«, sagte ich und lachte. »Das da ist ihr Trommelfell, sie hat keine Ohren, und da sitzt eine Zecke. Ich mach sie ihr ab. Das mögen sie.« Ich ließ die Eidechse laufen. Sie hatte es nicht eilig zu verschwinden.

Wir kletterten hoch zum Grubenrand, drei, vier Meter über dem ebenen Grund. »Kommt, wir springen!«, sagte Rudi. Er sprang als Erster mit Beinen und Armen rudernd, einen lauten Schrei ausstoßend, mit fliegenden Locken hinab in den weichen, schräg angeböschten Sand. Heinz hielt sich stocksteif, den ganzen langen schmalen Körper durchgestreckt, die Arme angelegt, als spränge er ins Wasser. Ich aber nahm Anlauf, erwischte mit den Zehen genau die Kante, und es trug mich weit hinaus in das blendende Sonnenlicht. Für ein paar Momente schwebte ich unter dem glasigen Himmel über den Wipfeln der Kiefern, ich sah meinen Schatten über den Sand gleiten, und dann stürzte ich dem Schatten entgegen, kam im Sand auf, der nach allen Seiten wegspritzte, und ließ mich bis zum Grund der Grube rollen, wo die anderen beiden schon lagen. Wir standen auf, klopften uns den Sand aus den Kleidern, schütteten ihn aus unseren Schuhen und blickten hoch zum oberen Rand der Grube.

»Gar nicht übel. Wir haben's uns getraut«, sagte Rudi und blickte Heinz und mir mit blanken blauen Augen ins Gesicht.

»Ja, ganz beachtlich«, sagte Heinz und stieß mich plötzlich an der Schulter, was mich ins Taumeln brachte. Ich hielt mich an ihm fest, er sich an Rudi, aber es half alles nichts, wir fielen wieder in den Sand.

Wir rappelten uns auf und kletterten wieder hoch an den Rand der Grube. Wir saßen auf den warmen Kiefernnadeln und ließen die Beine baumeln.

»Du kommst öfter hierher, nicht? Ich hab dich in die Richtung radeln sehen. Immer allein«, sagte Heinz.

»Jetzt nicht mehr, ich meine, allein.«

Wir blieben einfach da oben sitzen. Sahen zu, wie die ersten Mücken in dem braunen Licht vor den borkigen Stämmen zu tanzen begannen. Der Nachmittag floss träge dahin, wir schwiegen.

»Das hier war alles mal ein Meer, vor langer Zeit. Hab mir immer vorgestellt, hier am Ufer zu sitzen, den Wellen zuzusehen, den Wind zu spüren, und alles wäre gut, nichts wäre geschehen oder würde jemals geschehen. Seht ihr, da über dem Waldweg, da sieht man schon das Wasser, sogar die Bäume spiegeln sich darin. Es breitet sich aus, und das Meer ist wieder da«, sagte ich.

»Du spinnst ganz schön, das ist bloß eine Luftspiegelung«, sagte Heinz und warf eine Handvoll Sand in die Luft, wie um das Trugbild auszulöschen.

»Total praktisch, oder?«

»Ja, jetzt bräuchte man nur noch Leute, die man anrufen könnte.«

»Einen hast du schon. 493, nicht vergessen.«

»Hab's an die Wand geschrieben.«

Direkt über dem Apparat hatte meine Mutter ein halbes Dutzend Telefonnummern auf der Wand über der Kommode notiert.

»Kennst du das verfallene Bahnwärterhäuschen?«

»Glaub schon. Schau'n wir's mal an?«

»Sag Rudi Bescheid. Wird Zeit, dass die ein Telefon kriegen.«

»Rudis Vater sagt, sie brauchen so was nicht. Wen sollen sie schon groß anrufen? Ich sag's ihm.«

Das Bahnwärterhäuschen lag mitten im Wald und doch nah an den Gleisen. Ich hatte es auf meinen Streifzügen entdeckt, und Heinz kannte es anscheinend auch. Die Zufahrt war überwuchert, zugewachsen, nur noch ein Trampelpfad führte hin. Es war einmal gelb getüncht gewesen, jetzt war es braun und schwefelweiß von der Sonne ausgebleicht, der Putz von feinen Rissen geädert, stellenweise in großen Stücken abgebröckelt, sodass das darunter liegende Rohrmattengeflecht sichtbar wurde. Auf der Vorderseite stand in großen Ziffern eine Nummer, ich erkannte nur noch eine 6. Fast alle Fensterscheiben waren eingeworfen.

Die hellblaue Haustür war eingetreten und hing schief in den Angeln. Heinz stieß sie mit einem Ruck auf, und ich hörte, wie drinnen Tauben aufflatterten. Im Erdgeschoß war alles voller Scherben und Müll, zerfetzte Matratzen lagen umher. Es roch nach Staub und Taubenscheiße. In einer Wand klaffte ein großes Loch, Rudi trat leicht dagegen, und weitere Ziegelsteine fielen in einer Staubwolke zu Boden. Es gab ein winziges Klo mit einem winzigen Waschbecken, in der Kloschüssel lag eine dicke schwarze Wurst, schon so lange, dass sie nicht mehr stank. Kein Wasser kam aus dem Hahn. Eine schmale Holztreppe mit einem einfachen wackeligen Geländer führte nach oben. Niemand hatte sich je die Mühe gemacht, sie zu streichen.

Hintereinander kletterten wir hoch in den ersten Stock. Ein überraschend großer Raum öffnete sich: Dort standen ein fleckiges Sofa, bei dem die rostigen Sprungfedern sich durch den Bezug gebohrt hatten, ein völlig unbeschädigter kleiner Holztisch, ein Stuhl, ein anderer Stuhl zerschmettert in der Ecke. Ein Sprossenfenster zum Bahngleis mit eingeschlagenen Scheiben. Die Bodenbretter waren sauber bis auf Mäusekot, wirkten wie vor langer Zeit gekehrt, jedenfalls lagen keine Scherben herum.

Ich zog die Tischschublade auf und sah ein braun vergilbtes Kreuzworträtsel, nicht fertig ausgefüllt, eine Kerze und ein aufgewickeltes Ende rostigen Drahts. Ich legte die ausgewalzte Pfennigmünze dazu. Über uns gurrten Tauben im Gebälk des Dachbodens und schlugen mit den Flügeln. Das Dach schien dicht zu sein.

»Klasse!«, sagte Rudi. »Das ideale Versteck.«

»Wie findest du es, Max?«, fragte Heinz.

Ein Zug donnerte dröhnend, fauchend und heftig schnaufend vorüber, Putz rieselte, Rauchschwaden zogen durch die kaputten Fenster, die Tauben flogen auf. Wir warteten ab, bis der Lärm vorüber war, dann sagte ich: »Irgendwie gut.«

»Eine alte BR 64, 950 PS, 75 Tonnen schwer. Das hier könnte unser Hauptquartier werden«, sagte Heinz. Er zog einen Brotzeitbehälter aus glänzendem Blech aus seinem Rucksack. »Ich hab was gebaut.« Er klappte den Deckel auf und nahm zwei Streichholzschachteln heraus, die mit einem Kabel verbunden waren, und legte sie auf den Tisch. »Probiert's mal aus.«

Rudi nahm die eine Schachtel in die Hand, ich die andere. Wir traten so weit auseinander, wie das Kabel reichte.

»Max, sag mal was in die Schachtel. Und du Rudi, halt deine ans Ohr.«

Ich sagte: »Hallo, Rudi«, und grinste.

Rudi sagte: »Irre. Ich hab dich gehört aus der Schachtel.«

»So funktioniert ein Telefon«, sagte Heinz, sichtlich bemüht, sich seinen Stolz nicht anmerken zu lassen.

»Unglaublich. Wir haben unser eigenes Telefon!«, sagte Rudi. »Ich hab auch was dabei.«

Er griff in seine Gesäßtasche und holte ein zusammengefaltetes Blatt Papier heraus. Er faltete es auseinander, legte es auf den Tisch und strich es glatt.

»Mensch, Rudi, das ist ja eine Eidechse! Man kann es genau erkennen«, sagte ich.

»Ja, so irgendwie«, sagte Rudi mit gesenktem Kopf.

Er strich sich die Locken aus der Stirn. »Ich häng's mal dahin«, sagte er und stieß den Kopf eines rostigen Nagels, den irgendjemand zu irgendeinem Zweck in die Wand geschlagen hatte, durch das Blatt. Die Wand war vielleicht einmal grün getüncht gewesen mit einem kaum noch erkennbaren, mit einer Rolle aufgetragenen Blümchenmuster, jetzt sah sie aus, als flössen Algenschlieren träge durch einen Teich. Die Zeichnung hob sich gut von diesem Untergrund ab.

»Ich hab auch was für euch«, sagte ich zögernd.

»Richtig feierlich heute«, sagte Heinz und grinste mich aufmunternd an.

Ich langte in meine Hosentasche, holte zwei der dreieckigen Gläser heraus, die ich gefunden hatte, und legte sie auf den Tisch. Sie blitzten in der Sonne, Flecken in den Farben des Regenbogens tanzten über die gegenüberliegende Wand.

»Was ist das denn?«, rief Rudi und schnappte sich eins.

»Schau mal durch«, sagte ich.

Rudi hielt sich sein Glas vor ein Auge, konnte es aber vor Aufregung keinen Moment still halten. Ich griff nach seiner Hand und hielt sie fest.

»Jetzt.«

»Irre, einfach irre!«, rief Rudi und drehte sich im Kreis. »Der Tisch hat einen Rand aus Regenbogen, das Fenster, der Stuhl. Was ist das, Max? Wo hast du das her?«

»Das sind Prismen«, sagte Heinz und hielt sein Glas so ins Licht, dass ein verwaschener Regenbogenstreifen über die Wände glitt. »Sie können das Licht umlenken und in seine Farben zerlegen. Man braucht sie in optischen Instrumenten. Toll.«

»Das ist das Schönste, was ich bis jetzt gesehen habe«, sagte Rudi ganz ernst. »Darf ich eins behalten?«

»Schenk ich euch. Hab sie gefunden. Passt drauf auf.«

Rudi steckte sein Prisma tief in die Hosentasche und strahlte mich an. Dann lief er durch den Raum und umarmte mich. »Danke, Max.«

Heinz verpackte sein Glasdreieck sorgfältig in der Außentasche seines Rucksacks. »Hätt nicht gedacht, dass ich so was mal haben werde«, sagte er und schaute mir dabei direkt in die Augen.

»Jetzt übertreibt nicht. Wofür brauchen wir ein Hauptquartier, Heinz?«, sagte ich.

»Irgendwer muss doch mal was gegen die Tschernik-Scheiße machen«, sagte Heinz.

Aber wir waren noch nicht so weit. Was wir als Nächstes taten, war etwas völlig anderes. Wir begannen vom Bahnwärterhäuschen aus durch den Wald zu streifen, tauchten ein in ein Meer aus grünem Licht und violetten und braunen Schatten, hellem Flimmern und feuchter Schwärze, spazierten durch dunkelblaue Zonen überraschender Kühle, querten Bernsteinquader aus Hitze, ließen uns durch lichte Wirbel aus Düften und durch schwere Schwaden von Gerüchen treiben, manchmal war es, als schwebten wir durch Senken immer neuer Arten von Stille, beklemmender, feierlicher und verstörender, beglückender Stille, Nachmittage lang, einen ganzen Sommer lang.

Wir lauschten erschrocken auf ein Rascheln im Dickicht, auf ein Knacken von Ästen jenseits der Anhöhe – waren das Schritte? – und grinsten uns erleichtert an, wenn wir sahen, wie sich eine Blindschleiche, ein Wurm aus schillerndem Kupfer, zwischen Halmen von Schilfgras schlängelte und ein Rehbock in hohen Sprüngen durch den leuchtenden Farn setzte.

Licht fiel schräg zwischen den Stämmen in hohen Balken ein wie in eine Halle, Lichtbalken, in denen weiß beleuchtete winzige Mücken Löcher in der Luft stopften und kleine Spinnen sich an glänzenden Fäden im kaum spürbaren Wind treiben ließen, Geruch nach Moos und Waldboden und Kiefernharz, wir gingen durch dies wechselnde Licht und hielten den Atem an.

»Fast wie in der Kirche«, sagte Rudi flüsternd.

»Quatsch, einfach nur Sonne und ein paar Baumstämme«, erwiderte Heinz.

Wir hörten den Wind in den Wipfeln, er rauschte im langnadeligen Geäst der Kiefern, klapperte mit den harten Blättern der Pappeln, klimperte und zischelte in den sonnenglänzenden Blättern der Birken, lispelte leise, unentwegt, in den Espen, schabte und kratzte in den lichten Blättergehäusen der Eichen und Buchen. Fließende Schatten tanzten mit flirrenden Lichtflecken auf dem duftenden warmen Waldboden. Mit jedem Schritt herrschte ein anderes Licht, wehte neuer Duft zwischen den Stämmen, sickerte hervor aus Gesträuch und Gebüsch.

Rudi stolperte über einen Baumstumpf, Heinz fing ihn auf. Ein Ast schlug mir ins Gesicht, und Rudi verrieb Spucke auf dem brennenden Striemen. Wir pissten zusammen in einen schwarzen Tümpel und saßen zusammen hoch oben im winderfüllten, sanft schwankenden Geäst einer Buche, von wo aus wir den goldglänzenden Wetterhahn des Kirchturms im unendlichen Blau treiben sahen.

Wir saßen im kitzelnden weichen Moos hoch über einer Lichtung voller Heidelbeersträucher und schnitzten Muster in unsere Speere aus Haselholz. »Machst du mir auch so eine Schlange?«, fragte Rudi, und Heinz, der mit dem Taschenmesser besser umgehen konnte als ich mit der Gabel am Esstisch, kerbte ihm aus der dunkelbraunen Rinde konzentriert und ernst ein sich hell um den Stock windendes Band, während ich Totengräberkäfer beobachtete, die einen Mäusekadaver von innen bewegten, als wäre er wieder zum Leben erwacht.

Wir legten den Kopf in den Nacken und blickten hoch in lichtdurchflutetes Blattwerk, in gleißende Strahlenkränze, wir drehten uns mit ausgebreiteten Armen um uns selbst, bis uns schwindelig wurde und wir uns aneinander festhalten mussten.

An einem jener Nachmittage – es hatte in der Nacht geregnet – mühten wir uns durch ein Dickicht aus Ginster, Brombeeren und Büschen, die dicke Wassertropfen auf uns herabregnen ließen, wo Geschwader von Schnaken uns angriffen, und traten dann unvermittelt unter eine große Buche. Ihr glatter Stamm sah aus wie von Muskelsträngen durchzogen, vorjähriges braunes Laub raschelte auf dem Boden, die Krone war ein Kaleidoskop von sonnendurchschienenem Grün, Schwarzgrün und Silber, Schatten und Licht waren um uns her auf dem Waldboden in unentwegter Bewegung. Rudi und ich lehnten uns mit dem Rücken an die graue Rinde, die sich angenehm glatt und warm anfühlte, Heinz hatte sich ins Laub gesetzt.

Mein Herz begann nach der Anstrengung ruhiger zu schlagen, meine Haare waren schon fast wieder trocken, und mir war, als spürte ich wieder eine neue Art von Stille. Ein einzelnes Blatt eines Ahornschößlings vor meinen Füßen zitterte in einem Windhauch, während alle anderen Blätter völlig unbewegt blieben. Ein Eichelhäher beendete die Folge seiner schrillen Alarmrufe und flog plötzlich still zwischen den Stämmen davon. Eine Fichtennadel schwebte hell und scharf beleuchtet vor einem matt dunkelgrünen Hintergrund und bewegte sich sachte hin und her wie ein Pendel. Etwas Dunkles schien sich vom Waldboden zu lösen, als ein Wolkenschatten über uns hinwegfloss. Ich ließ meinen Blick über die Nässe sammelnde Senke vor uns streifen, eine Glöckchen schwingende Versammlung von purpurrotem Fingerhut, die Stängel nickten steif in Blattrosetten, dort zwischen den Fichten kleine Wasserstellen, die wie mit Waldhonig gefüllt schienen, schwarz faulende Butterpilze neben dunklen Baumstümpfen, da und dort aus dem Halbdunkel gehobene Blätterbüschel, die in einem verspäteten Maigrün leuchteten, funkelnd, Wassertropfen sprühend bis hin zu einer fernen hellblauen Kammlinie zwischen den locker stehenden dunkelvioletten Stämmen, wo sich eine Lichtung auftun mochte. Ein orangebrauner Falter flappte in einem Sonnenstreifen durch das Helldunkel. Mein Blick folgte ihm. In einiger Entfernung hob die Sonne eine Stelle auf einem dichten Moosteppich hervor, ein Lichtkegel mitten in der schattigen Feuchte, durch den man feine Schwaden von Dunst ziehen sah. Dort lag ein Skelett, das Skelett eines Tieres, die Knochen so weiß, dass sie zu leuchten schienen.

»Da!«, sagte ich und stieß Rudi in die Seite. Ich deutete in die Richtung. »Kommt!«

Es war das vollständige Skelett eines Rehs, kein Rest von Fleisch oder Fell, die Knochen wie einzeln gewaschen und nicht durcheinandergeworfen, der Brustkorb eingesunken. Es war, als hätte etwas das sterbende Tier und dann seinen Kadaver geschützt. Ich sah einen Ring von weißen Pilzen, der den Platz in einem Dreiviertelkreis rahmte, und einen Wacholderbusch, der stachelige Zweige über die Knochen hielt.

»Sieht aus wie extra hingelegt. So wie damals dein. Dein Bruder«, sagte Rudi. »Direkt feierlich.«

»Sind nur die Knochen von einem Reh«, sagte Heinz, aber er trat nicht näher.

»Schaut euch das an«, sagte ich.

Wenn man dem Reh den Rücken zuwandte, wirkte die ganze Umgebung so, als ob sie zentral auf diese Stelle zuliefe, die Reihen der hohen Stämme, das Abfallen des Geländes, die Laubgehölze wie ein Spalier, Farne schienen fuchtelnd in eine Richtung zu deuten.

»Die Rehkönigin«, sagte Rudi völlig ernst.

»Spinner!«, sagte Heinz.

Als wir gingen, lief Rudi noch einmal zurück, nahm einen kleinen Rippenknochen an sich. Zurück im Bahnwärterhäuschen legte er ihn in die Tischschublade zu der platt gewalzten Münze, dem Kreuzworträtsel, dem Kerzenstummel und der Drahtrolle.

Wir fanden mitten im Wald einen Bach. Er sprudelte und rauschte über rötlichen Sandstein, schlängelte sich mal breiter, mal schmäler durch Gebüsch und Kiefern hindurch. Wir zogen unsere Schuhe aus und gingen in dem eiskalten Wasser aufwärts und stießen auf eine kleine Schlucht, die der Bach in das weiche Gestein gefressen hatte, die sich an einer Stelle zu einer flachen Gumpe weitete, gefüllt mit kreisendem glasklarem Wasser.

Wir zogen uns aus und setzten uns in das dort von der Sonne erwärmte Wasser. Nach dem Bad legten wir uns nackt auf das kiesige Ufer in die Sonne, um uns zu trocknen. Das ging schnell. Ich richtete mich auf, erfrischt und übermütig. Ich nahm mein Schwänzlein in die Hand und sagte: »Ich kann was Neues.«

Heinz grinste, für ihn schien es gar nicht so neu zu sein. Rudi war mit seinen Augen beschäftigt, jetzt war es doch geschehen,

Wasser war an seine Augen gekommen. Er wischte sich mit den Handrücken noch eine Zeitlang Wimpern und Brauen trocken, dann riss er die Augen weit auf, denn mittlerweile hatte sich dieses Schwänzlein aufgerichtet, das ich vorsichtig mit zwei Fingern gerieben hatte. »Na los, ihr auch!«, sagte ich. Beide taten es mir gleich. An Heinz war anscheinend alles lang und dünn, bei Rudi wollte es nicht so recht klappen. »Ist doch blöd«, sagte er und hörte auf. Ich rieb so lange, bis mich mit einem Mal ein herrliches Gefühl überflutete und ein durchsichtiger Tropfen zu sehen war. Das war neu, das war großartig. Heinz ächzte sogar ein bisschen, und bei ihm schoss sogar eine Flüssigkeit in die Luft.

An einer Stelle war das Ufer etwas unterspült. Ich hatte gesehen, dass dorthin die Forellen aus der Gumpe wie braune Blitze geflohen waren.

»Kommt, wir fangen Forellen!«

Ich legte mich auf den Bauch ins Moos über der unterspülten Stelle.

»Jetzt ruhig!«

Das Wasser im Bach strömte rasch dahin, aber hier im Auslauf der Strömung konnte man gut bis auf den Grund sehen. Die Forellen verbargen sich im Schatten des überhängenden Erdreichs, wenn Gefahr drohte. Ich hielt mich ruhig, und schon sah ich den ersten Kopf außerhalb des Schattens. Die Forelle stand mit fächelnden Brustflossen in der Strömung, den Leib hielt sie verborgen und ließ Wasser durch ihre Kiemen strömen. Ich konnte jetzt den ganzen Fisch sehen. Vorsichtig tauchte ich den Arm ohne ein Geräusch ins Wasser und näherte meine Hand vom Schwanzende her sehr langsam und vorsichtig dem Fisch. Ich dachte an nichts, hörte auf zu denken. Meine ausgestreckten Finger glitten unendlich langsam den Leib des Fisches entlang, ohne ihn zu berühren. Alles in mir war auf den Moment des Zupackens gerichtet, mir war, als gäbe es nur noch dieses Zupacken und nichts mehr sonst, als wäre ich ganz meine Hand. Meine Hand erreichte die Stelle, wo der Leib in den Raubfischkopf mit den kräftigen Kiefern übergeht und die Kiemenplatten sich öffnen.

Da griff ich zu, so fest ich konnte, und die atemlose Stille explodierte in einen wilden Kampf. Der Fisch war reine glitschige Muskelmasse, stark, um sich schlagend, sich in meiner Faust windend, die mit aller Kraft versuchte, wegzuschlüpfen. Er war überhaupt nur an den Kiemen festzuhalten. Ich warf ihn ins Moos, packte den zappelnden, wild hüpfenden Fisch und erschlug ihn mit der Handkante.

»Das muss ich auch probieren«, sagte Heinz. »Woher kannst du das?«

»Hatte viel Zeit zum Üben. Ich war oft an dem Bach.«

»Lederstrumpf oder was?«

»Nein, ich war einfach allein.«

Heinz versuchte es mehrere Male, aber jedes Mal blitzten die Fische im letzten Moment davon.

»Du musst es ruhiger angehen, sachte, sachte«, sagte ich. »Wie wenn du allein wärst auf der Welt, nur du und der Fisch.«

Nach fast einem Dutzend Versuchen hatte er Glück, und es gelang ihm, eine Forelle an Land zu werfen.

»Mach du das!«, schrie er mit verzerrter Stimme.

Ich packte den zappelnden Fisch und erschlug ihn mit einem Stock. »Mann, sogar eine Regenbogenforelle!«, sagte ich.

»Schaut mich nicht so an«, sagte Rudi. »Das schaff ich nie. Will ich auch nicht. Die armen Fische!«

Ich zog mein rostiges Taschenmesser aus der Hosentasche, schnitt den Fischen den Silberbauch auf und nahm sie aus.

»Ganz schön eklig«, sagte Rudi.

An einer trockenen Stelle trugen wir Holz zusammen. Heinz hatte Streichhölzer in seinem Rucksack, und ich blies mit aufgeblasenen Backen und versengten Wimpern in glimmendes Laub, bis ein Feuerchen aufsprang. Wir spießten die Fische auf Stöcke und hielten sie in die Flammen. Wann konnte man sie essen? Rudi sagte, er habe schon einmal ganz alleine ein Spiegelei gebraten, also war klar, dass er wusste, wann die Fische gar waren, deren Duft sich bereits unter dem weit ausladenden Geäst sammelte.

Wir saßen in der Schattenkühle, Lichtflecken flackerten auf dem Moos unter dem Baum, blitzten auf in den Wellen. Das Eichenlaub zischelte, gezaust von leichtem Wind, klares Wasser floss um Steine, hell und plätschernd. Rudi hatte einen Apfel hervorgekramt, und ich hatte den Fisch auf einem großen Klettenblatt auseinandergezogen. Wir mampften, und es war köstlich, wenn der Fisch auch nicht überall gleichmäßig durch war.

»Kann man so was machen, was wir da am Ufer gemacht haben?«, sagte Rudi.

»Klar kann man«, sagte Heinz. »Hast du doch gesehen.«

»Ich meine, darf man?«, sagte Rudi.

»Du meinst, ob's verboten ist«, sagte Heinz. »Keine Ahnung. Und wenn, wen juckt's?«, sagte Heinz gelangweilt. Er lehnte mit dem Rücken am Baumstamm und putzte sich mit seinem Taschenmesser die Fingernägel. Wir schwiegen.

»Ist ja nicht viel, was sie uns so sagen, die Eltern, die Erwachsenen«, fing Rudi wieder an.

Heinz richtete sich auf, stützte seine Hände hinter dem Rücken auf den Boden. Seine Brille blitzte. Das interessierte ihn.

»Zum Beispiel das mit dem Geld«, sagte Heinz und stocherte in der Glut. »Mein Vater sagt, er bekommt Geld, weil er im Werk

Lastwagen zusammenbaut. Meine Mutter sagt, sie kriegt es für die Eier, die sie verkauft. Das mit den Eiern versteh ich, aber für Lastwagenzusammenschrauben?«

»Mein Vater arbeitet in einem Institut, da erforscht er was. Dafür kriegt er Geld, von dem er meiner Mutter was abgibt«, sagte ich.

»Dafür? Echt? Das ist Arbeit? Meinem Vater geben sie Geld, weil er im Hotel einen Fahrstuhl auf- und abfährt. Er sagt, das macht Spaß. Ist das auch Arbeit?«, sagte Rudi.

»Immer haben sie Arbeit. Mein Vater im Werk und danach auf dem Hof, meine Mutter den ganzen Tag zu Hause. Die Arbeit geht nie aus, sagt sie. Das gibt's doch nicht. Irgendwann muss doch mal Schluss sein«, sagte Heinz. »Kommt mir vor wie so eine Krankheit, wie wenn man immer vor etwas wegläuft.«

»Ja, meine Mutter hat einfach keine Zeit, mein Vater ist ja eh weg, immer Arbeit, keine Zeit. Ist aber auch gut so«, sagte ich.

»Gut?«, sagte Rudi.

»Ja, sie lassen mich in Ruhe«, sagte ich.

Schweigen.

»Ich frag mich immer, was das ist: Geld«, sagte Heinz.

»Na, Münzen und Papier!«, sagte Rudi.

»Aber wieso kriegt man für Papier Würste und Hemden und so was. Das möchte ich mal wissen«, sagte Heinz, »und woher das Geld eigentlich kommt. Wird das einfach gemacht? Und dafür kriegt man dann auch Geld?«

»Meine Mutter sagt, nach dem Krieg war das Geld kaputt. Muss man sich mal vorstellen. Und jetzt ist es anscheinend repariert. Bis es wieder kaputtgeht? Ich glaube, sie wissen selber nicht, was Geld ist«, sagte ich.

»Sie wissen viel selber nicht, wie euer Fernseher funktioniert, Max, das neue Telefon, meiner Mutter ist es unheimlich. Sie erschrickt jedes Mal, wenn jemand anruft. Ich will's eher rauskriegen, wie was funktioniert.«

Schweigend starrten wir auf das Wasser. Der Schatten der Eiche schien immerfort wegzutreiben, blieb aber doch auf einer Stelle stehen. Plätschern, Blätterrauschen. Rudi sagte: »Die Frauen haben da was zwischen ihren Beinen, das Fell, wie Mia und Pia. Halten immer die Beine zusammen, ziehen den Rock drüber, machen ein Riesengewese, und mein Vater versucht immer drunterzulangen, wenn ich nicht hinschau, bei meiner Mutter, und genauso Onkel Eberhard. Meine Mutter riecht auch manchmal komisch. Ich glaub, das ist auch unter ihrem Rock. Vielleicht deswegen das ganze Getue und Gewasche.«

»Meine Mutter würde sich eher die Zunge abbeißen, als da drüber was zu sagen«, sagte Heinz.

Ich wollte von meinen diesbezüglichen Erfahrungen nichts beisteuern, von der pochenden heißen Blüte, die Ellie mir gezeigt hatte. Es kam mir in diesem Moment so unwirklich vor. Schließlich sagte ich: »Ihr habt's doch gesehen. Einfach ein schwarzes Fell.«

»Das soll alles sein? Warum dann dieser ganze Zirkus?«, sagte Rudi.

Heinz erschlug eine Bremse auf seiner Wade und warf sie ins Wasser. Sie wurde von den Kreiseln erfasst und trieb ein Stück davon. Eine Forelle schnellte vom Bachgrund empor und verschluckte sie. »Da ist noch was«, sagte Heinz, »das Ganze vor dem Krieg und nach dem Krieg. Und der Krieg selber? Mein Vater hat einen Splitter im Oberschenkel, der tut weh, wenn das Wetter umschlägt. Woher hat er den Splitter? Was ist mit den ganzen Kerlen im Dorf ohne Bein, mit ihren Stümpfen und eingerollten Hosen, ohne Arm, die grausigen Haken zum Essen, die künstlichen Lederhände? Mit dem verrückten Jonathan und seiner Silberplatte als Schädel? Wenn ich Vater frage, sagt er, das erzähl ich dir, wenn du groß bist. Onkel Norbert erzählt, wenn er Schnaps getrunken hat, von den süßen Weibern, damals in Frankreich.«

»Meine Mutter erzählt manchmal Sachen von der Flucht. Vor den Russen. Waren's die Russen? Mein Vater sagt sowieso nie was. Nie. Der erstickt noch mal an seinem Maulhalten.«

»Genau wie meiner«, sagte Rudi.

»Die müssen irgendwas gemacht haben, zusammen, Männer wie Frauen, irgendwas Furchtbares«, sagte Heinz.

»Und das platzt dann aus ihnen raus, wenn sie dich prügeln. Dann können sie nicht mehr aufhören«, sagte ich.

»Ja.«

»Ja.«

Ein Kuckuck hatte sich in einen Baum in der Nähe gesetzt. Sein eintöniges Rufen gab der Stille aus Blätterrauschen und dem leisen Gurgeln des Wassers um uns her eine andere Färbung.

»Und dann das mit deinem Bruder«, sagte Rudi, »er war immer schon krank, sagt Lehrer Roth, dieser schreckliche Unfall, sagt der Pfarrer. Der arme, arme Junge, war wie ein Engel, sagt meine Mutter und weint. Es war aber nicht so.«

»Es gibt so viel, von dem sie nichts wissen und nichts wissen wollen«, sagte ich.

»Der Platz hinter der Umkleide, wo sich die Jungen treffen«, fuhr Heinz fort.

»Wo das FICKeN an der Wand steht und seit Neuestem die Weiberfotze, die der eine vom TSV hingemalt hat. Die Großen treffen sich dort, wenn was Wichtiges ist. War noch nie dabei«, fiel ihm Rudi ins Wort.

»Ja, nur wenn was Wichtiges ist und man den Spuckeschwur machen muss«, sagte Heinz.

»Spuckeschwur?«, sagte Rudi.

»War auch noch nie dabei. Hat mir mein Bruder erzählt. Wenn was echt, echt wahr sein soll, wenn du es sagst, spuckt dir der Anführer vorher in den Mund und du musst deine Hand auf das Wort legen, oder so ähnlich.«

»Irre!«, sagte Rudi.

»Dann das, was Mia und Pia machen, ihr Theater. Das wissen noch nicht mal die von der Tschernik-Bande. Das weiß kein Erwachsener, und es darf auch keiner wissen«, sagte ich.

»Stimmt«, sagte Heinz, und Rudi nickte einige Male.

»Und dass diese Scheißer, die Tschernik-Kumpane, mich immer fertigmachen, wenn sie Lust drauf haben, ja, dich auch, Heinz, wenn ihnen langweilig ist, oder was weiß ich«, sagte ich und schlug mit einem Ast in die Asche.

»Da hat sich aber was getan seit neulich auf dem Schulhof«, sagte Rudi und warf Heinz einen stolzen Blick zu.

»War Zufall. Irgendwas war ihnen zu aufwendig. Nächstes Mal passiert's wieder«, sagte Heinz.

»Weil zu viele zugeschaut haben, glaub ich«, sagte ich.

»Vielleicht«, sagte Heinz.

»Und sie wissen nicht, dass der Lehrer Roth jeden Morgen in der Schule eine Flasche Wein säuft«, sagte ich.

»Echt? Der Lehrer Roth, vor dem alle strammstehen und bei dem ich mir fast in die Hose pisse vor Angst?«, sagte Rudi.

»Ja, unser Ganggerer. Ich hol sie ihm«, sagte ich.

»War vor dem Krieg schon unser Lehrer, sagt meine Mutter, und mein Vater haut mir immer noch eine runter, wenn ich Tatzen gekriegt habe«, sagte Heinz.

»Aber das Schlimmste ist das mit deinem Bruder. Dass alle ganz klar glauben, es war ein Unfall. Ich versteh's nicht. Sie haben ihn aber umgebracht. Wir wissen es alle«, sagte Rudi.

»Die Tschernik-Schweine«, sagte Heinz und spuckte ins Moos.

»Und ich hab ihm nicht geholfen«, sagte ich leise.

»Was hättest du tun können?«, sagte Rudi und blickte mich mit seinen verschleierten blauen Augen groß an.

Ich habe dir nicht geholfen.

Der schrille Warnschrei eines Hähers schnitt tief in die unberührte Stille über dem Becken, das sich vor uns auftat. Unser Bach lief hier im ebenen Gelände in ein Gewirr von Rinnsalen, schmalen Wasserläufen und gewundenen Gräben auseinander, die sich wie ein Geflecht zwischen den hoch wie Pfeiler aufragenden Stämmen von Pappeln schlängelten, vielfach verzweigten und erneut zusammenliefen. Flache Tümpel und dunkle Gumpen lagen im Schatten zwischen den Bäumen, deren bitterer Geruch in der dunstigen grünblauen Luft hing; hoch über uns klapperten die Pappelblätter leise in einem leichten Luftzug, ein lichtdurchflutetes Blätterdach, weit gespannt wie ein Netzgewölbe.

Über das ganze moosige Gelände lagen wie wahllos ausgestreut, teils tief im Schatten, teils von Sonnenbahnen wie elfenbeinerne Altäre beleuchtet, emaillierte Küchenherde auf dem Rücken, die gusseisernen Füße hilflos in die Luft gereckt, die Kochringe ringsumher verstreut, halb versunken im Wasser, von Rostfahnen beleckt, oder aufrecht stehend in einem Winkel wie fertig zum Gebrauch. Ich sah Küchenbuffets mit zerborstenen Scheiben und herausklaffenden Schubladen, grobschlächtige Vorratskalter mit drei Schlitzen oben in der Tür, aus dem Herzen einer Speisekammer gerissen, hölzerne Wäschezuber, die Dauben verfault, aus den Ringen gesunken, rot lackierte Bottiche, von Seifenlauge zerfressen, Wäschestampfer, verzogene

Waschbretter, zerschmetterte, rostige, rundliche Öfen, gehämmerte Kohleeimer mit Schütte und Tragegriff, Zinkwannen voller grünem Regenwasser, in denen Kaulquappen schwänzelten und Mückenlarven zuckten, mit dem Waldboden eins gewordene Teppiche, auf denen Moos und Grasbüschel wuchsen, ein düsteres Heiligtum, ein Friedhof der abgetanen Dinge.

Ehrfürchtig, benommen stolperten wir zwischen diesen Relikten einer gerade erst vergangenen Zeit herum und wagten kaum zu sprechen. Heinz war es, der schließlich das Schweigen brach: »Mein Gott, das ganze Zeug war doch noch völlig in Ordnung. Sie schaffen das hier raus und lassen es verrotten.« Er deutete auf einen Weg voller tiefer, wassergefüllter Furchen, der aus dem Wald hinausführte. »Alle haben jetzt Elektroherde, Waschmaschinen, Kühlschränke und Möbel aus gepressten Sägespänen.«

»Schau mal, da drüben der Wohnzimmerschrank! Ich will wissen, was drin ist«, sagte Rudi

Sie rannten los, schreckten eine schwarze Natter auf, die in einen Tümpel glitt und zwischen einem Haufen von zerborstenen Stühlen elegant davonschwamm mit hocherhobenem Köpfchen, auf dem zwei gelbe Monde leuchteten. Ich blieb stehen. Irgendetwas blinkte in dem Rinnsal vor meinen Füßen. In einer kaum merklichen Strömung wehten träge Algenschlieren. Auf dem von braunen Blättern bedeckten Grund sah ich vom klaren Wasser vergrößert ein Klapprasiermesser mit Elfenbeingriff, das Scharnier war zerfallen, das rostfreie Messer lugte hervor. Daneben lag eine silberne Münze mit deutlich sichtbarer Prägung, und etwas entfernt hatte sich in den im Wasser liegenden Ästen ein Schwarz-Weiß-Foto verfangen. Ich konnte genau erkennen, was darauf abgebildet war: Vier Soldaten hatten ihre Gewehre angelegt auf eine Gruppe von nackten Frauen und

Kindern, die sich angstvoll aneinanderpressten und die Schützen voller blankem Entsetzen anblickten. Eine Frau mit langen schwarzen Haaren schaute aus dem Bild heraus, mit dem Blick, mit dem sie den Fotografen angesehen hatte, der seinen Schatten auf dem Foto zurückgelassen hatte. Dieser Blick voll unendlicher Trauer berührte mich tief. Ich griff nach dem Foto, versuchte, es aus dem Ästegewirr zu lösen, aber kaum hatte ich es berührt, zerfiel es, und die Fetzen trieben langsam davon. Hatte ich richtig gesehen? Mit einer riesengroßen Hand fischte ich die Münze heraus, das Rasiermesser versank im weichen Grund. Sie war leicht wie Spielgeld, aber sie blitzte in der Sonne wie neu. Fünfzig Reichspfennige, Deutsches Reich, 1941, auf der Rückseite ein eckiger Adler mit einem Hakenkreuz in den Klauen.

»Schaut mal, was ich gefunden habe!«

»Komm rüber, schau dir an, was wir haben!«, rief Rudi.

Ich kletterte durch das Gerümpel und fand die beiden vor einem dunkelbraun lackierten Wohnzimmerschrank mit geschwungenen Formen, der tonnenschwer sein musste.

»Hier, schau mal, du glaubst es nicht«, sagte Rudi.

In einer herausgezogenen Schublade voller rostigem Besteck und einem verlassenen Mäusenest aus Moos und Papierfetzen lag ein von Mäusepisse stockfleckiges, halb zernagtes Heft, auf dessen lichtgrauer Titelseite ein blonder Junge mit strengem Scheitel in unserem Alter prangte, der nackt zwischen Dünen herumsprang.

»Freikörperkultur«, las ich laut. »Ist ja eine Wucht!«

Ich versuchte umzublättern, aber das Heft zerbröselte in einen Wust von sonnenbeschienenen Brüsten, angestrengt lächelnden Frauengesichtern und Schamhaardreiecken, die alle wie frisch gebürstet wirkten.

»Wer braucht denn so was?«, sagte Rudi.

»Verstehst du noch nicht«, sagte Heinz und grinste mich über Rudis Kopf hinweg an.

»Die da sieht aus wie deine Mutter«, sagte Rudi.

»Idiot!«, sagte ich und haute ihm möglichst schmerzhaft auf die Schulter.

»Au! Kann ich doch nichts dafür.«

»Halt dein Maul! Hörst du?«

»Ist ja gut.«

»Hört auf. Da ist noch was«, sagte Heinz.

Er öffnete eine Tür, die Glasscheibe mit eingravierten Ranken war zerbrochen, ein zerschlissener gelblicher Vorhang bauschte sich durch die Öffnung. Auf einem Regalbrett lagen eine Schachtel mit Haarnadeln, eine angeschlagene Untertasse mit Blümchenmuster und ein Stapel von »Fix und Foxi«-Heften. Die Hefte rochen ein bisschen, waren aber sonst gut erhalten.

»Schau dir das an. Fix und Foxi sind noch richtige Füchse! Die müssen uralt sein«, sagte Rudi.

»Und keine Farben. Nur so Zeichnungen, auch nicht viel besser als deine«, sagte ich.

»Hey, was soll das jetzt? Immer noch besser als deine. Die nehm ich mit.«

»Na mach, wenn's sein muss«, sagte Heinz. »Und was hast du?«

Ich fischte die Münze aus meiner Lederhose.

»Ist aus Aluminium«, sagte Heinz. »1941, Hitlerzeit. Toll! Müssen aber ganz schön ärmliche Zeiten gewesen sein, wenn sie nicht mal Geld hatten für Kupfer oder so was.«

Von dem Foto sagte ich nichts.

Wir stöberten noch ein bisschen in dem Krempel herum, fanden aber nichts mehr Interessantes.

»Kommt, wir gehen.«

Heinz deutete auf ein großes Schlafzimmerbild in Hellblau und Rosa, goldener Rahmen, das an einem Baumstamm lehnte, nackte, fette Engelchen trugen etwas, das man nicht mehr erkennen konnte. Ein nach unten verdickter Stock, der sich schräg in einem Tümpel spiegelte, verwandelte sich plötzlich in einen Graureiher, der sich mit geknicktem Hals behäbig in die Luft schwang, während im spitzen Winkel zu seiner Flugbahn ein zweiter Reiher mit ausgebreiteten Schwingen in die Tiefe des Tümpels glitt, und wir traten blinzelnd aus dem feuchten Dunkel hinaus in das strahlende Sommerlicht.

10

»Komm, wir besuchen Mia und Pia! Die hüten heute draußen am Altwasser die Gänse vom unteren Dorf«, sagte Heinz und hängte eine Isolierzange zurück an die Halterung an der Wand seines Zimmers.

Ein Trampelpfad wand sich durch das hohe Gras. Der Wind trieb silberne Wellen über die weithin bis zum Ufergebüsch des Flusses ausgebreiteten Auwiesen heran, auf denen hell violette Felder von Flockenblumen leuchteten. Der Horizont flimmerte in der Hitze, Grillen verstummten in Kreisen. Das Summen der Insekten und das Säuseln des Windes hüllten uns ein, bis plötzlich der helle Schrei eines Bussards das Gewebe der Stille zerriss. Ich legte die Handfläche an die Stirn, um mir die Augen zu beschatten, und blickte hinauf in die blassblaue Kuppel, die mit einem Mal unendlich tief und hoch erschien, als hätte erst der Schrei des Vogels diese Höhe und Weite erschaffen. Ich konnte die schwarze Silhouette des Vogels dort oben im verwehten Wolkengefieder nicht entdecken.

Mit einem Mal langte uns der hochsommerlich warme Wind mit großen Händen unter die Hemden, lief übermütig wie ein junger Hund den Pfad entlang, da und dort große Kuhlen ins Gras drückend, bis er sich am Ende des Pfades in den bis zum Boden herabhängenden Ästen einer riesigen Trauerweide am Altwasser verfing und sie sanft bewegte.

Das war unser Ziel. Von den Zwillingen und den Gänsen war nichts zu sehen. Wie eine Vorbotin des Gewässers schoss eine große stahlblaue Libelle mit Flügeln wie aus Glas über den Pfad. Oder wie eine Botin der Gänsehüterinnen, denn mit einem Mal entdeckte ich doch etwas. Oder täuschte ich mich? »Siehst du das auch?«, fragte ich Heinz, der seinen Schritt verlangsamt hatte. Zwei sommerbraune, am Ellenbogen abgeknickte Arme ragten aus dem schwankenden Blättervorhang hervor, als hätten zwei Balletteusen sich seitlich ihrem Publikum zugewandt, eine Hand auf der Hüfte, die Arme abgespreizt. Als wir näher kamen, konnte ich inmitten der Fontänen herabsinkender Blättergirlanden für einen Augenblick ein rosa Leuchten und lange dunkle Gliedmaßen erkennen, die der flutende Schleier umspielte, verbarg und wieder enthüllte.

Als wir schließlich die leise im Wind rauschende Weide erreichten und mit angehaltenem Atem die ersten Zweige zur Seite schoben, standen da die beiden Hütemädchen, sehr gerade, schmal und bewegungslos, die Hände über Kreuz auf die Schultern gelegt, Respekt heischend, uns erwartend in einer Flut aus Schatten und Licht, die auf sie herabzutosen schien. Sie trugen rosafarbene Unterröcke aus einer Art Tüll, die ihre braune Haut durchscheinen ließen, und weiße Unterhemden. Auf der schrundigen Rinde des Baumes in ihrem Rücken fletschten warzige Drachenköpfe die Zähne wie Wächter, und von Moos modellierten Gnomenfratzen traten die Augen aus den Höhlen. An einem dürren Ast hingen fein säuberlich zum Trocknen aufgehängt ihre beiden völlig identischen einteiligen rotorangenen Badeanzüge wie abgezogene Häute und warfen einen flappenden Schatten auf die Rinde, die wie in einem steten Aufwärtsströmen erstarrt schien. Kühle und Dämmerlicht umfingen uns, für einen Moment wagten wir nicht, uns zu rühren, und schwiegen angespannt, aber dann stieg doch ein kaum noch zu bändigender Drang in uns hoch, loszulachen. Die Zwillinge schienen dies auch zu spüren, denn sie ließen die Arme sinken, die Erstarrung floss von ihnen ab wie ein Traumbild, und der Bann zersprang. Sie grinsten breit mit ihren großen Mündern, und Heinz und ich begannen zu lachen.

»Ihr seid dagestanden wie die Ölgötzen!«, sagten beide, Pia mit einer um einen Hauch tieferen Stimme.

»Ist denn schon …«, sagte Pia.

»… was passiert?«, sagte Mia.

Sie drehten beide gleichzeitig ihre langen schmalen Handflächen nach oben.

»Passiert?«, fragte Heinz.

Mia und Pia spiegelten seine ratlose Miene auf ihren Gesichtern.

»Na, mit Tschernik«, sagte Pia.

»Und seiner Horde«, sagte Mia.

»Nicht viel«, sagte Heinz.

»Eigentlich gar nichts«, sagte ich.

Mia und Pia seufzten wie zwei alte Männer, schüttelten mit gesenkten Köpfen betrübt ihre schwarzen Fransen. Dann grinsten sie von einem Ohr zum anderen.

»Wir können uns auch auf unsere Decke legen«, sagte Pia mit einer einladenden Handbewegung. Mia machte die Geste betont hastig nach, als hätte sie die Bewegung übersehen.

Im unablässigen, die Sinne verwirrenden Schattengeflirr unter dem Laubdach lag in der Nähe des mächtigen Stammes eine löchrige große Decke ausgebreitet; Kleidungsstücke waren auf ihr verteilt und Handtücher. Am Kopfende lagen vier weiße Söckchen mit Sohlen schwarz von Dreck. Wir setzten uns auf die Decke, die Zwillinge mit angezogenen Knien, die sie mit ihren Armen umschlangen, Heinz ganz selbstverständlich im Schneidersitz auf einen Ellenbogen gelehnt, ich erneut angespannt mit pochenden Ohren. Ein Polster von fein gefiedertem Fingerkraut bedeckte den Boden, der erstaunlich sauber war und weich wie Sand. Das Vieh weidete auf den weiter im Westen gelegenen Wiesen. Von der Decke aus konnte man durch den Blättervorhang, der gar nicht so dicht war, wie er von außen zu sein schien, hinaussehen auf die sonnenglänzende Auwiese bis hin zu dem in der Ferne verschwimmenden Dorf, der Trampelpfad war nur zu erahnen. Jeden, der sich vom Dorf her nähern mochte, sah man von Weitem. Es war hoher Mittag, selbst die Vögel im Baum schwiegen, einschläfernd zirpten die Grillen, und es herrschte ein große, träge Stille, die einzelne dünne Glockenschläge vom Kirchturm her noch vertieften. Etwas entfernt schliefen gut drei Dutzend Gänse mit dem Kopf im Gefieder im sanft bewegten Schatten des großen Baumes, nur die Wächterinnen behielten uns im Auge und blickten leise untereinander schnatternd, ihre schönen Köpfe bewegend, wachsam umher. Taufunken, Überbleibsel der Morgenkühle, blitzten dort im Gras. Dann und wann wehte der Wind den grünen Vorhang etwas beiseite, und ein großer, heißer Sonnenfleck floss über die Decke.

Ich schaute mich um. Zu Füßen des in sich verwundenen Stammes lag das Altwasser wie dunkles Glas, wie geölt, lichtgeädert, darauf schwammen lanzettförmige Weidenblätter, wie mit Bedacht ausgestreut. Blättergirlanden sanken ihrem Spiegelbild entgegen und berührten es behutsam an manchen Stellen. Wo die Sonne durch das Weidengebüsch drang, das den Tümpel einfasste, leuchtete das dunkelbraune, fast schwarze Gewässer auf und schimmerte wie Waldhonig und Bernstein. Auf dem ovalen Spiegel des unbewegten Altwassers schwankte da und dort sonnendurchschienenes Laub, die ganze silbergrüne Kaskade der Weide schien aus ungeheuren Tiefen emporzusprudeln, Schattenrisse von Blattwerk zitterten in diesen Tiefen und von ganz unten inmitten tiefer Schwärze glänzte ein Stück Himmel herauf. Der azurblaue Blitz eines Eisvogels zuckte wie eine Sternschnuppe aus poliertem Metall durch das braunviolette samtene Schattenwerk, flatternde Umrisse, lichtdurchwirkt und -durchwoben, und als der Wind die Blätterwolke für einen Augenblick teilte und auf die spiegelglatte Fläche niederfuhr, streute die Sonne blendend helle Silberfische in das atmende Dunkel unter die überhängenden Äste am entferntesten Ufer.

Die beiden bis auf den Leberfleck auf der Oberlippe identischen Mädchen hatten sich auf der Decke ausgestreckt. Pia lag auf dem Rücken, die langen feingliedrigen Arme hinter dem Kopf verschränkt, während Mia die ihren eng neben ihren Körper gelegt hatte. Pias rosa Unterrock aus diesem neuen Kunststoff war weit über die Knie nach oben gerutscht. Sie hatte darunter nichts an. Der Anblick ihrer Möse und der ihrer krausen Achselhaare nahmen mir den Atem. Sie hielt die Augen geschlossen, ihre dunklen Augendeckel schimmerten, die schwarzen Haare gaben ihre anliegenden Ohren frei, und ich konnte den zarten dunklen Flaum auf ihrer Oberlippe erkennen. Heinz gab keinen Laut von sich, vielleicht hielt er auch den Atem an. Mia drehte sich jetzt auf die Seite und stützte sich auf ihren Ellenbogen. Sie hielt ein Bein ausgestreckt, das andere war angewinkelt. Ihr schwarzes Dreieck war deutlich zu sehen.

Sie blickte von Heinz zu mir und sagte mit einem feinen Lächeln: »Wenn ihr unsere Mösen anglotzt, dann wollen wir eure Zipfel sehen.«

Unversehens stürzten sich die beiden Mädchen auf uns und zogen uns beiden, die wir keine große Gegenwehr leisteten, prustend und kichernd, aber mit erkennbarer Routine die kurzen, speckigen Lederhosen aus. Jetzt saßen Heinz und ich in unseren ausgeleierten, verschossenen Unterhosen da und wussten nicht weiter.

»Los, runter!«, sagte Pia und gab Heinz einen Stoß gegen die Schulter.

»Oder wir machen's«, sagte Mia mit diesem unvergleichlichen breiten Grinsen.

Heinz fasste sich als Erster ein Herz und streifte das nicht sehr anziehende Kleidungsstück ab. Da konnte ich nicht mehr zurückstehen und tat es ihm gleich. Die Hose verhedderte sich an den Knöcheln, dann warf ich sie ins Gras.

»Also, es gibt da«, sagte Pia.

»Dieses Spiel«, sagte Mia.

»Jeder macht«, sagte Pia.

»Was der andere macht«, sagte Mia.

Pia legte sich neben Heinz. Mia kletterte behende über ihn hinweg und legte sich neben mich.

Sie war ungeheuer da, ihr Brombeergeruch hüllte mich ein. Sie erhob sich und gab mir mit spitzen Lippen rasch einen Kuss auf den Mund, ließ mich keine Sekunde aus den Augen. »Na!«

Ich versuchte es auch, aber es gelang nicht ganz, ich traf nur ihren Mundwinkel. Immer noch sah sie mich neugierig an, doch dann legte sie sich einfach wieder neben mich flach auf den Rücken, die Hände neben sich auf der Decke, längst anderswo. Wind rauschte in der Weide, strich träge über uns hin. Wir sanken tief und tiefer in die große, hohe Stille, und wieder schrie ein Bussard, dieser einzige schrille Schrei, so weit dort oben.

Plötzlich sprangen die Zwillinge auf, streiften sich blitzschnell ihre Badeanzüge über und stürzten sich ins Wasser. Die Gänse wachten auf und stimmten ein vielstimmiges schräges Gezeter an. Die beiden Mädchen plantschten herum, winkten uns und lachten. »Kommt, es ist herrlich!« Ich versuchte diese Wolke aus Süße, die mich umgab, abzuschütteln. Heinz war schneller. Er kam auf die Beine, zog sich den grauen Lappen seiner Unterhose über und stieg in aller Ruhe ins Wasser. Ich fischte meine Hose aus dem Gras, zog sie an und hechtete ebenfalls hinein.

Das moorig riechende Altwasser war warm und fühlte sich seidig weich an. Es war von dunklem Astwerk überspannt wie ein Zelt. Da und dort fiel die Sonne in schrägen Strahlen aufs Wasser. Wenn man das Wasser an solch einer Stelle durchquerte, schimmerte nicht weit unter der Oberfläche ein Strahlenkranz mit breiten, flachen Zacken wie ein großer goldener Stern. Ich schwamm auf die drei zu, die sich in der Mitte des dunklen Ovals mit Wasser bespritzten. Ein großer Fisch berührte meine Waden. Heinz versuchte seine Hände auf den Grund des Tümpels zu stellen und seine dünnen weißen Beine aus dem Wasser zu strecken. Mia und Pia lachten ihr breites Lachen, die nassen, zum Pagenkopf geschnittenen Haare glänzten und lagen am Kopf an wie ein Helm, der ihre langen geraden Nasen und ihre großen dunklen Augen betonte. »Alles Schlamm da unten«, rief Heinz und prustete Wasser aus dem Mund. Er sah glücklich aus wie nie.

Nach einer ganzen Weile schwammen wir ans Ufer zurück. Geschmeidig kletterten die Mädchen in den Schatten unter der Weide, sammelten rasch ihre Kleider und Handtücher ein und verschwanden hinter dem knorrigen Stamm voller Wirbel und Strömungen, die denen im Wasser ganz ähnlich waren. Heinz suchte seine Brille. Er hatte sie doch in seinen Schuh …, aber wo war der Schuh? Mia und Pia traten hinter dem Stamm hervor. Sie trugen dieselben verwaschenen ärmellosen Sommerkleidchen wie alle Mädchen im Dorf, aber in völlig anderer Farbe. Der dünne Stoff, der über den zarten Wölbungen ihrer kleinen Brüste spannte, hatte die rosalila Farbe einer Hundezunge. Die schwarzen Haare standen wirr in alle Richtungen ab, und jedes der Mädchen hielt einen Haselnussstock in den schmalen Fäusten.

Spielerisch stießen sie die Stöcke im gleichen Moment in die Erde und sagten: »Wir müssen uns jetzt um die Gänse kümmern.« Heinz hatte seine Brille gefunden.

»Ja, klar. Wir gehen ja schon«, sagte Heinz. Wir schlüpften mit nassem Unterzeug in unsere starrigen Lederhosen und brachen auf.

Auf dem Trampelpfad trotteten wir zurück ins Dorf. Die blaue Kuppel des Himmels war jetzt wie mit Seide übersponnen, der Wind wehte stärker. Graswellen liefen rascher als zuvor von uns weg den ersten Häusern entgegen. Ein Bussard stürzte sich senkrecht herab, schwarz, die Federn wie im Zorn entflammt, die Krallen gespreizt, schlug ein Tier in der Auwiese und flog mit seiner Beute seitlich davon. »Mia und Pia«, sagte ich. »Die beiden sind so«, ich zögerte, »seltsam, nein, so aufregend, so fantastisch.«

»Krieg dich wieder ein. Sie sind katholisch, das ist wie Zigeuner, sagen die Leute.«

Wir schwiegen. »Sie sind großartig«, sagte Heinz, als fasste er ein Nachdenken zusammen.

Heinz und ich hielten uns hinter den Stämmen der Eichen versteckt, die so breit waren wie drei von uns Kindern, und pressten unsere Wangen an die scharfschartige Rinde. Über uns krallten sich die frisch und strotzend belaubten Äste in den schiefergrauen Himmel, knarzten im Wind, eine Krähe krächzte im Astwerk. Von der Brücke aus hatten wir die golden lackierten Automobile und die großen elfenbeinfarbenen Wohnwagen entdeckt, die am Lagerplatz unten am Fluss am Abend zuvor in einem Kreis abgestellt worden waren.

Beschirmt von den moosfüßigen Bäumen des Hains hatten die Zigeuner vor dem größten der Wagen ein Feuer angezündet, das jetzt nur noch leise kokelte. Dort saß auf einem Klapphocker mit dem behaarten Rücken zu uns ein ausladender Mann im weißen Unterhemd und stocherte im Feuer. Sonst war niemand zu sehen. Merkwürdig. Heinz nickte mir zu, und wir wagten es, hinter die nächsten etwas näher am Feuer stehenden Stämme zu springen, als hinter uns eine fast fröhliche Stimme erscholl: »Hallo, *dadh*, hier sind zwei *gadshe*-Jungen, die uns besuchen wollen!« Ein junger Mann mit Pferdeschwanz, nahm uns ganz leicht unter der Achsel – jetzt erst erschrak ich zutiefst – und beförderte uns keinen Widerstand duldend zwischen den Bäumen hindurch vor den kahlköpfigen Mann.

Er hatte einen Bauch wie ein Fußball, hängende Brüste, zwischen denen eine breite Goldkette glänzte, einen runden braunhäutigen Kopf, Hände wie ein Schmied und wache schwarze Augen, die uns in aller Ruhe beobachteten. »Wollt ihr eine Tasse Tee?«, sagte er und wies auf zwei weitere Klappstühle, die der junge Mann gebracht hatte, dem es offenbar nicht zustand, sich zu uns zu setzen. Ich wagte nicht einmal zuzustimmen, auch Heinz brachte kein Wort heraus. Sie hatten uns gefangen! Es stimmte alles, was im Dorf geredet wurde! Voller Panik blickte ich um mich, sah die schweren SEL-Limousinen, die blitzenden Sterne auf der Motorhaube, sah die Wohnwagen mit ihren goldenen Zierleisten, mit dem Schriftzug »Südwind«, sah die Kette und den Ring an einem wulstigen Zeigefinger, der sich deutlich von der dunklen Haut abhob. Jetzt kamen die Frauen hinter den Vorhängen aus vielfarbigen Kettchen aus den offen stehenden Türen der Wagen hervor und stellten sich schweigend in einiger Entfernung auf. Alle trugen bunte lange Röcke, und die älteren hatten dünn gehämmerte Goldmünzen in ihren Kopftüchern. Sie hatten dunkle Haut, sie bewegten sich weich und fließend.

»Seid ihr stumm?«, sagte der Dicke und legte seine Stirn mit einem feinen Lächeln in scheinbar besorgte Falten.

Aus Heinz platzte das heraus, was auch ihn am meisten beschäftigt haben musste: »Ihr seid reich wie Prinzen! Und alle sagen, ihr seid bettelarm und habt nicht mal eine Wohnung und müsst deswegen immerzu durch die Welt ziehen.«

Jetzt ließ der Dicke seine weißen Zähne sehen und sagte: »Ihr wisst nichts und sollt auch nichts wissen. Das ist alles, was wir besitzen. Was wirst du einmal besitzen?«

Er sah mich an. »Keine Ahnung. Nichts. Ein Haus, einen Teil davon.«

»Und du?«

»Einen verrotteten Bauernhof. Keine Ahnung, auf was Sie rauswollen.«

»Das dachte ich mir. Wir sind Händler und Handwerker«, sagte er und wies mit seinem Blick auf einige frisch abgebeizte Bauernschränke und auf einen Schleifstein, den man mit den Füßen antreiben musste.

Mir fiel jetzt auf, dass die genoppten Plastikhäute der Wagen an vielen Stellen Sprünge aufwiesen und Rostschwären auf den goldfarbenen Karosserien aufgebrochen waren. Eine ältere Frau mit dicken grauen Zöpfen brachte den Tee. Er war heiß und süß. Wir schlürften vorsichtig. Die Frauen begannen zu tuscheln, flüsterten sich Bemerkungen ins Ohr, kicherten und begannen schließlich ihren Geschäften nachzugehen. Vom Flussufer kam mit viel Geschrei eine Horde schwarzlockiger, vom Baden nasser Kinder gelaufen, denen ihre Mütter lachend entgegenliefen, um sie abzutrocknen. Sie schnatterten in einer melodiösen Sprache, die ich noch nie gehört hatte. Wäschestücke flatterten an einer Leine. Der junge Mann saß an der Wasserfläche und schlug ein paar Akkorde auf seiner Gitarre an. Die Anspannung fiel von mir ab.

»Werdet ihr lange bleiben?«, fragte Heinz fast schon unbefangen.

»Wir werden sehen«, sagte der Dicke.

Der Himmel riss auf, Uferweiden beugten sich leicht in einem warmen Wind, die Kirchenglocke schlug in der Ferne.

Fast hätte nachmittägliche Schläfrigkeit begonnen mich zu umfangen, als eine dünne alte Frau mit offenem grau gesträhntem Haar aus einem der Wohnwagen trat. Der dicke Mann nickte ihr ehrerbietig zu. Sie betrachtete mich sorgsam aus tiefschwarzen Augen. Dieser Blick war beunruhigend, denn er schien auf etwas hinter meinem Rücken zu ruhen. Ich wandte mich um und sah nichts als die mittlerweile halbwegs bekleidete Kinderschar. Als ich wieder in ihre Richtung blickte, hatte sich ihr Gesichtsausdruck vollständig verändert. Es lag etwas wie Entsetzen in ihrem faltigen Gesicht. Mit überraschend jugendlichen Schritten trat sie rasch hinter den Mann auf dem Hocker und sagte in ihrer Sprache ein paar Sätze, in denen sich mit zunehmender Intensität ein Wort wiederholte: *mulo*. Ein Schatten fiel über sein Gesicht.

Er stand auf und sagte: »Ihr müsst gehen. Auf der Stelle.« Am Ufer erstarb ein Gitarrenakkord in einem Missklang. Sofort stand der junge Mann hinter uns, die Mütter holten ihre Kinder zu sich.

Er sagte einfach: »Ab jetzt!«

Er brauchte uns nicht zu berühren. Wir sprangen auf und wandten uns zum Gehen.

Ich sagte: »Auf Wiedersehen und danke für …« Keine Antwort, nur ein versteinertes Gesicht. Wir rannten zu unseren im Gebüsch versteckten Rädern. Der junge Mann folgte uns mühelos mit federnden Schritten.

Ich stieg auf und sagte: »Was heißt *mulo*?«

»Totengeist.«

11

Der alte Sportplatz war nichts als eine vor Jahren planierte sandige Fläche am Waldrand. An der Vorderseite gab es eine Aschenbahn, aus der da und dort der Löwenzahn sprießte, und eine kaum noch erkennbare Springgrube. Weiter hinten lag das kleine schütter mit Gras bewachsene Fußballfeld, an dessen Schmalseite ein schiefes Fußballtor aus morschen Balken stand. Die Sonne leuchtete im Fenster des Geräteschuppens am Spielfeldrand, der immer verschlossen war. Eine Fensterscheibe war eingeschlagen.

Das Fußballspiel war gerade zu Ende gegangen, rotbrauner Staub stand noch in der Luft, Heinz hatte wie immer im Tor gestanden, und die nicht viel mehr als eine Handvoll verschwitzter Jungen trottete jetzt fachsimpelnd hinter das Tor, wo ihre Sachen lagen. Marga und ihre Freundinnen Silvie, Marie und Charlotte trainierten auf der Aschenbahn für das Sportfest. Die Jungen setzten sich ins Gras und schnürten langsam ihre Fußballstiefel auf, ließen sich dabei sehr viel Zeit, während sie zu den Mädchen auf der anderen Seite des Platzes hinübersahen, die immer wieder für einen 50-m-Lauf starteten. Silvie hob eine unsichtbare Pistole in den Himmel, ihre hellen Haare leuchteten in der Sonne, himmelblau hob sich ihr ärmelloses Turnhemd vor der Silhouette der Kiefern und Eichen im Hintergrund ab, die drei Mädchen duckten sich in Startposition.

»Peng!«, rief Silvie mit klarer Stimme, und die drei Läuferinnen schnellten vorwärts.

Marga erwischte den besten Start, ihre braunen Zöpfe flogen, ihr weißes Hemdchen strahlte, und schon nach wenigen Metern hatte sie einen Vorsprung herausgeholt.

»Aus! Aus!«, verkündete Silvie. »Noch mal .«

Die Mädchen bremsten ab und liefen aus. Charlotte, brünett, mit langen weißen Beinen, umarmte Marga und lachte.

»Ich hätte dich schon noch gekriegt.«

»Nie und nimmer«, sagte Marga und schubste Marie, die vor ihr zurückging und sich ihre dichten sandfarbenen Haare zu einem Knoten band. Ich konnte die Haare unter ihren Achseln sehen. Marie war ein bisschen stämmig, das kräftigste der Mädchen.

Sie drehte sich zu Marga um, tat, als wäre sie erbost: »Hey!«

Die Mädchen wussten, dass wir sie beobachteten, würdigten uns aber keines Blickes. Mittlerweile war es sehr schwül geworden. Ich erschlug eine Schnake auf meinem Unterarm und sah nach dem Himmel. Im Westen zogen dunkle Wolken auf. Ich konnte zusehen, wie sie sich zu einer schwarzgrauen Wand auftürmten, über die ein lautloser Blitz zuckte. Die Baumwipfel kamen in Bewegung, winkten und fächelten und schwankten, das Eichenlaub glitzerte unruhig. Ein schwerer, dumpfer Geruch stieg mit einem Mal vom Boden auf oder wurde unter den Bäumen hervorgeweht, bekam einen scharfen Unterton, der in der Nase kitzelte. Die Luft über dem alten Sportplatz schien vor Spannung zu knistern.

»Da kommt ein Gewitter«, stellte Heinz sachlich fest, während er seine Brille putzte.

»Ich hau ab. Vielleicht schaff ich es noch vor dem Regen«, sagte Norbert, der beste Mittelstürmer der Schule, und sprang auf, schnappte sein Rad und war weg. Zwei, drei Jungen taten es ihm gleich und verließen den Platz in großer Eile.

Ich genoss die Spannung, die in der Luft lag, ein erster Windstoß fuhr mir ins Gesicht. Heinz und die anderen Jungen machten keinerlei Anstalten aufzubrechen, genauso wenig wie die Mädchen auf der Aschenbahn, die zu laufen aufgehört hatten und sich zu beraten schienen. Der Himmel war jetzt schwarz, und auf dem Platz lag ein Licht wie in der Abenddämmerung. Staubwirbel tanzten im schwefligen Licht, das zwischen den Bäumen hervordrang. Mit ohrenbetäubendem Krachen schlug ein Blitz ganz in der Nähe ein, und mit einem Mal klatschten schwere große Tropfen in den Sand. Die Mädchen hielten sich Jacken über die Köpfe und rannten zu uns herüber. »Der Geräteschuppen!«, rief einer der großen Jungen, und der Wind wehte ihm die Haare ins Gesicht. Regen nässte unsere Körper, wusch den Staub ab und den Schweiß. Ein herrliches Gefühl. Wir rannten zum Schuppen. Mit seinen Fußballstiefeln trat der Große das brüchige Schloss ein, die Tür sprang auf, und wir stellten uns zwischen all den rostigen Schaufeln, Rechen und Schubkarren unter.

Wir standen dicht beieinander in dem Schuppen, vom Laufen noch etwas außer Atem; die Tropfen trommelten auf das Dach, Donner rollte durch den Himmel, Blitze zuckten blendend herein, durch die offen stehende Tür drang der würzige frische Duft des feuchten Bodens, der gereinigten Luft, des Regens. Niemand fürchtete sich und niemand sprach ein Wort, solange wir auf das Ende des Gewitters warteten, aber eine seltsame Erregung pochte in meinen Schläfen. Marga stand ganz nah neben mir. Das nasse gerippte Sporthemd klebte auf ihrer Haut, und ich sah, dass sie schon eine richtige Brust bekommen hatte. Die feuchten Sportsachen, die sie trug, betonten ihren Duft, der mir in die Nase stieg und mich verwirrte und sich mit dem Duft der Mädchen vor und hinter mir mischte und mit dem Schweißgeruch von Heinz, der ganz anders war als meiner. Ich sah die feinen silbernen Haare in Silvies Nacken, sah die bräunlichen Sommersprossen auf Charlottes Armen und Wangen, und ich nahm den starken angenehmen Geruch wahr, wie von einem Hund, der in der Sonne liegt, der aus Maries dichtem Haarschopf aufstieg. Der Regen prasselte auf die Ziegel, blaues Licht sickerte durch die zerbrochene Scheibe, und ich bemerkte, dass die Mädchen ebenfalls ohne Scheu die Jungen beäugten. Wir kannten uns schon seit der ersten Klasse, wie oft hatten wir uns angesehen, vielleicht sogar angelächelt, flüchtig, wie Kinder sich ansehen, ernst, ohne Argwohn, aber diese Blicke waren anders, sie waren neu und aufregend. Sie besahen sich Heinz, seine rötlichen Sommersprossen, seine langen dünnen weißen Arme und Beine, seinen schmalen Brustkorb, während er seinerseits nicht viel sehen konnte, denn er hielt seine Brille zum Trocknen hoch über den Köpfen. Und sie besahen sich die anderen Jungen. Silvie schaute mir in die Augen, und ich glaubte, nie ein tieferes, weiteres Blau gesehen zu haben, dann senkte sie ihre Lider, auf denen sich feine Adern verästelten, und ließ ihren Blick über mein verschmutztes Fußballhemd wandern. Charlotte hatte keine Scheu, mich von hinten mit ihrem Brustkorb zu berühren, der sich, wie es schien, noch ganz ohne Brüste ruhig hob und senkte, als wollte sie herausfinden, wie ich mich anfühlte. Fast hätte ich den Arm um Margas glänzende sonnenbraune Schultern gelegt. All dies schien vollkommen selbstverständlich zu sein in dieser Zuflucht vor dem Regen, in dieser Blase weit draußen vor dem Dorf. Unsere Kleidung trocknete langsam, noch immer war kein Wort gesprochen worden, alle hatten offenbar bemerkt, dass etwas Besonderes, Neues und Aufregendes sich ereignete, niemand wollte dieses Schweben zerstören, außerhalb dessen, was bisher unseren Umgang miteinander ausgemacht hatte, während der Regen unaufhörlich auf das Dach hämmerte.

Doch allmählich wurde das Rauschen des Gusses schwächer, keine Blitze stachen mehr durch die zerbrochenen Scheiben, der Zauber verflog. Mit einem Mal wurde das nahe Zusammenstehen in dem Schuppen unbehaglich und unangenehm. Ich spürte, wie sich die Härchen auf meinen Unterarmen sträubten. Schließlich sagte der große Junge, als wäre es seine Aufgabe, dies festzustellen: »Der Regen hat aufgehört«, und trat hinaus vor den Schuppen. Der Ring des gemeinsamen Schweigens, der sich um uns gelegt hatte, zersprang lautlos, alle drängten ins Freie, wo noch einzelne in der Sonne blitzende Tropfen durch den fast wieder blauen Himmel fielen. Jeder war sorgsam darauf bedacht, so schnell wie möglich den üblichen Abstand untereinander wiederherzustellen. Alle gaben sich, als wäre nichts geschehen. Aber war denn etwas geschehen? »Ich habe mein Handtuch an der Bahn vergessen«, sagte Charlotte rasch und rannte los. Die Mädchen folgten ihr, sich ins Ohr flüsternd.

Marga kehrte um und stellte sich auf ihre energische Art vor mir auf. »Wisst ihr überhaupt, wo die sich treffen?«

»Wer?«

»Na, Tschernik und seine Freunde, Blödmann.«

»Warum soll mich das interessieren?«

»Weil wir etwas gegen die tun müssen. Ihr habt doch schon damit angefangen. Im Schulhof bei Otto.«

»Ach das. War Zufall.«

»Ich fand das gut.«

»Echt?«

»Ja, zum Donnerwetter!« Sie lachte. »Sagt meine Oma immer.«

»Also, wo treffen sie sich?«

»Hinter der Umkleidekabine, jeden Donnerstag am späten Nachmittag, da wo die schöne Zeichnung ist«, sagte sie und lächelte.

»Das weißt du?«

»Hab's mir angeschaut. Ganz schön hässlich. War jetzt nicht der beste Zeichner.«

»Na ja, stimmt. Aber woher weißt du das mit dem Treffen?«

»Charlottes großer Bruder weiß das. Hat's ihr erzählt.«

Die anderen Jungen waren zu ihren Rädern hinter dem Tor gegangen, Heinz winkte mir zu. Ich wusste nicht, was ich noch sagen sollte, aber ich wollte unbedingt, dass dieser Augenblick, in dem ich mit Marga allein vor dem staubigen Schuppen stand, nicht aufhörte. Wieder hätte ich sie gerne berührt, aber das wagte ich nicht. Sie blickte mich einfach an mit ihren braunen großen Augen, leicht spöttisch, aber doch offenbar in Erwartung, dass ich noch etwas sagen würde. Ihre Zöpfe waren gelockert, sie hatte eine Schleife verloren, und ihr dunkles Haar hing ihr kraus in die Stirn.

»Ich könnte dich ja mal.« Sie hob eine Augenbraue. »Nach der Schule nach Hause begleiten.«

»Die fünfzig Meter? Nein, das will ich nicht!«

»Ja, klar«, sagte ich leise inmitten des Scherbenhaufens meiner Enttäuschung.

»Aber morgen Nachmittag nach dem Mittagessen bin ich oben am Kino. Ich muss doch wissen, was diese Woche läuft. Kannst ja auch kommen, falls dich Kino interessiert.«

»Klar, Kino.« Mehr brachte ich nicht heraus.

»Marga, kommst du? Wir fahren los«, rief Silvie. »Komme!«, antwortete Marga, wandte sich ab und lief mit weiten Schritten über den Platz hinüber zu den Mädchen. Ich sah ihr nach, ein

Mädchen in weißem Turnhemd und schwarzer kurzer Hose mit jetzt ganz aufgelösten Zöpfen lief über einen nassen Fußballplatz, Pfützen spritzten, ein Wunder.

»Gefällt sie dir?«, sagte Heinz und grinste so breit, dass seine großen Zähne zwischen den Lippen sichtbar wurden.

»Quatsch!«, sagte ich, ganz vertieft darin, den Sattel meines Fahrrads trocken zu wischen.

»Schling nicht so!«, sagte meine Mutter und warf mir einen erstaunten Blick zu.

»Ich muss gleich weg«, sagte ich mit vollem Mund und legte meinen Löffel neben die gekochten Kartoffeln und die Sauermilch.

»Du isst erst fertig, dann kannst du aufstehen«, sagte meine Mutter. »Nachdem du dir den Mund abgewischt hast«, fügte sie lächelnd hinzu.

Im Schatten des Gasthauses mit seinem hohen Ziegeldach, aus dem Belüftungsluken für eingelagerten Hopfen ragten, mit ein paar Stühlen und Tischen hinter einer Hecke zur Straße hin und mit der geöffneten Eingangstür, der ein Geruch von Zigarettenrauch, Bratenduft und Bier entströmte, stand das Dorfkino, nichts als eine fensterlose umgebaute Remise. Trat man durch das zweiflügelige Holztor des Kinos, stand man vor einer nicht allzu großen Leinwand mit ein paar Reihen wackeliger Klappstühle davor, rechts hatte der Besitzer eine Art Kassentheke zusammengenagelt, und links war ein Geviert aus dünnen Sperrholzwänden abgetrennt, in das vorne ein breiter Schlitz für den Lichtstrahl des Projektors gesägt war. Außen an der gelben grob verputzten Wand der Frontseite des Gebäudes hingen zwei braun lackierte Schaukästen, einer mit grellbunten Filmplakaten und einer mit Standfotos aus den Filmen, die der Besitzer mit messingglänzenden Reißnägeln nachlässig befestigt hatte, auf denen man Schauspieler sehen konnte, die wie Puppen herumstanden. Das eine Plakat warb für den Film, der diese Woche gezeigt wurde, das andere für den, der in der nächsten Woche laufen sollte.

Ich lehnte mein Fahrrad an den Stamm einer der schütteren Eschen auf dem Vorplatz und schluckte an meiner Enttäuschung. Marga war nicht gekommen. Ich stellte mich vor die Schaukästen und tat so, als betrachtete ich die Fotos. Es waren Fotos von fremden Menschen in seltsamen Kostümen. Sie hatten nichts mit mir zu tun. Es war vollkommen überflüssig, sie zu betrachten. Da tauchte Marga auf. Sie trat stehend in die Pedale ihres Rades, denn sie hatte die Steigung des schmalen gepflasterten Weges zu bewältigen, der zur Kirche hinunterführte. Sie trug wie immer ihr ausgewaschenes blaues Kleid und eine helle Schürze. Ihre kastanienbraunen Zöpfe schaukelten hin und her, und sie presste die Lippen zusammen vor Anstrengung. Mein Herzschlag veränderte sich, nichts konnte aufregender sein, als hier vor den Schaukästen zu stehen.

»Meine Oma pult Erbsen. Ich musste ihr helfen«, sagte sie, sprang ab und stellte ihr Fahrrad neben meines auf die andere Seite des Stammes. Ein blinkendes, sauber geputztes Rad neben einem nur noch matt schimmernden, das noch nie geputzt worden war.

»Hast du schon lang gewartet?«

»Nein, nicht die Bohne.«

»Was läuft denn? Ah, Limonaden-Joe, diese Woche, doof, interessiert mich nicht. Mensch, nächste Woche, *Der Hexer* von Edgar Wallatse, das wär was.«

»Ist ab sechzehn.«

»Stimmt. Wieder nichts. Mist.«

Wir betrachteten das Plakat, das mich sehr beeindruckte. Ein böse blickender Mann ganz groß in Grün mit einer Pistole vor dunkelblauem Hintergrund, eine schreiende Frau, kleines Bild, und ein anderer Mann im Regenmantel etwas größer im Bild, der sich umdreht und den Mund aufmacht.

»Gruselig«, sagte Marga.

»Aber echt!«, sagte ich.

»Gehst nicht oft ins Kino, oder? Hab dich jedenfalls noch nie gesehen.«

»Zweimal war ich schon.«

»Was hast du dir angeschaut?«

»Irgendwie so Western, lustige.«

»Welche?«

»Weiß nicht mehr so genau.«

»Na, der große Kinogeher bist du nicht.«

Sie sah mich an, ein gelassener, neugieriger Blick aus braunen Augen, in denen hier in dem kühlen Schatten des Gasthauses ein Licht zu glimmen schien.

»Und, was machen wir jetzt?«

Fast hätte ich gesagt: keine Ahnung, aber dann machte ich doch einen Vorschlag: »Wir könnten ein bisschen rumfahren.«

»Rumfahren? Im Dorf? Mhh. Komm, wir radeln hoch zum Kriegerdenkmal.«

Wir ließen die Bahnunterführung hinter uns und bogen ein in die Lindenallee, die leicht ansteigend zu einer Anhöhe über dem Dorf führte. Die Linden waren verblüht, der festgefahrene Sandboden bedeckt mit hellbraunen, unter den Reifen raschelnden Hüllblättern. In den Wipfeln rauschte leichter Wind, unter den Bäumen trat ab und zu quer über den Weg eine knorrige Wurzel aus dem Boden. Der Luftzug ließ Margas Zöpfe und

Schürzenbänder flattern und bauschte ihr Kleid bis über die Oberschenkel. Ihre schmalen nackten Füße steckten in Sandalen mit dünnen Riemchen; unter ihrer sommerbraunen Haut arbeiteten die Muskeln in Waden, Schenkeln und Unterarmen, wenn sie in die Pedale trat. Als ich zu ihr hinübersah, lächelte sie mich an, und Lichtflecken wanderten über ihr Gesicht und ließen ihr fest gebundenes Haar leuchten wie Gold.

Schließlich erreichten wir das Denkmal. Ein offenbar schwermütiger Steinmetz hatte vor langer Zeit eine vierseitige, sich leicht nach oben verjüngende, klobige Stele in grauschwarzen Sandstein gehauen. Sie ragte aus einem massiven Sockel empor, auf dem ein sterbender Löwe, dessen Rücken begonnen hatte, mit der Stele zu verschmelzen, mit einer schlaffen Fahne in den müden Pranken hingestreckt war. In die Vorderseite der Stele hatte er eine Liste von Vor- und Nachnamen der Toten aus dem Dorf aus dem Ersten Krieg, Geburts- und Sterbedaten und Ortsnamen, fein säuberlich eingemeißelt, auf der Rückseite die Liste all der Seiferts, Hubers und Heinleins, die der Zweite Krieg verschlungen hatte. Der Regen hatte nur Reste von Gold in den Buchstaben übrig gelassen. Auf dem Sockel stand: Unseren Helden. Das ganze Ungetüm war von der Wetterseite her mit dichtem Moos und eierschalenfarbenen Flechten überwachsen und sah aus, als tröffe es vor Feuchtigkeit, was in einem seltsamen Widerspruch zu dem trockenen, würzigen Duft des Sommers stand, in dem es sich erhob.

Wir setzten uns davor auf eine grün gestrichene Metallbank voller eingekratzter ungelenker Buchstaben. Mein Blick folgte dem Schattengeflecht unter den Linden, deren Stämme in der Entfernung immer näher zueinander zu rücken schienen, und hob sich dann zu den lang gestreckten weißen, an der Unterseite dunkleren Wolken, die über einen dunstig blauen Himmel segelten, während ihre Schatten tief unter ihnen über die weiten Auwiesen glitten, durch die sich der mit Büschen gesäumte Fluss schlängelte, der da und dort durch im Wind fächelnde Weiden blitzte. Unter uns lag das Dorf, der Kirchturm wies grau in den lichtüberfluteten Sommerhimmel, der Wetterhahn funkelte, wenn der Wind ihn drehte, ein Falke löste sich hoch oben vom Gemäuer, um den Turm scharten sich die großen Häuser aus Sandstein mit ihren hohen steilen Giebeln, jemand bog mit dem Rad in das kleine Gehöft ein, in dem Heinz wohnte, und links näherte sich eine winzige schwarze Lokomotive, die eine ungeheure Rauchfahne hinter sich herzog, auf den in der Sonne gleißenden Gleisen.

»Schau, der 15 Uhr 32 kommt«, sagte Marga.

»Ja, aus dem Osten, wo die Gleise aus dem Wald kommen. Fährt nach Westen, wo sie wieder im Wald verschwinden. Hab ich von Heinz gelernt. Wir sitzen im Süden und schauen runter nach Norden.«

»So, so, der Heinz. Ihr versteht euch gut?«

»Na ja, wir strawanzen öfters mal zusammen im Wald rum. Rudi ist auch dabei.«

»Im Wald. Spielt ihr Verstecken?«

»Wir spielen nichts. Das ist was für kleine Kinder. Wir haben sogar ein Hauptquartier!« Das war mir herausgerutscht. Ich biss mir auf die Unterlippe.

»Wo denn?«

»Wird nicht verraten.«

»Aha«, sagte Marga und betrachtete ihre Sandalen.

»Ja, wir wollen uns das nicht mehr gefallen lassen, was Tschernik und seine Freunde machen.« Sie wandte sich mir zu. Die feine blaue Ader an ihrer Schläfe war deutlich zu sehen, die Sehnen an ihrem Hals waren angespannt.

»Ihr müsst mehr über sie herausfinden«, sagte sie voller Eifer, »dann kann man vielleicht etwas tun.«

Sie trug ein dünnes goldenes Kettchen mit einem Herz als Anhänger, das sich an ihre zarten gebräunten Schlüsselbeine schmiegte, das mir bisher nicht an ihr aufgefallen war. Ihr Kleid spannte über der Brust. Sie hatte meinen Blick bemerkt.

»Gleich fallen dir die Augen raus. Ja, ich krieg einen Busen. Meine Oma sagt, das ist der letzte Sommer, in dem ich das Kleid tragen kann.«

Mir schoss das Blut in die Wangen. Ich blickte geradeaus. »Schönes Kettchen«, murmelte ich.

»Das hat meine Oma in meinem Alter getragen. Sie hat's mir geschenkt. Es bringt Glück.«

Wir schwiegen. Ihr Duft nach Seife und nach etwas anderem, das nur sie an sich hatte, wie aufgeplatzte Kirschen, herb und süß, ließ mein Herz schneller schlagen.

Sie nahm meine Hand und sagte: »Ja, ihr müsst was machen!«

Ihre Hand war warm und trocken, ihr Griff fest und entschlossen. Ich drehte mich zu ihr. Sie hatte sich etwas zu mir gebeugt, unsere Köpfe berührten sich fast. Ich blickte ihr in die braunen Augen, sah einen Honigschimmer leuchten in der Tiefe, einer Tiefe, die ich zum ersten Mal wahrnahm, und sie blickte zurück, offen, leicht erstaunt. Nie zuvor hatten wir uns auf diese Weise in die Augen geschaut, ohne den Blick zu senken, nie zuvor hatte ich irgendjemand so in die Augen gesehen. Jetzt strich sie sich eine Strähne aus der Stirn mit einer Bewegung, als wollte sie diesen Blick wegwischen und endlich das Gespräch fortsetzen.

»Ihr wisst doch jetzt, wo und wann sie sich treffen.«

Der Schatten ihrer schmalen Nase fiel auf den fein geschwungenen Rand ihrer Oberlippe. »Charlottes Eltern haben jetzt auch Telefon. Die Nummer ist 568.«

»5 6 8«, sagte ich.

»Wir helfen euch, wenn wir können.«

Wir saßen auf der grün gestrichenen Bank, die Sonne hatte das Metall erwärmt, und blickten wieder auf das Dorf hinunter, ohne uns zu berühren, aber ich spürte die Wärme ihrer Haut an meiner Hüfte. Eine Sommerbrise fuhr in das blaue Kleid und wehte für einen Moment den Stoff über meine aufgeschlagenen, nackten Knie, ein Zopfende und die Schleife kitzelten meinen Hals. Ich rechnete jeden Augenblick damit, dass die Bank sich vom Boden löste und hinauftrieb in den hohen blauen Dunst über dem Dorf.

»Halt dich fest, wenn die Bank abhebt«, flüsterte ich.

»Die ist festgeschraubt, du Spinner«, sagte Marga und lächelte.

12

»Den Park hat Direktor Pawlow für seine Frau gebaut. Schon vor dem Krieg. Sie war wunderschön. Er hat sie sehr geliebt. Hat damals Tiere und Pflanzen aus der ganzen Welt kommen lassen. Sagt meine Oma. Bei jeder Lieferung ist das ganze Dorf zusammengelaufen. Es hätte eine große Eröffnungsfeier geben sollen, zu der alle aus dem Dorf eingeladen waren. Mein Opa war der Leiter der Blaskapelle von der Feuerwehr, sie haben wochenlang geprobt.«

»Hätte?«, sagte ich und fuhr mit dem Rad näher heran, um besser zu hören.

»Am Morgen vor der Eröffnung ist Direktor Pawlows Frau gestorben. Er hat alles abgesagt. Den Park hat er nie wieder betreten. Sagt meine Oma.«

»Gruselig«, sagte ich.

»Ja, aber das Schlimmste ist: Sie geht seit dem in dem Park um.«

»Sagt deine Oma.«

»Ja. Niemand aus dem Dorf hat den Park je betreten.«

»Woher wissen sie dann, dass die da drin … rummarschiert?«

»Weiß ich nicht, aber jeder sagt es.«

»Glaubst du das?«, fragte ich.

»Nein, eigentlich nicht.«

»Eigentlich?«

»Nein«, sagte Marga und schüttelte den Kopf.

»Hast du Angst?«

»Nein, kein bisschen.«

»Gut. Wir sind nämlich gleich da.«

Im vergangenen Sommer hatte ich auf meinen Streifzügen den Park entdeckt, aber nie gewagt ihn zu betreten. Weit außerhalb des Dorfes gab es auf der Höhe des Elektrizitätswerks ein großes umzäuntes Gelände, das von der Straße längs des Flusses bis hinauf zum Bahndamm anstieg. Aus der Ferne sah es aus wie ein von dichten Büschen abgegrenztes Waldstück, dunkelgrün, hohe Bäume. Aus diesem Dickicht war von Zeit zu Zeit der schrille, laute Schrei eines Vogels zu hören, der sich verstörend tief in das Gehör bohrte. Diese Schreie hatten mich an den Zaun gelockt. Am Bahndamm hatte ich ein von alten Holundern beschirmtes Loch im rostigen Drahtgeflecht entdeckt. Irgendein Tier hatte sich Zugang zum Park verschafft. »Hier ist es«, sagte ich.

Eine große Spinne, die ein weißes Kreuz auf ihrem Hinterleib trug, saß mitten in ihrem Netz, das sie über das Loch gespannt hatte. Ich zerstörte das Netz mit einem Stock, die starken Fäden rissen mit einem hörbaren Knistern. »Ich mag keine Spinnen«, sagte Marga und schlüpfte, sorgfältig auf ihr Kleid bedacht, als Erste durch das Loch, das ich für sie aufhielt. Wir mühten uns durch dichtes, dornenloses Gebüsch mit roten Ästen, das wild aufgegangen war, und standen mit einem Mal erhitzt im angepflanzten Teil des Parks.

Die rotbraunen Stämme riesiger Bäume erhoben sich in den Himmel, standen wie Säulen um uns her und warfen ihre breiten dunkelvioletten Schattenbahnen in einem geometrischen Muster auf einen kleinen ovalen Platz, der mit rosa Marmorsplitt aufgekiest war. Eine halbrunde Bank aus weißem Kalkstein schlief dort im Sonnenlicht. Falter wirbelten auf wie Herbstlaub. Wir setzten uns für einen Augenblick auf die sonnenwarme Steinbank und blickten über das leicht abfallende Gelände. Schwarzgrüne Zedern senkten und hoben gravitätisch ihre Äste wie Federbüsche, ihr aromatischer Duft wehte herüber zu uns, Tulpenbäume, Mammutbäume, Zypressen traten zu einem wogenden sich im leichten Wind wiegenden exotischen Wald zusammen.

Von dem kleinen Platz führte ein Weg in einem weiten Bogen leicht abwärts nach links in den Park hinein. Die Sträucher und Bäume zu beiden Seiten begleiteten ihn in einem Farbenspiel, das mit olivvioletten Berberitzen und metallisch glänzenden schwarzroten Pflaumen begann, gefolgt von purpurbraunem und satt tiefrotem Ahorn über das kupfrige und bronzene Rot von Buchen und in das flammende, leuchtende Feuerrot von anderen Berberitzen am Ende des Bogens gipfelte und mir den Atem verschlug. Wir setzten unsere Schritte vorsichtig auf den Marmorkies in der Farbe von Wildrosen, der weich wie Ufergeröll knirschte, und Marga blickte in tiefem Staunen um sich. Manche Bäume trugen Blätter wie Hände, die sich nach uns spreizten, Äste griffen zu uns herab. Leise tuschelndes Gezwitscher schwebte in den Sträuchern.

Plötzlich durchschnitt ein gellender Vogelschrei die samtene, vom Rauschen der Zedern erfüllte Stille. Ein blauer Pfau stolzierte mit wippendem Kopf- und Schwanzgefieder über einen kreisförmigen Absatz vor uns und verschwand im Gebüsch. Das Rondell war mit Marmorplatten gepflastert, in denen ein rosa und orangefarbener Rauch aufzuwallen schien, die wir kaum zu betreten wagten. Hier war zum ersten Mal ein Hauch von Verfall wahrzunehmen. Von zwei sich gegenüberstehenden Holzbänken splitterte die weiße Farbe, manche der Platten waren gesprungen, vorjähriges Laub bedeckte an einigen Stellen den Boden. Flache Stufen, die die Rundung des Absatzes aufnahmen, führten weiter abwärts in den Park hinein. Der Weg wandte sich nach rechts. Blattwerk flammte leuchtend rot im Sonnenschein, die Sträucher traten etwas auseinander und gaben den Blick frei auf abzweigende Pfade, die ein Muster aus tief dunkelbraunen verschlungenen Schattenornamenten und perlmutternem Lichtgekringel trugen, öffneten den Blick auf von Baumsäulen gesäumte Sichtachsen, auf Volieren mit bunten Papageien und Sittichen in einiger Entfernung.

Mit einem Mal blieb Marga stehen, nahm meine Hand und ließ sie wieder los. Mit dem Kinn deutete sie auf etwas, das sie ein Stück unterhalb an einem der Nebenpfade sah. Durch das flirrende Laub schimmerten die Schulter und ein Teil des Rückens einer Frau. Offenbar war sie ganz in Weiß gekleidet. Der Kopf war im Schatten verborgen. »Oh Gott, es stimmt doch«, sagte Marga mit einem kaum hörbaren Flüstern. Sie packte mich am Ellenbogen, ihre Fingernägel gruben sich in mein Fleisch. »Komm, lass uns gehen!« Für Momente verschwand der Anblick der Frau ganz im Blattgestöber, dann wurde wieder etwas von dem weißen Rücken sichtbar. Ich wagte nicht zu atmen, hatte aber auch nicht die Kraft, mich umzuwenden und wegzulaufen. Die Frau bewegte sich nicht, in Bewegung war nur das Laub. Sie bewegte sich überhaupt nicht. War das nicht seltsam? »Ich weiß nicht, aber irgendwie ist die nicht echt. Komm!«, sagte ich und war über meinen Mut erstaunt. Ich wagte einen Schritt und dann noch einen. Marga blieb neben mir. Der Kopf der Frau trat aus dem Schatten. Er war vollkommen weiß. Ein locker geschlungener Haarknoten, eine sehr gerade lange Nase, eine freie Stirn. Sie trug ein weites faltenreiches Gewand, das ihr locker über den Arm hing und ihre kleinen Brüste betonte. Sie blickte unverwandt auf einen geraden Pfad, der wie eine Allee einer Höhenlinie entlanglief. Sie war aus Stein. Hoch aufgerichtet stand sie da, in Lebensgröße, wie eine Göttin, im Rücken eine gewaltige nach allen Seiten in den Himmel ausgreifende Eiche. Genau gegenüber am Rand des Schattenkreises, den die Eiche warf, stand mit dem Rücken zu ihr eine identische Figur, die ebenfalls eine Allee in der entgegengesetzten Himmelsrichtung hinunterblickte.

Weiter abwärts führte uns der fliederfarbene Pfad in weitem Bogen wieder nach links. Die roten Sträucher waren verschwunden, die hohen alten Bäume standen lockerer. Das Gelände wurde eben. Zwischen den Stämmen leuchtete ein Springbrunnen. Fasane strichen mit hohlem Krächzen hoch, flogen ungeschickt im Halbkreis davon, um sich im Dickicht am Rand des Parks wieder niederzulassen. In der Mitte eines runden türkisfarbenen Bassins stieg ein in der Sonne glitzernder Wasserstrahl hoch und fiel plätschernd auf die Wasserfläche zurück, auf deren Grund das Mosaik eines dunkelblauen Delfins vom reflektierten Licht immer wieder verwischt wurde. Die rostrote Wölbung einer künstlichen Grotte umfing das Wasserspiel im Hintergrund. Der Putz war mit ganz in Gold gehaltenen Umrissen von fliegenden Vögeln bemalt. Vor dem Brunnen stand eine Steinbank, die genauso ausgeführt war wie die Bank oben am Anfang des Weges. Marga kühlte ihre schlanken Unterarme in dem Bassin, warf ihre Zöpfe auf den Rücken und lachte mich an. »Wunderschön«, sagte sie und setzte sich neben mich auf die Steinbank, auf der gelbe und graue Flechten prangten. Sie hatte einen haarfeinen Sprung. Wir waren ein bisschen erschöpft, und unsere Blicke sanken in das heraufsprudelnde und herabstürzende Wasser. Die Sonne näherte sich bereits den dunklen Wipfeln des Parks.

»Was haben wir denn da für zwei Täubchen?«, sagte eine tiefe Stimme in unserem Rücken.

Wir fuhren herum. Marga nahm meine Hand und hielt sie fest umschlossen. Ein großer, leicht gebeugter Mann in der Latzhose eines Gärtners stand vor uns und hielt eine Schubkarre gefüllt mit einem Spaten, einem Laubbesen und einem Strick zum Anbinden von Sträuchern in den rot behaarten Fäusten. Er trug ein verschmutztes weißes Unterhemd. Ein gräulich weißer Haarkranz stand von seinem kahlen Kopf ab, auf seinen seit Tagen nicht mehr rasierten Wangen sprießten kupferfarbene Haare, unter wirr verwirbelten Brauen stachen kalte blaue Augen hervor.

»Wir sind …«, sagte ich.

»Ihr seid Einbrecher«, sagte der Gärtner und stellte die Karre ab.

»Wir sind aus dem Dorf. Wir wollten bloß mal …«

»Wo seid ihr denn eingestiegen, meine Vögelchen?«, sagte der Riese und trat näher. »Endlich habe ich mal Besuch, wenn auch nur von Einbrechern. Wie viele Jahre ist das her, dass ich Besuch hatte? Tagein, tagaus allein hier in Direktor Pawlows Park, und nie sehe ich einen Menschen. Nicht einmal der Direktor lässt sich jemals blicken. Vielleicht ist er ja schon längst tot. Wer weiß das?«

»Wir waren neugierig auf den schönen Park«, sagte Marga und sah ihm gerade ins Gesicht. Seine kalten Augen behielten uns unbeeindruckt im Blick.

»So, so, neugierig, meine Zeisige. Wenn man schon mal Besuch hat nach all den Jahren, muss man dafür sorgen, dass er ein bisschen bleibt. Findet ihr nicht auch?« Er griff beiläufig nach dem Strick in der Karre.

»Ich zähle bis drei, bei zwei läufst du nach links los und ich bei drei nach rechts«, flüsterte ich neben Margas Ohr.

»Eins.« Der Parkpfleger kam einen großen Schritt näher.

»Zwei!« Marga sprang mit einem Satz an ihm vorbei. Er griff ins Leere.

»Drei!« Er drehte sich schwerfällig zu mir, ich warf die Schubkarre um, das Werkzeug fiel ihm auf die Füße. Er knurrte wie ein Tier. Dann war ich vorbei. Wir liefen bergan auf die große Eiche zu, die sich in den Himmel krallte, Marga mit ein paar Schritten Vorsprung. Der alte Mann schleuderte seinen Spaten nach Marga. Er verfehlte sie knapp. Er hätte sie getötet.

Wir jagten an der Göttin aus Stein vorbei, die weiter starr geradeaus blickte. Hinter uns keuchte der Alte immer heftiger, bis er schon unterhalb der Statuen mit einem entsetzlichen Röcheln stehen bleiben musste, um uns wüste Flüche nachzuschicken. Bänder von Rottönen wehten längs des Weges an mir vorüber, rote Flecken tanzten wie blutige Laken vor meinen Augen. Der Schrei eines Pfaus gellte mir in den Ohren. Die Sonne versank hinter den Wipfeln, lange Schatten überschwemmten den Pfad und tauchten ihn ins Dunkel.

Marga behielt ihren Vorsprung. Ich stolperte und musste für einen Moment schwer atmend Luft schöpfen. »Na los, weiter!«, rief Marga, und ich stürzte hinter ihr her. Marga erreichte den Zaun, ihre Zöpfe hatten sich gelöst, die Haare hingen ihr ins Gesicht. Sie strich sie sich mit einer wütenden Bewegung aus den Augen und hielt den Zaun für mich nach oben. Der Alte schrie irgendwo in dem mit Dunkelheit vollgesogenen Park, das Geheul schien von überallher zu kommen. Dann waren wir draußen.

Ich rang nach Luft, auch Marga atmete heftig, aber wie es schien eher vor Aufregung als vor Atemlosigkeit. Wir setzten uns ins Gras. Marga schlang einen Knoten aus ihrem Haar, ich war gebannt vom Anblick ihres zarten Nackens, ihrer anmutigen Kinnlinie und der Härchen unter ihren hocherhobenen Achseln. Sie wandte mir ihr Gesicht zu und sagte: »Du hast Mumm in den Knochen, auch wenn du kuckst wie ein Trottel.«

13

Ich hielt mir den klobigen, glatten, schwer in der Hand liegenden schwarz glänzenden Hörer ans Ohr, steckte den Zeigefinger in die kreisrunde Aussparung auf der Wählscheibe für die Ziffer vier und drehte sie mit meinem Finger, bis ich an den angenehm kühlen Anschlag stieß, dann ließ ich die Scheibe zurückrattern und steckte meine Fingerspitze in die neun. Nach der drei hörte ich ein Tuten irgendwo in einem riesigen, unvorstellbaren Draußen. Mein Herz klopfte vor Aufregung.

»Wartensteiner«, meldete sich plötzlich eine besorgte weibliche Stimme ganz nah an meinem Ohr.

»Hier spricht Max Schwarz. Kann ich Heinz sprechen?«, sagte ich angespannt.

Das hatte meine Mutter mir eingeschärft: Man meldete sich immer mit vollem Namen, alles andere sei unhöflich und beunruhigend.

»Ach, du bist es, Max. Ich hol ihn. Einen Moment.«

Ich hörte sich entfernende Schritte, weit entfernt krähte ein Hahn, dann trampelten nackte Fußsohlen rasch herbei, ein Stuhl wurde gerückt, und eine vertraute Stimme sagte: »Hallo, Max, Heinz hier. Gut, dass du anrufst. Hab Neuigkeiten.« Die Anspannung fiel ab von mir.

»Ich auch.«

»Schieß los.«

»Die treffen sich. Übermorgen, hinter der Umkleide.«

»Das hab ich auch gehört. Erwin hat es Ralf ins Ohr geflüstert, beim Pissen im Schulklo. Stand daneben.«

»Und, sind dir die Maden auf die Schuhe gekrochen?«, fragte ich lachend.

»Hab sie in den Abfluss gepisst und durch den Mund geatmet. Sagst du Rudi Bescheid? Wir müssen uns treffen. Geht aber erst morgen. Muss zum Zahnarzt. Also, im Hauptquartier, vierzehn Uhr dreißig, morgen.«

»Geht klar.« Ich legte die Hand an die Schläfe wie die Lieutenants der Kavallerie mit ihren riesigen gelben Handschuhen und grinste.

»Bis dann.«

Ich legte den Hörer auf die Gabel. Es klackte, dann war nichts mehr zu hören. Der gewölbte Teil des Hörers war warm und der eingebuchtete mit den neun Löchern war noch für einen Moment feucht von meinem Atem, bevor er wieder trocknete. Ich wischte mit der Handfläche darüber, und mein Herz schlug wieder ruhig.

Ich war der Erste am verfallenen Bahnwärterhäuschen. Ich stieß die schiefe Tür auf und stieg die schmale Holztreppe hoch. Tauben gurrten, schlugen mit den Flügeln. Sonnenlicht fiel durch das Fenster, die Luft roch mehlig nach Staub. Ich zog die Schublade auf, sah die Zeitungsseite, den Rehknochen, das Drahtknäuel, die Kerze und die platt gewalzte Münze unberührt an ihrem Ort. Die Zeichnung an der Wand hatte sich etwas eingerollt. Ich strich sie glatt.

Heinz und Rudi trafen ein. Rudi stürmte die Treppe hoch, seine rötlichen Locken tanzten um seinen Kopf. »Heinz sagt, es gibt Neuigkeiten. Was denn für welche? Geht's endlich los? Sag's endlich!«

»Ruhig Blut, Rudi. Warte, bis Heinz hier oben ist«, sagte ich.

Heinz bückte sich durch die Aussparung im Boden, rückte seine Brille zurecht, streifte gelassen seinen Rucksack von den knochigen Schultern und setzte ihn behutsam auf dem Tisch ab. Er öffnete ihn wortlos und stellte ein altes Armeefernglas und ein rundes schwarzes Ding auf die Holzplatte.

»Außer seinem Splitter im Oberschenkel und seinen Schreianfällen mitten in der Nacht hat mein Vater ja nicht viel aus dem Krieg mitgebracht, außer dem hier, immerhin. Ein gutes Zeiss-Fernglas und einen Kompass«, sagte er.

»Darf ich mal?«, fragte Rudi und griff sich das Fernglas.

»Das Futteral ist leider zerfallen. Pass auf die Linsen auf!«, sagte Heinz.

Ich nahm den Kompass in die Hand und klappte ihn auf. Eine bewegliche Nadel, Ziffern und ein rotes N. »Was kann man damit machen?«, fragte ich.

»Schau!« Heinz nahm mir den Kompass vorsichtig aus der Hand. »Die schwarze Spitze der Nadel zeigt immer in die gleiche Richtung, wie du dich auch drehst. Siehst du? Immer nach Norden. Hier ist ein Ring mit einem roten N. Den verstellst du, bis das N an der schwarzen Spitze ist. Da ist Norden, und hier siehst du W, E und S und eine Gradeinteilung. Jetzt weißt du alle Himmelsrichtungen. Wenn ich sage: Geh dreißig Grad nach Südwesten, was machst du dann?«

Ich nahm den Kompass. »Immer schön genordet halten«, sagte Heinz. Ich hielt den Kompass, wie Heinz gesagt hatte, und wandte mich nach Süden. »Du hast's kapiert«, sagte Heinz.

»Und was ist E?«, sagte ich.

»E für East, Osten. Ist Englisch. Muss den Kompass einem Engländer abgenommen haben.«

»Hey, das ist klasse!«, rief Rudi, der sich unerschrocken auf das staubige Sofa gesetzt hatte und durch das Fernglas blickte. »Wie kann man nur so eine hässliche Nase haben, Heinz!«

»Und jetzt, gib's wieder her«, sagte Heinz.

»Also los, spuckt's aus, was gibt's Neues?«, sagte Rudi voller Ungeduld.

»Die treffen sich. Umkleide, neuer Sportplatz. Morgen Nachmittag«, sagte Heinz.

»Wir sollten uns das anhören«, sagte ich.

»Ja, das sollten wir«, sagte Heinz.

»Dann erfahren wir endlich einmal im Vorhinein, was die Mistkerle vorhaben«, sagte Rudi.

»Einer muss sie belauschen«, sagte Heinz.

»Warum machen wir das nicht zusammen?«, fragte Rudi.

»Zu auffällig«, sagte Heinz.

»Unter der hinteren Sitzbank in der Gästekabine ist ein Loch«, sagte ich.

»Ja, wir haben überall Löcher, nicht wahr, Rudi, sogar auf dem Klo in der Schule«, sagte Heinz und stupste Rudi an der Schulter. Rudi wurde unter seinen rötlichen Sommersprossen rosa.

»Ach Quatsch!«, sagte er.

»Man müsste sich unter die Bank legen, während die sich draußen bereden, und die Ohren spitzen«, sagte ich.

»Ich würd's machen, aber ich bin zu lang. Ich pass da nicht drunter«, sagte Heinz.

»Und ich hör verdammt schlecht«, sagte Rudi.

»Du traust dich nicht«, sagte Heinz und drückte ihm seinen langen dünnen Zeigefinger in das Brustbein. »Ich weiß auch nicht genau, ob ich mich's wirklich trauen würde«, sagte er und grinste Rudi an.

Zwei Jungen sahen mich an.

»Ihr spinnt, das ist echt gefährlich«, sagte ich.

»Ja«, sagte Heinz, »gibt's nichts daran zu deuteln.«

»Also gut, ich mach's«, sagte ich.

Das bin ich dir schuldig.

Heinz war an das Fenster getreten. »Die BR 41 kommt«, sagte er. Im nächsten Moment fächerte das Licht auf, das durch die zerbrochenen Scheiben drang, Rauchwolken verdunkelten die Sonne, und das Stampfen und Donnern des Zuges jagte durch das bröckelnde Gemäuer. Für Augenblicke schien der ganze Raum von diesem ungeheuren Lärm, von der Gewalt der riesigen vorüberfauchenden Maschine emporgehoben in eine Sphäre, in der andere Gesetze galten, in der man sich nur durch Zeichen verständigen konnte, in der die Farben verblassten und Tisch und Stuhl von seltsamen Schatten umweht wurden. Dann war die Lokomotive vorüber, Rauch und Krach wirbelten davon, das Zimmer rückte zurück in den Sommernachmittag, und eine schier endlose Folge von Güterwaggons ratterte unterhalb des Gebäudes vorbei.

»Die bringen die Steinkohle für den Winter«, sagte Heinz. Dann fügte er unvermittelt hinzu: »Noch was, Tschernik hat mich besucht.«

»Was hat er?«, rief Rudi.

»Mich besucht. Kam vorgestern auf den Hof geradelt, einfach so.«

»Und was wollte er?«

»Ihr glaubt's nicht. Hat mich gefragt, ob ich nicht vielleicht bei ihm mitmache.«

»Was!?«

»Doch, hat er, der Drecksack. Hab ihm gesagt, er soll sich verpissen, aber hurtig.«

»Echt nicht zu glauben«, sagte ich.

»Ja, blöd ist er nicht, aber da hat er sich geschnitten.«

»Geschnitten, geschnitten!«, rief Rudi, lief auf Heinz zu, nahm seinen Arm und drückte ihn gegen sein Gesicht. Seine Augen leuchteten.

Ein Windstoß fuhr in die alten Nussbäume am Altersheim, beugte und rüttelte das Geäst, wühlte so heftig in den hoch aufragenden dunkelgrünen Blattmassen, dass deren Schattenbild auf dem hellen Belag der Dorfstraße in einen wirren Tanz verfiel, blähte dann etwas weiter die Straße hinunter die zum Trocknen aufgehängten Bettlaken unter den Apfelbäumen des Pfarrhauses wie Segel, lief in einem lichten Sandwirbel um sich selbst kreisend leichtfüßig unten über den Dorfplatz und verbeugte sich am Ende als Windsbraut mit wehenden Bändern anmutig vor den dunkelgrauen bemoosten Sandsteinwänden der Friedhofsmauer.

Der Pfarrer brachte mit flappenden Rockschößen mühsam seinen ausladenden Körper in seinem rundrückigen Mercedes unter, und eine Hausfrau eilte in ihrer stark gemusterten Nylonschürze mit flatterndem Kopftuch auf die Tür der Bäckerei zu, öffnete sie mit einem hellen Klingeln und verschwand in dem von Wohlgerüchen erfüllten Laden. Ich fuhr auf meinem Fahrrad über den tanzenden Blätterschatten unter den Nussbäumen und überlegte einen Moment lang, ob ich unten beim Bäcker einen runden flachen Amerikaner mit viel Zuckerguss für fünf Pfennig erstehen sollte, entschied mich aber dagegen, weil ich gerade so schönen Rückenwind hatte. Auf der Höhe der Brauerei mit ihren großen Gebäuden aus rauchgeschwärztem Ziegelstein wechselte der Wind die Richtung und wehte mir üppigen Malzgeruch entgegen. Schwerer tretend fuhr ich den von Böen kreuz und quer geriffelten Dorfweiher entlang, passierte das ganz in nachmittäglichen Frieden eingetauchte Feuerwehrhaus und brauste unter wild geschüttelten Bäumen, von denen schräg ein Schauer von welken Blättern wehte, dem Sportplatz entgegen.

Ich war zeitig da, das ganze Gelände lag verlassen und ruhig in der Sonne, aber der Wind fegte die neue rote Aschenbahn und rüttelte am Gestänge der netzlosen Tore des Fußballplatzes. Der Rasen hatte viele gelbe Stellen, es hatte lange nicht mehr geregnet, und im Torraum leuchtete die blanke rötliche Erde. Die kleine vor ein paar Jahren errichtete Holztribüne neben dem Platz war schon längst wieder verzogen vom Wetter, die Bohlen abgetreten, die einfachen Bänke durchgesessen, ihr mit Teerpappe gedecktes Dach knarrte im Wind. Ich versteckte mein Fahrrad unter der Tribüne und rannte auf eine etwas seitlich gelegene Baracke zu. Niemand war zu sehen. Das roh gezimmerte, dunkelbraun mit Holzschutz eingelassene Gebäude, nicht viel mehr als ein Bretterverschlag, stand auf knapp kniehohen Stelzen und bestand aus drei Räumen. Im ersten mit zwei Schlössern gesicherten befanden sich die Gerätschaften des Platzwartes, die Eckfahnen, der Kalkwagen zum Markieren des Feldes, Schaufeln, Rechen und anderes Werkzeug. Die anderen beiden Räume, die man über eine Treppe mit einer Stufe betrat, dienten als Umkleidekabinen für die Mannschaften des Sportvereins und für die Gäste. Niemand hielt es sonst für nötig, die Türen zu den Kabinen abzusperren, aber heute waren sie verschlossen.

Die Rückseite der Baracke lag im Schatten eines großen mit Büscheln unreifer Beeren raschelnden Holundergebüsches, das stark nach Urin roch. Ich lugte um die Ecke und schaute mir diesen Ort für geheime Treffen an. Abgeschirmt von der Baracke auf der einen und dem Gebüsch auf der anderen Seite, war dies tatsächlich ein Ort, an dem man unbeobachtet zusammenkommen konnte. In die Rückwand aus ungehobelten Brettern war in Großbuchstaben, aber mit einem kleinen e das Wort eingeritzt, das auf unbegreifliche, unaussprechliche Weise das Geheimnis des Erwachsenseins auszudrücken schien, und daneben prangte seit Neuestem eine Zeichnung, die entfernt einem großen W glich, aber statt des mittleren Auf- und Abschwungs eine Null mit einem senkrechten Strich in der Mitte vorzuweisen hatte. Heinz hatte angedeutet, dass das Wort und das Zeichen den ganzen verborgenen Ort in ein Geheimnis hüllten, ein Geheimnis, dem, soweit er wisse, nur standzuhalten vermochte, wer nicht mehr am Rockzipfel seiner Mutter hing. Ich spürte davon nichts. Das Einzige hier, das von etwas Geheimem zeugte, waren ein paar platt getretene Zigarettenkippen.

Plötzlich trug der Wind die hellen Stimmen einiger Jungen zu mir herüber. Sie kamen. Ich kroch kurz entschlossen auf dem Bauch in die von staubigen Spinnennetzen versponnene trockene Dunkelheit unter der Baracke, eine Ratte huschte ins Gebüsch. Ich passte gerade so unter den Barackenboden. Ich wischte mir die Spinnfäden aus dem Gesicht und blickte mich um. Glasscherben, eine abgestreifte farblose Schlangenhaut.

Es roch nach Staub, und die ganze Baracke dünstete in der Sonnenwärme den bitteren Geruch des Holzschutzmittels aus, als ein Fahrradreifen nach dem anderen in mein Blickfeld rollte. Glänzende und vor Schmutz starrende Felgen, verbogene und gerade Speichen, angerostete und neue Pedale kamen direkt vor meiner Nase zur Ruhe oder wurden ins Gebüsch gelehnt, ausgetretene Schuhe, rissige Sandalen, heruntergerutschte Socken,

Schienbeine mit blauen Flecken und schon schwärzlichen Pflastern – eine Horde Jungen aus dem Dorf. Ich erkannte sie an ihren Stimmen und sah sie vor mir.

»Dass ihr immer so rasen müsst!«, japste die Stimme von Gregor, dem rundlichen Sohn des Postboten, der immer groß karierte Hemden trug und stark nach Schweiß roch.

»Hey, Tschernik, da ist einer aus der Puste«, lachte Erwin, ein hagerer Junge aus meinem Jahrgang, der wie ich in der letzten Reihe im Klassenzimmer saß, aber in der Wandreihe, sich immer die Hand über die Augen hielt, alle zu beobachten schien und dessen Vater in der Lastwagenfabrik in der Nähe des Dorfes arbeitete. Er trug immer ein verrotztes Taschentuch mit sich, das er mit Freuden bei jeder Gelegenheit herumzeigte.

»Lass ihn in Ruhe, kommt her und haltet die Klappe«, sagte Tschernik mit der tiefsten Stimme von allen, die leicht in eine höhere Tonlage kippte, wenn er sich aufregte. Er war leicht an seinem Schuhwerk zu erkennen, denn er trug als Einziger eine Art halbhoher rissiger Arbeitsstiefel, die ihm sein Vater überlassen haben musste und von denen ich die Rückseite sah. Er stand direkt vor dem Wort und der Zeichnung mit dem Rücken zu mir.

»Bin da. Was gibt's denn, Tschernik?«, fragte die unterwürfige Stimme von Herbert, dem Sohn des alten Jonathan, dem Kriegsversehrten mit der Silberplatte im Schädel, der mich im Winter mit der Axt verfolgt hatte. Herbert hatte bis ins Frühjahr hinein ein großes anklagendes Pflaster auf der Stirn getragen, das aber niemand groß beachtet hatte.

»Na, rate mal«, sagte Tschernik.

»Sie mucken auf, die Verrückten«, sagte Erwin verächtlich.

»Ja, als wir Otto so schön in der Zange hatten. Hey, Tschernik, warum hast du dem Heinz, dem Spargel, nicht die Fresse poliert? Oder hätte ich es machen sollen?«, sagte Ralf, der auch im Sommer dunkle Sachen trug und kein bisschen braun wurde. Er sprach undeutlich. Die Kinder fürchteten ihn, weil er einmal während der Predigt – der Organist vertrat sich auf dem Friedhof die Füße – oben auf der Kirchenempore hinter der großen Orgel den Sohn des Organisten, der den Blasebalg treten musste, im Schwitzkasten fast erstickt hätte.

»Klar hätte ich ihn fertig gemacht«, sagte Tschernik, und seine Stimme schlug bei der letzten Silbe um, »aber der Lehrer Roth hat hergeschaut. Spielen sich da auf, die Schisser, Heinz und Max. Das wird ihnen noch leidtun.«

»Und Rudi«, fügte Herbert hinzu.

»Und Rudi, verdammt«, knurrte Tschernik.

Eine zweite Ratte hatte sich über die Schlangenhaut hergemacht. »Da ist was. Unter der Hütte«, flüsterte Erwin. Die Ratte saß mit gesträubtem Fell im grauen Licht, das durch eine Bodenritze drang, und raschelte mit der getrockneten Haut. Mir lief Schweiß in die Augenbrauen. Da ich nicht wagte, mich zu bewegen, sah die Ratte in mir keine Gefahr.« Ja, ich hör auch was«, rief Herbert. Vorsichtig streckte ich meinen Arm in Richtung des Tieres. »Da muss man mal nachschauen«, zischte Ralf. Jetzt berührte ich sie fast und schlug mit der Handfläche leicht in den Staub. Die Ratte ließ die Haut los und rannte unter der Baracke hervor. »Nur ein Rattenvieh«, sagte Erwin und warf ihr einen Stein hinterher.

»Also, wann kriegen sie einen Denkzettel?«, fragte Ralf.

»Sonntag. Nach der Kirche«, sagte Tschernik, und ein Schuh stampfte in den Dreck.

»Wir trennen sie, wenn sie überhaupt zusammen da sind, lassen Max und Rudi mit einem Fußtritt laufen und drängen Heinz unauffällig in den Schulhof hinter zum Scheißhaus.«

»Und dann gibt's Dresche«, sagte Ralf befriedigt.

Die Jungen hatten gehört, dass angeblich Mia und Pia eine Art Theater im alten Lagerhaus veranstaltet hätten, aber alle hielten das für völlig abwegig. »Die schwarzhaarigen doofen Bohnenstangen doch nicht!« Tschernik raunzte noch ein paar Anweisungen für Sonntag, dann schwangen sie sich auf ihre Räder und weg waren sie. »Wartet auf mich!«, rief Gregor.

Zu Hause rief ich Heinz an, dann ging ich hinüber zu Rudi.

Heinz und Rudi erwarteten mich bereits im Bahnwärterhäuschen. Rudi hatte eine Zeichnung von Kirche, Friedhof, Schule und Schulhof mit allen Treppen und Türen angefertigt, obwohl wir alle dort jeden Winkel kannten, und auf dem Tisch ausgebreitet. Als ich die Treppe hinaufkletterte, beugte sich Heinz gerade mit betont wichtiger Miene über das Blatt und deutete mit dem Zeigefinger auf eine Stelle. Ein Rucksack stand neben dem alten Sofa, die Eidechse an der Wand schien sich neugierig nach mir umzusehen.

»Setz dich hin«, sagte Heinz, als gebührte mir ein Platz auf dem einzigen Stuhl nach dem heil überstandenen Abenteuer unter der Umkleidekabine. Ich setzte mich, zog meine Socken hoch und drehte den Plan zu mir.

»Also, was machen wir?«, sagte ich.

»Wir haben alles schon überlegt. Wir dürfen uns auf keinen Fall trennen lassen«, sprudelte Rudi los.

»Du hast dir doch nicht den Schlaf aus den Augen gewaschen?«, sagte ich und blickte ihn wie erstaunt an.

»Ich hab's ausprobiert, man kann sich die Augen waschen, aber das spielt jetzt doch keine Rolle, verdammt«, sagte Rudi und schüttelte die Frage mit einer Bewegung seiner Locken ab.

»Wie soll das gehen?«, sagte ich und blickte zu den beiden auf. Mit blitzender Brille erläuterte Heinz den Plan.

»Also, die Kirche ist aus. Wir nehmen zusammen den Nordausgang, wo wir uns ja auch immer anstellen müssen.« Er legte seinen Zeigefinger mit den schwarzen Rändern unter den Fingernägeln auf die Stelle. Rudi nickte bekräftigend. »Dann haken wir uns unter und wenden uns auf dem Friedhof nicht wie sonst dem Tor zum Schulhof zu, sondern …«

Der Nachmittagszug donnerte unter dem Häuschen vorbei, Putz rieselte, Tauben schlugen. Wir lächelten uns schweigend an. Heinz tat so, als hielte er die Luft an, bis der Zug vorbei war.

Rudi schrie gegen das Fauchen und Dröhnen an: »Nach Westen.«

»Die BR 23, die schönste Lok. Ja, wir rennen zusammen in Richtung Totenhaus und versuchen, die Treppe runter auf den Platz beim Metzger zu kommen. Da stellen wir auch unsere Räder hin. Und dann schnappt sich jeder sein Rad und fährt in eine andere Richtung davon. Ich fahr ins Dorf runter, das ist am gefährlichsten, aber ich bin der Schnellste von uns«, sagte Heinz.

»Wegen deinen langen Beinen«, sagte Rudi und blickte auf die seinen, die kurz, aber kräftig waren.

»Du fährst geradeaus und versteckst dich auf dem Holzplatz der Schreinerei, und du zischst ab Richtung Bahnhof«, sagte Heinz und bohrte mir seinen Finger ins Brustbein.

»Könnte klappen, wenn wir uns fest unterhaken, solange wir auf dem Friedhof sind. Wenn wir in verschiedene Richtungen davonfahren, bringt sie das durcheinander«, sagte ich.

Die Sonne schien breit durch das Fenster wie die Zuversicht selbst, warf ein gelbes Rechteck und das Abbild des Fensterkreuzes auf die ausgetretenen Dielen, die Schatten von vier kurz behosten Jungenbeinen und der des wackligen Tisches traten scharf hervor, ein dünner Staubschleier schwebte im Licht, und ein Schmetterling flog wieder und wieder gegen die einzige unversehrte Scheibe.

Mir pochte das Blut in den Schläfen, aber ich läutete. Margas Oma öffnete.

»Ich, ich bin der Max. Ist Marga zu Hause?«

»Ich weiß, wer du bist, junger Mann«, sagte Margas Oma und blickte mit wasserblauen Augen auf mich herunter. »Ich habe von dir gehört.«

Sie wischte ihre kräftigen, von der Arbeit krumm gewordenen Hände an ihrer Schürze ab und reichte mir eine zur Begrüßung. Ihr Händedruck war beruhigend und erstaunlich fest. »Komm rein.« Sie ging vor mir her durch den schwach beleuchteten Gang und hatte gar nichts tattrig Großmütterliches an sich. Sie hielt sich aufrecht, ihre faltige Haut am Nacken war von der Gartenarbeit braun gebrannt. Am Hinterkopf trug sie einen straffen weißen Haarknoten, und ich glaubte den gleichen schwachen Duft von Lavendelseife zu riechen, den ich immer in der Nase hatte, wenn ich an Marga dachte. Ihr Kleid war aus dem gleichen Stoff wie Margas.

Marga saß am Küchentisch und machte Hausaufgaben. Durch die Gardinen fiel blaugraues Licht auf den Tisch, den ein mit einem Blumenmuster bedrucktes Wachstuch bedeckte. Ihre dicken Zöpfe glänzten. Auf einem Regal über ihr stand ein respekteinflößendes Radiogerät mit einem messinggefassten grünen Auge und mit großen bernsteinfarbenen Tasten wie aus Wachs. Es dudelte leise gestellt die Schlager der Woche. Die kleine Küche roch noch ein bisschen nach den Bratkartoffeln des Mittagessens, und mir war, als gäbe es auch einen kaum merklichen Unterton vom Gestank des Saustalls auf der gegenüberliegenden Straßenseite. Sie stand auf und gab mir mit einem spöttischen Lächeln die Hand.

»Oh, was führt den Herrn in unsere bescheidene Hütte?«, sagte sie, und ihre braunen Augen leuchteten mich an.

»Ich muss nach den Tomaten sehen«, sagte die Oma hinter mir und war verschwunden.

»Setze er sich doch.«

»Kannst du mit dem Quatsch aufhören? Ich muss dir was sagen.«

»Also, was ist los?«, fragte Marga mit einem Mal ernst, setzte sich wieder und legte ihre schlanken haselnussfarbenen Arme mit dem zarten im Nachmittagslicht golden aufschimmernden Flaum auf den Oberarmen mitten unter die Ranken des Tischtuchs, die eigens und nur dafür gemacht schienen, sie zu bekränzen.

Wie aus Versehen nahm ich eine feinknochige schmale Hand – sie ließ es geschehen – und flüsterte: »Sie wollen uns fertigmachen. Am Sonntag nach der Kirche.«

»Du kannst ruhig laut reden. Stört dich die Musik?«

»Nein, überhaupt nicht. Das ist mein Lieblingslied.«

»›Ich will 'nen Cowboy als Mann‹, merkwürdig.« Wieder floss ein Anflug von Spott über ihre Lippen, pflaumenrote Blickmagneten. »Wer? Die Tschernik-Kerle?«

Sie entzog mir ihre Hand, bog ihre Arme mit leicht eingerollten Fingern vom Körper weg, schob ihre Zunge unter die Unterlippe und bewegte den Oberkörper hin und her. Es fehlte nicht viel und sie hätte noch ein Grunzen ausgestoßen.

»Ja. Ich hab sie an ihrem geheimen Platz belauscht.«

»Fff, der Platz der geheimen Rechtschreibprobleme. Wär ich gern dabei gewesen.«

»Hast du einen Knall? Fast hätten sie mich erwischt. Und dann hätten sie –«

»Also gut, aber du hast's dich getraut.«

Dieser *Ich-sehe-dich*-Blick verdampfte jeden klaren Gedanken in meinem Kopf. Können Gardinen im Rhythmus deines Herzschlags an- und abschwellen, pochen wie die Haut an der Kehle eines Frosches? »Hallo, bist du noch da?« Sie beugte sich über den Tisch, flüsterte in meine kitzelnde Ohrmuschel, die Härchen auf meinem Oberarm stellten sich auf. Ich hätte ihren Hinterkopf umfasst und ihn an mein Gesicht gezogen, wenn ich nicht ein Geräusch auf dem Gang gehört hätte.

Margas Oma trat ein. »Möchtest du ein Glas frisch gemachten Kirschsirup?«, sagte sie gelassen. Ich konnte nur nicken, zu sprechen war etwas unerreichbar Schwieriges geworden. Sie nahm eine Flasche mit dunkelrot schimmerndem Sirup vom Regal und füllte zwei Gläser, die sofort beschlugen, mit Leitungswasser und stellte sie zwischen uns auf den Tisch, dann begann sie das abgespülte Geschirr aufzuräumen. »Ich denke oft an deinen Bruder, dass er so jung hat sterben müssen«, sagte sie und wandte sich halb zu uns um. Mir. Geht. Es. Genauso. Die Worte waren da, aber wie brachte man sie heraus? Ich nahm einen Schluck, und es war vollkommen klar, dass Margas Mund so schmecken würde.

»Ich muss los«, brachte ich schließlich mit Mühe hervor, stand ungeschickt den Stuhl wegschiebend auf und rannte fast auf den Flur hinaus. Marga kam ohne Eile hinter mir her an die Haustür. Ich öffnete sie und trat hinaus in den Sturm aus flutendem Sonnenlicht.

»Tschüs.«

»Tschüs. Gut, dass man es im Vorhinein weiß.«

Ich schob mein Rad über die holprigen Katzenköpfe langsam,

langsam wie in einem Traum den gewölbten Weg hinunter. Vor der geschwungenen Rampe des kleinen Dorfkaufhauses, die mit einer von Tausenden Griffen glänzenden Eisenstange gesichert war, stand ich im stechend hellen Licht und versuchte mich zu erinnern, von welcher Seite ich für gewöhnlich mein Fahrrad bestieg.

Die letzten Orgeltöne hallten im Kirchenschiff wider, während Heinz und ich uns eingekeilt zwischen den Kirchgängern im Sonntagsstaat dem runden Bogen des weit geöffneten Nordtors entgegenschoben. Rudi war nicht gekommen. Von der Empore aus beobachteten uns Herbert und Erwin, die jemand im Dunkel hinter ihnen Zeichen machten. Als wir ins Freie traten, standen Tschernik, Ralf und Gregor und noch ein paar Jungen bereits zwischen den Grabsteinen. Der Falke flog hoch über uns aus einem Loch in dem weißen Ziffernblatt des Kirchturms und stieß einen hellen, rauen Schrei aus. Wolkenschatten wanderten über das Gräberfeld. Wir versuchten uns dicht hinter den Rücken der Männer und Frauen zu halten, die dem Ausgang neben dem Totenhaus zustrebten, aber die Jungen sprangen auf den mit rotlila Platten belegten Weg und drängten sich zwischen uns und die heimwärts Eilenden. Wir hielten uns wie besprochen eingehakt, und der umsichtige Heinz steckte seine Brille in seine Sonntagsjacke, aber den Jungen gelang es, uns unsanft in Richtung Abgang zum Schulhof zu stoßen. Wir hatten keine Chance gegen die Übermacht. Sie schubsten uns unter Gejohle auf den hellen Schulhof, der nach sonnenwarmem Staub und Sand roch, unter den Kirschbaum in der Mitte, der in der Hitze viel Laub abgeworfen hatte. Zwei hängten sich an mich und zwei an Heinz und rissen uns auseinander. Ich hörte ein Knacken in meiner Schulter. Ich konnte niemand mehr erkennen, ich sah nur Hände und grinsende Gesichter. Zwei hielten mich im Schwitzkasten, und zwei andere hatten Heinz unter den Achseln gepackt, während ein Dritter von hinten seinen Kopf mit verschränkten Armen nach unten drückte. Heinz wehrte sich verzweifelt, trat auf die Füße seiner Peiniger und versuchte, seine Ellbogen in ihre Rippen zu stoßen. Es half nichts. Eine unheilvolle Stille erfüllte den Schulhof, als Tschernik auf Heinz zutrat. »Na, du Scheißkerl, wen willst du jetzt verteidigen?«, sagte er und spuckte Heinz an. Übergangslos schlug er ihm mit der Faust ins Gesicht, Heinz' Nase fing an zu bluten. Ralf stieß einen Laut der Befriedung aus. Das Blut rann über Heinz' Kinn auf sein weißes Sonntagshemd. Er hob den Kopf und spuckte Tschernik einen Schwall Blut vor die Füße.

Tschernik holte ein zweites Mal aus, als ich plötzlich eine Stimme hörte. »Lasst ihr den Jungen los, ihr vermaledeiten Feiglinge!«, schrie jemand laut und auf das Äußerste erregt. Dann fuhr der vierschrötige Messner Franke wie ein Eber mit fliegender Krawatte und wirrem Haarkranz unter die Jungen und jagte sie mit Hieben, die er mit der Stange für den Opfersack austeilte, wie Straßenköter auseinander. Die beiden ließen Heinz los, der auf die Knie sank. Ich stieß die beiden weg, die meine Arme umklammert hatten. Tschernik wagte es, Messner Franke entgegenzutreten, der zog ihm, ohne zu zögern, die Stange quer über den Kopf und stieß ihm das Stockende in die Brust. Tschernik wurde bleich und bekam keine Luft mehr. Mit hochrotem Kopf, Schweiß auf der Stirn, die Haare gesträubt, der Kragen aufgeplatzt, wandte sich Messner Franke an die Horde. »Noch jemand?« Ralf warf Erwin einen Blick zu, der unmerklich den Kopf schüttelte. Mit gesenkten Köpfen trotteten die Jungen davon, Gregor und Herbert stützten Tschernik.

Die Mädchen kamen angelaufen. »Messner Franke war noch in der Sakristei!«, rief Charlotte. »Wir haben ihn geholt!« Sie kniete sich neben Heinz und wischte ihm mit ihrem Taschentuch das Gesicht ab.

»Hast du Schmerzen?«

»Geht schon«, sagte Heinz, setzte vorsichtig seine Brille auf und versuchte mit seinen geschwollenen Lippen ein Lächeln.

Oben an der Treppe, die Generationen von Kirchgängern vom Schulhof heraufkommend ausgetreten hatten, war Marga unter dem Torbogen aus Sandstein stehen geblieben. Sie hielt das halbhohe Tor aus schwarzem Schmiedeeisen in den Händen und folgte dem abziehenden Haufen mit ihren Blicken, legte ihren Kopf in den Nacken und lachte.

»Unser Plan hat ja nicht so ganz hingehauen«, sagte Heinz leicht nuschelnd und betastete vorsichtig seine geschwollene Lippe, während er unverdrossen vom zerschlissenen Sofa aus zu Rudi und mir herübergrinste.

Ein bereits ins Grünliche changierender Bluterguss prangte auf seinem Wangenknochen, sein Brillengestell war leicht verbogen, aber die Gläser waren intakt. Rudi saß mit gesenktem Kopf auf dem wackeligen Stuhl. Ich stand neben ihm und hielt meine schmerzende Schulter. Unsere Niederlage lastete schwer wie ein Amboss auf uns. Die Tauben seufzten im Dachstuhl. Ich atmete tief aus und ein, als wäre es möglich, sich so von der Last zu befreien, während Rudi ein mitgebrachtes Blatt auf dem Tisch auseinanderfaltete.

»Noch was zum Aufhängen«, sagte er, ohne aufzublicken.

Heinz trat näher, und wir beugten uns über die Buntstiftzeichnung. Sie zeigte ein blaues Bettgestell, darauf ein großes, wie ein Bauch gewölbtes rosa kariertes Federbett, unter dem ein roter Wuschelkopf bis zur Nase hervorlugte. Schräg über dem Kopf stand in zittrigen Buchstaben: BIBBER.

»Das bin ich am Sonntagmorgen«, sagte Rudi sehr leise, und Tränen traten ihm in die Augen.

Heinz legte seinen langen Arm um die schmalen Schultern des Zeichners, nahm das Blatt, faltete es wieder zusammen und sagte: »Hat ja eh nicht geklappt. Hättest vielleicht auch noch was auf die Fresse gekriegt. Das wär's nicht wert gewesen.«

Er gab mir das Blatt. Ich öffnete die Schublade und legte das Blatt zu dem Zeitungsausschnitt und dem Drahtknäuel, zu der platt gewalzten Münze und der Kerze und dem Rehknochen und sagte: »Ich hatte genauso Schiss. Wir sperren den Bammel jetzt in die Schublade.«

Mit einem Ruck stieß ich die Lade zu. Sie gab ein Ächzen von sich. Ich legte meine Faust auf die warme Tischplatte, wie zufällig taten Heinz und Rudi es mir gleich, und drei sehr unterschiedliche Knabenfäuste berührten sich für einen Augenblick an den Fingerknöcheln. Rudi nahm seine Faust hastig wieder vom Tisch, fuhr sich mit ihr schniefend über die Nase, hob den Kopf und versuchte ein zaghaftes Lächeln. Ich boxte ihm leicht gegen die Schulter, und die Last hob sich von meiner Brust, schwebte hinauf zu den erstaunt gurrenden Tauben und wirbelte davon mit dem Stampfen und Fauchen des Zuges, der das Bahnwärterhäuschen gerade passierte. Heinz ließ sich auf die quietschenden, unterschiedlich nachgebenden Federn des Sofas fallen.

»Die Loks kennt ihr ja inzwischen.«

»Ja, das war eine BR 50«, sagte Rudi und fügte mit tiefer gestellter Stimme hinzu: »89 Tonnen!«. Er sprang auf und ließ sich neben Heinz auf das Sofa fallen.

»So kommen wir jedenfalls nicht gegen sie an«, stellte ich fest.

»Wir müssen uns was Besseres einfallen lassen«, rief Rudi.

»Sie sind immer in der Überzahl«, sagte Heinz, nahm sein Brillengestell ab und versuchte es wieder gerade zu biegen. Prüfend hielt er es in die nach Putz, trockenen Holzbohlen, Taubenmist und Staub riechende Luft. Wie es schien einigermaßen zufrieden, streifte er es sich wieder über seine großen, immer leicht geröteten Ohren.

»Und wenn wir den Tschernik mal eine Zeitlang beobachten. Er muss doch auch mal allein sein«, sagte ich versuchsweise.

»Ihn beobachten, ja!«, sagte Rudi, sprang auf und machte einen Indianer nach, der sich mit der Handfläche die Augen verschattet und grimmig um sich blickt. Jetzt lachten wir.

»Gar nicht so blöd«, sagte Heinz. »Und wenn wir wissen, wo man ihn allein erwischt, dann nehmen wir ihn uns mal vor. Dann vergeht's ihm. Im Endeffekt ist er ja ein Feigling.«

»Ja, das ist klasse«, sagte Rudi begeistert.

»Vielleicht helfen ja die Mädchen mit«, sagte ich.

»Ich hab die Nummer von Charlotte«, sagte Heinz.

Für die Kinder des Dorfes war es keine Schwierigkeit, nach dem Abendessen noch einmal auf die Straße zu gehen, nur wer nach Einbruch der Dunkelheit nach Hause kam, musste sich eine Ausrede einfallen lassen. Familie Tschernik bewohnte eines der alten aus großen erdfarbenen Sandsteinblöcken erbauten Häuser des Dorfes. Der kleine Vorgarten hinter einem schmiedeeisernen Gitter lag im Dunkel, schwarz erhob sich der wuchtige Quader des Hauses in der Nacht, auf eine abgetretene Treppenstufe mit eingelassenem Fußabstreifer fiel trübes Licht aus einer von Faltern umflatterten Glühbirne unter einem verbeulten Schirm über dem Hauseingang. Aus einem einzigen Fenster neben dem

Eingang drang der bläulich weiße Schein von Neonlicht hinaus in die Nacht und warf ein graues Trapez auf die breite Einfahrt zum Hinterhof. In völliger Schwärze lagen da hinten Bienenhäuser, einige Schuppen und der Obstgarten. Eine dünne Mondsichel schwebte im unruhigen Laub der Bäume.

Heinz, Rudi und ich hatten uns am nahen Bahnhof getroffen, gegenüber dem Gebäude in einem Gebüsch, wo Reisende Papiertaschentücher und stinkende Haufen hinterlassen hatten. Wir hatten unsere Fahrräder dort versteckt und uns flüsternd dem Anwesen genähert. Rudi stand Schmiere im Schatten des Hauses, und Heinz und ich öffneten vorsichtig das angelehnte Hoftor und betraten das Grundstück. Mir klopfte das Herz bis zum Hals, Heinz hingegen schien vollkommen ruhig. Gebückt schlichen wir an der Hauswand entlang unter das erleuchtete Fenster. Der Umriss einer Fledermaus, ein Männlein mit weitem Umhang, schoss lautlos durch den Lichtkegel am Eingang und fing einen Falter. Ich hörte deutlich das Geräusch beim Knacken eines Chitinpanzers.

Plötzlich war eine tiefe, laute, angetrunkene Stimme zu hören. »Das nenns du geputze Sstiefel! Ich werde dich lehren, wie man Stiefel putzt!« Der riesige Schatten eines bulligen Mannes hob einen Arm, eine schwarze Schlange zuckte durch die Luft, sauste nieder, und das schmatzende Klatschen eines Lederriemens, der auf nackte Haut trifft, fuhr uns in die Knochen.

»Du Schwein.« Die Stimme von Tschernik zwischen zusammengepressten Zähnen.

»Wwas sags du, du Hundesohn, du Missgeburt!«

Wieder dieses Klatschen, das ich seither immer wieder in meinen Träumen höre, schweres Atmen, Keuchen, wie das eines großen Tieres, und wieder das Klatschen und wieder. Tschernik gab kein Geräusch von sich, wie alle, die regelmäßig geschlagen werden. Ich sah, dass Heinz' Hände zitterten. Er wandte sich zu mir und flüsterte: »Komm, wir hauen ab!« Dabei stieß er einen Blecheimer mit Fallobst um, der unter dem Fenster stand. Der Eimer schepperte auf den Kies, die Äpfel kullerten auf die Einfahrt. Abrupt hörte das Klatschen auf. »Da iss doch wer. Gottverdammte Einbrecher, ich werde euch …«

Wir zögerten keinen Augenblick und rannten auf das Hoftor zu. Unter der Haustür erschien ein großer fetter Mann, der den Türrahmen fast vollständig ausfüllte, mit nacktem Oberkörper, über den sich lederne Hosenträger spannten, einer war etwas heruntergerutscht. Im Licht der Glühbirne glänzte Schweiß auf dem ungeheuren kahlen Kugelkopf und auf den behaarten Schultern. Sein Schatten hatte uns schon fast erreicht. Rudi riss uns das Tor auf, und draußen waren wir. Wir liefen auf das Gebüsch am Bahnhof zu und verbargen uns zwischen den Zweigen. Der Koloss von einem Mann hielt das Hoftor in seinen gewaltigen Fäusten und schrie wüste Flüche in die Nacht hinaus, machte aber in seiner Trunkenheit keine Anstalten, auf die Straße zu treten, die in samtene Dunkelheit gebreitet vor ihm lag. Er wandte sich um, ging schimpfend zurück zum Haus und schlug die Tür zu. Im ersten Stock des wie grob aus der Nacht gehauen wirkenden Hauses, dessen Düsterheit von seinem hohen, steilen rußschwarzen Giebel noch betont wurde, ging in einem kleinen Fenster ein Licht an, und in der plötzlich eingetretenen Stille war ein leises Schluchzen zu hören.

14

Es gab eine Sache, in der war Charlotte viel besser als ich, weil sie einfach so lange Beine hatte, und das war Gummitwist. Wir spielten unser Lieblingsspiel in diesem Sommer immer am Bahnhof vor dem neuen Lagerhaus im Schatten des Vordachs, dort, wo eine Rampe auf gleiche Höhe mit dem Bahnhofswaggon führte. Von dieser etwas erhöhten Stelle aus konnten wir gut die Einfahrt zur Imkerei Tschernik beobachten. Seit Neuestem hielten wir uns jeden Nachmittag nach der Schule dort auf. Das fiel nicht weiter auf, denn es war dies ein beliebter Platz unter uns Kindern. Auf dem Asphalt der Rampe – viele Stellen mit Asphalt hatten wir nicht im Dorf – konnte man mit der Kreide, die Silvie immer klaute, ich hätte es mich nicht getraut, gut die Kästchen für Himmel und Hölle aufmalen. Der alte Waggon stand schon Jahre an dieser Stelle, welche Funktion er im Eisenbahnwesen dieses Landes hatte oder vor dem Krieg gehabt haben mochte, war uns Kindern unbekannt und überdies völlig einerlei. Wenn wir Mädchen einmal etwas Geheimes zu bereden hatten, schoben wir mit vereinten Kräften die Schiebetür mit dem großen abgegriffenen Riegel auf und setzten uns auf den vom vielen Ein- und Ausladen glänzend geschliffenen Stahlboden, und es roch herrlich nach Eisen und Rost.

Verließ Tschernik sein graues Elternhaus, folgte ihm eines der Mädchen in weitem Abstand mit dem Rad, während Charlotte nach Hause radelte und per Telefon Heinz verständigte, der wiederum bei Max anrief, der sich allerdings immer häufiger bereits bei Heinz in der Nähe des Apparates aufhielt. Rudi lungerte in der Nähe des Dorfweihers herum, wo er sich maßlos langweilte, aber er konnte so die Straße überblicken, die nach Westen aus dem Dorf hinausführte. Und natürlich war es nicht schlecht, dass der kleine Wartensteinerhof an der Straße zum südlichen Dorfausgang lag. Das war alles andere als eine lückenlose Beobachtung dieses Kerls, aber es genügte allemal, um sich einen Überblick zu verschaffen.

Marie sah Tschernik beim Fußballspielen auf dem alten Platz und folgte gähnend dem Training der A-Jugend des Vereins, Charlotte erblickte ihn inmitten seiner Horde wie ein aufgeblasener Frosch ins Wasser hüpfend am Fluss unten, Heinz beobachtete, wie ich annehme, stirnrunzelnd, dass er sich jeden Tag einen Amerikaner beim Bäcker kaufte, Silvie schaute zu, wie er in das Gebüsch hinter der Umkleidekabine pisste und sich dann die Hände an den Holunderblättern abwischte. Max stand am wackeligen Lattenzaun an der Rückseite des Obstgartens der Tscherniks und hörte ihn bei der Arbeit an den Bienenstöcken seines Vaters leise schimpfen. Ich ertrug im Kreise meiner Freundinnen am Dorfbrunnen ein Gespräch mit ihm über Bildchen von Fußballern aus Zigarettenschachteln, die er voller Leidenschaft sammelte, und ich ging sogar so weit, einige schwarzweiße Abbildungen dieser erstaunlich gleich aussehenden Sportler zu betrachten. All das ergab keinerlei Ansatzpunkt, ihn einmal allein zu stellen und ihm – ja, was eigentlich? – eine Abreibung zu verpassen, ihn dermaßen zu erschrecken, dass er nie wieder …?

»Für dich«, sagte meine Mutter, und mir kam es so vor, als schwänge in ihrem Lächeln so etwas wie Stolz, etwas wie Freude mit, dass ich neuerdings so oft angerufen wurde.

Ich nahm den kühlen, schweren Hörer nach wie vor mit Ehrfurcht entgegen. »Max Schwarz, hallo.«

»Heinz hier. Charlotte hat was gesehen.«

»Die anderen Mädchen waren nicht dabei?«

»Welche anderen?«

»Marga, Silvie, die Mädchen halt.«

»Kann sein. Tut jetzt nichts zur Sache. Tschernik fährt Honig aus. Mit dem Fahrrad. Zuerst im oberen Dorf, dann fährt er unten an der Brauerei vorbei, biegt nach Westen ab. Rudi müsste ihn gesehen haben, wenn er nicht eingeschlafen ist.«

»Sagt Charlotte.«

»Ja, Charlotte, und jetzt hör auf mit dem Scheiß. Heute Treffen im Hauptquartier.«

»Jawoll, mein Kapitän!«

»Du sollst mit dem Scheiß aufhören.«

»Ich hab ihn gesehen, ich hab ihn gesehen!«, sagte Rudi und sprang vor Aufregung tatsächlich ein, zwei Mal in die Höhe, während er sich den Schlaf aus den Augen wischte.

Staub wirbelte von den breiten Dielenbrettern auf, die Hitze stand in dem leeren Zimmer. Eine Hornisse rumste mit tiefem Brummen unermüdlich gegen eine Fensterscheibe, des zerbrochenen Glases direkt daneben nicht achtend, fiel auf die Fensterbank, streifte sorgfältig ihre Fühler ab und startete aufs Neue. Das Eidechsenbild war mittlerweile schon etwas ausgeblichen, aber das Reptil blickte sich immer noch um und schaute mich an.

»Er kam am Weiher vorbei mit einem Gesicht wie drei Tage Regenwetter. Honiggläser waren in einen Korb am Lenker gestapelt. Er ist dann in das Neubauviertel am Wald abgebogen, ich ihm nach!« Rudi machte eine Pause, bis er sah, dass Heinz anerkennend nickte.

»Und?«, sagte ich.

»Jetzt kommt's. Er klappert dort fast alle Häuser ab, essen scheint's viel Honig, diese Leute. Zuletzt hält er bei der Villa von Fabrikant Uhl, ihr wisst schon, ganz weit draußen, fast schon am Waldrand, wo's so sandig ist.«

»Wissen wir«, sagte Heinz. »Beim Großen Sand.«

»Ist dann schon Abend, zieht sich hin, die Sache, Honig raussuchen, abkassieren, Liste abhaken, irgendwas reden. Und dann.« Rudi blickte triumphierend um sich.

»Mach schon.«

»Dann setzt er sich da in den Sand am Waldrand in den Schatten. Macht Pause. Trinkt was und holt seine Zigarettenbildchen raus. Schaut jedes einzelne an, der Blödmann.«

»Das hast du prima gemacht«, sagte Heinz, »jetzt lass aber mal Luft ab, sonst hebst du uns hier drin noch ab. Und ich weiß nicht, wie wir dich aus dem Gebälk da oben wieder runterkriegen«, fügte er hinzu und grinste mich an. Seine Brillengläser funkelten in der Sonne. Die Tauben wechselten aufgeregt mit den Flügeln schlagend die Plätze, als hätten sie zugehört. »Charlotte hat ihn übrigens auch gesehen da draußen.«

Heinz trat an den Tisch, wischte mit dem Unterarm die Platte ab und holte mit großer Geste einen Bleistift und den Kompass aus seiner Umhängetasche. Er klappte den Kompass auf, legte für einen Moment die Faust an seine Schläfe und begann mit großzügigen Strichen auf die Platte zu zeichnen. »Das ist unser Dorf. Oberdorf, Unterdorf, Norden, Süden. Die Bahn. Der Fluss.

Hier der Wald.« Er skizzierte das mit vollkommener Sicherheit. Rudi und ich traten an den Tisch. »Das hier ist die Route, die er abfährt.« Ich stand dicht neben diesem dünnen Menschen und genoss seinen Ernst. »Jetzt kommt's nur noch drauf an, ob er das regelmäßig macht und ob er am Ende immer hier im Westen« – er machte ein Kreuz an die Stelle am Waldrand – »Rast macht.«

Lehrer Roth hatte mich heute erst spät losgeschickt. Bei der Hitze verzichtete er auf Schokolade. Ich musste stattdessen Kekse mitbringen. Beim Wein war er zu Literflaschen übergegangen. Als ich ins Klassenzimmer zurückkam, war er gerade dabei, den Unterricht für heute zu schließen. Ein bisschen früher als sonst, vielleicht wollte er den Wein nicht warm werden lassen. Mia und Pia hatten an diesem Tag wie so oft am Unterricht für Schreiben und Lesen der unteren Klassen teilnehmen müssen.

Offenbar ging gerade eine Erdkundestunde zu Ende. Auf einem hektografierten Blatt aus schlechtem Papier, das einen unscharfen Kartenausschnitt zeigte, hatten die Viertklässler auf einem trüben Gewirr von Linien mit blauem Buntstift die Flussläufe nachgezogen. »Nur wer den Verlauf unserer Flüsse sicher kennt, kann sich auf einer Karte orientieren. Merkt euch das!«, schnarrte Lehrer Roth von seinem Pult herunter. Er wandte sich der Tafel zu, zeigte uns seinen mageren Rücken und schrieb mit seiner gestochenen Lehrerschrift: Rednitz, Pegnitz, Regnitz. Abrupt wirbelte er herum und zeigte mit dem Rohrstock auf Pia. »Mia! Vorlesen!«

Pia stand auf, und die dunkle Haut am Nacken wurde noch etwas dunkler. »Rednitz«, flüsterte Heinz hinter ihr.

»Es wird nicht eingesagt! Heinz, du schreibst das bis morgen zwanzig Mal ab.«

»Ret-nitz«, sagte Pia tapfer und fuhr dann strahlend fort: »Peck-nitz, Reck-nitz!« Sie setzte sich wieder neben ihre Schwester und schenkte Heinz ihr breitestes Lächeln.

»Aufstehen!«

»Auf Wiederse-hen, Herr Lehrer.«

»Auf Wiedersehen, Kinder.«

In einem einzigen Tumult rannten alle aus dem Klassenzimmer, Lehrer Roth zog sich an seinen hinter der Karte verborgenen Schrank zurück. Ich ließ mir Zeit und begann meine Sachen in den Ranzen zu packen. Mein hölzernes Federkästchen war in diesem Sommer endgültig ganz mit blaugrünen Tintenflecken getränkt worden. Jemand legte seine Hand auf meine Schulter. Marga. Ich wusste es, ohne dass ich mich hätte umdrehen müssen. Da stand sie, als wäre sie aus der Welt gehoben. Sie trug ein dünnes ärmelloses Kleid, lichtblau, keine Schürze. Sie roch nach diesem endlosen Vormittag in dem stickigen, heißen Schulraum ein bisschen nach Schweiß. Der Anblick ihrer nackten Arme verwirrte mich. Sie sah mich direkt an, die braunen Augen waren klar und ernst. *Ich sehe dich*.

»Kannst ruhig weitermachen.«

Ihr Lächeln ging auf irgendeine Weise vollständig in mich über, floss mir prickelnd durch die Adern und kitzelte meine Schläfenknochen von innen.

»Er ist gestern wieder auf seine Tour gegangen. Er macht sie einmal in der Woche, immer am gleichen Tag«, sagte sie. Marga schwieg für einen Moment, ihre feine Augenbraue hob sich. »Jetzt wird's ernst.«

15

Die Kinder liebten die Badestelle des Viehs unten am Fluss. Wo das Weidengebüsch ans Ufer grenzte, gab es eine freie Stelle. An heißen Tagen soffen die Tiere dort aus dem Fluss und stellten sich manchmal bis zum Bauch ins Wasser, um sich abzukühlen. Heute war weit und breit keine Kuh zu sehen, und eine Kinderschar hatte ihre Fahrräder in das Weidengebüsch geworfen. Alle trugen ihre Badesachen unter der Sommerkleidung, die die Mädchen auf den Gepäckträgern ihrer Räder zusammenlegten und die Jungen einfach ins Gras warfen. »Wer zuerst im Wasser ist!« Die ersten Jungen standen schon bis zu den Waden im Uferschlamm, als die Mädchen den Kleineren noch beim Ausziehen halfen. »Boah, das stinkt!« Die Kühe mussten vor Kurzem hier gewesen sein. Zahlreiche frische grüne Fladen bedeckten den zerstampften schwarzen Morast. Der Schlamm roch immer schwer nach Schlick und faulen Eiern, das war ja gerade ein wichtiger Teil des Vergnügens, aber dies war zu viel. Die Fladen waren noch warm!

»Ich geh wieder raus«, sagte Heinz und wischte sich die nackten Fußsohlen im Gras ab.

Die anderen Jungen taten es ihm gleich, nur ich zögerte. Die Mädchen hatten die Schlammstelle gar nicht erst betreten.

»Komm, wir hauen ab.«

Ellie warf mir einen Blick aus ihren schwarzen Augen zu.

»Ist gut, wir kommen nach. Die paar Kuhfladen sind doch nicht schlimm«, sagte ich und hielt mir grinsend die Nase zu. In wenigen Augenblicken waren alle wieder angezogen, schwangen sich auf ihre Räder und verschwanden auf dem hitzeflirrenden Weg zum Dorf. Das Geschrei verebbte. Über dem Wald zog eine einzelne Gewitterwolke auf, ganz weit oben im Blau sah ich die Sicheln jagender Mauersegler.

Ellie und ich blieben in einer plötzlichen Stille zurück. In den Hufabdrücken der Kühe stand öliges schwarzes Wasser, das einen anderen silberhellen Himmel spiegelte. Der faulige Gestank des Schlamms stand in der Luft. Träges nachmittägliches Vogelgezwitscher. Summen der Insekten. Die Fliegen kehrten zurück, grüngoldene Schmeißfliegen setzen sich auf die Fladen und Myriaden kleiner schwarzer Fliegen ließen sich auf dem Schlamm nieder, der in der Hitze eine dunkelgraue Kruste bekam. Die Weiden bogen sich in einem warmen Lufthauch, der einen Duft nach Minze und das Zirpen der Grillen über die flimmernden Wiesen herantrug und da und dort das hohe Gras schüttelte.

Um die Stille zu spalten, die uns einschloss wie ein Block aus Glas, setzte Ellie mit übertriebenem Ekel einen Fuß in den schmatzenden Schlamm, ein Schwarm Fliegen flog auf.

»Stinkt wirklich. Aber so schön warm«, sagte sie und lachte mich an.

»Macht dir die Scheiße nichts aus?«

»Ach was!«

Sie nahm eine Hand voll Schlamm und warf sie nach mir. Ich war überrascht, sie traf mich mitten auf die Brust. »Na warte!« Ich füllte beide Hände mit triefendem Schlamm und warf ihn nach Ellie. Sie wich nicht aus. Der Schwall klatschte auf ihren Badeanzug. Sie verstrich ihn auf ihrem mageren Körper, als wäre er Badeschaum, und füllte wieder eine Hand mit Matsch und Kuhdung. Wir hüpften lachend und prustend in einem Fliegenschwarm im Morast herum und bewarfen uns mit klatschenden Schlammladungen, bis wir ganz in stinkenden Brei gehüllt waren, der triefend und warm an unseren Körpern herunterrann, während ein Vogel schrill im Gebüsch gegen die Störung protestierte. In der prallen Sonne trocknete der Schlamm schnell auf der Haut und wurde hellgrau. Die Kruste zog an der Haut, an den Härchen, unangenehm, aber noch nicht schmerzend, ein aufregendes Gefühl, dann platzte sie in Risse.

Wir schwammen ruhig mit der kühlenden Strömung, graue Schlammschlieren wehten hinter uns her, und trieben langsam davon. Mit jeder Armbewegung kamen wir mühelos ein viel größeres Stück voran als im stehenden Gewässer, ein herrliches Vorwärtsgetragenwerden. Ellie schwamm voran, quer über das Wasser auf die Brücke etwas flussabwärts zu. Ich spürte beim Schwimmen, wie die Strömung in dicken, ungeheuer kraftvollen, klar unterscheidbaren Strängen an mir zerrte, mich trug, wie kleine Strudel mich in leichte Drehung versetzten, ein Stück mitkreiselnd, dann hinter mir bleibend. Man musste sich tragen und ziehen lassen, durfte nicht gegen die Kraftstränge ankämpfen. Unter den überhängenden Bäumen glitten wir den Fluss hinab, Sonnenlicht fuhr durch das Geäst, verstreute Silbermünzen auf dem dunkelgrünen Wasser. Da und dort leuchtete das Wasser in Kreiseln strömend auf, man konnte rollende Steine auf dem Grund sehen. Die schattigen Stellen rochen anders als die sonnenbeschienenen, dumpfer, undurchdringlicher, verschlossener. Ich füllte meinen Mund mit Wasser, um den algigen Geschmack zu schmecken, aber ich schluckte das Wasser nicht. Am Ufer sah ich Erlenwurzeln, die sich wie vor Feuchtigkeit glänzende schwarze Schlangen aus dem Wasser wanden.

Wir erreichten die Stelle im Schatten des Brückenbogens, wo die Strömung etwas Sand zu einer kleinen Bucht angeschwemmt hatte. Jetzt galt es, der Strömung zu widerstehen, sich nicht vorbeitragen zu lassen. Wir schwammen mit aller Kraft gleich auf quer zur Strömung, die uns weiter flussabwärts trug. Was es für einen Genuss bereitete, die beiden Bewegungen genau so zu dosieren, dass man die angepeilte Stelle erreichte, sich irgendwo festhielt, während die Beine noch ein Stück mitgeschwemmt wurden! In feinem Sand stapften wir ans Ufer, die Knöchel von klarem Wasser umspielt. Ein Schwarm von silbern aufblitzenden, fast durchsichtigen Jungfischen stob über einem auseinanderschwimmenden Schattenschwarm auf dem hellen Sand auseinander.

Ellie ließ sich in den warmen Sand fallen. Ich setzte mich neben sie. Das Wasser roch unter der Brücke algiger, eine leichte Schärfe lag darin. Das Glucksen, Sprudeln und das leise Zischeln der Wellen auf dem Sand hallte leicht unter dem Betonbogen der Brücke wider. Der Fischschwarm sammelte sich vorsichtig wieder in dem klaren, sonnenbeschienenen Wasser der Bucht. Glucksen, immerfort, und Rauschen des Wassers. Licht auf den Stromschnellen, herantreibende Lichtgirlanden, blendend helle Lichtwirbel. Sonnenreflexe wischten flirrend über die Kritzeleien der Kinder auf der rauen Betonwand, die die Narbenkarrees der Gussformen trug wie Nähte, der schlechte Beton verfüllt mit großen Kieseln, die an vielen Stellen herausgefallen waren, glitten über die Roststreifen der Armiereisen und die moosig triefenden Kalknasen durchsickernden Wassers, zitterten im immer gleichen Takt der Wellen, im gleichförmigen Rhythmus des Flusses. Es war, als schlösse sich ein Hohlraum um uns. Unter der Brücke waren wir nicht zu entdecken.

»Ich lass ihn hier trocknen. Er stinkt immer noch.« Mit einer einzigen Bewegung schlüpfte sie aus ihrem Badeanzug. Sie war das erste Mädchen, das ich ganz nackt sah. Mager, langgliedrig, sommerbraune Haut und Leberflecke, der Badeanzug, der sich hell abbildete auf ihren vogelzarten hervorstehenden Rippen, kleine Brüste, große Vorhöfe, leicht erhaben wie umgedrehte Untertassen, kreisrund, hervorgehoben auf der weißen Haut, in der Farbe von geronnenem Blut, die dunkle Stelle zwischen ihren knochigen Schenkeln. »Na los, deine auch!«

Ich zog meine triefnasse, schwarze, schwere, wollene, unangenehm auf der Haut lastende Badehose mit dem Rücken zu ihr im Sitzen aus und warf sie in die Sonne. Ellie hatte sich auf dem warmen hellbraunen Sand ausgestreckt, die Hände im Nacken verschränkt. Ihre leicht behaarten Achseln leuchteten im Schatten unter der Brücke. Ich setzte mich neben sie. Ich konnte den Blick nicht von ihr wenden.

»Schau nicht so.« Ihr scharfer Geruch schwebte über ihr wie ein Schleier und vermischte sich mit dem fischigen Geruch des Flusses. Meine Schläfen pochten.

»Du bist ganz schön braun«, sagte sie.

Ellie setzte sich auf und hielt ihren Unterarm an meinen. »Aber ich bin brauner.«

Ich spürte wie die Wärme ihres Körpers in meinen Unterarm floss. Ich presste meinen Unterarm an ihren, viel länger, als es für einen Vergleich der Hautfarben nötig gewesen wäre. Ich wollte, dass diese Berührung nicht aufhörte. Jetzt erst bemerkte ich ihren Blick. Sie schaute mir, als sei sie erstaunt, gerade in die Augen, und ich sah wieder etwas wie ein Glimmen, ein Flackern in ihren schwarzen Pupillen. Ich setzte mich näher zu ihr. Das war ganz leicht. Unsere Hüften und unsere Schultern berührten sich, die Unterarme hielten wir immer noch aneinandergepresst. Ich drehte mich zu ihr und legte vorsichtig meinen Arm um ihre Schultern, ohne aus ihrem Blick aufzutauchen. Konnte ich das tun? In ihrem Blick war nichts Abwehrendes, immer noch dieses Staunen. Auch Ellie legte ihre Arme um meine Schultern, hüllte mich in ihren Geruch, zog mich mit, als sie sich rückwärts in den Sand sinken ließ. Mit einem Mal löste sie sich aus der Umarmung, zerriss den Blickstrang und legte sich mit ihrer ganzen Länge auf mich. Dieses dünne Mädchen konnte sich mit ihrem ganzen Körper auf mich legen. Sie hielt die Arme an sich gepresst, dass auch sie auf mir lagen. Sie legte ihr Gesicht an meinen Hals, meine Nase vergrub sich im Duft ihrer nassen Haare. Nichts auf der Welt roch so. Meine Hände lagen auf den harten kleinen Backen ihres Hinterns. Sie streckte ihre Arme durch und drehte ihre schmalen Handrücken so, dass sie auf meinen Hüftknochen lagen. Mein Herz hämmerte unter ihrem Herzen, ihre Rippen stießen an meine, ihr Schambein auf meinem, ihre Knie bohrten sich in meine Oberschenkel, die Außenseite ihrer Knöchel berührte leicht und köstlich die Innenseite der meinen. Ihr Gesicht und ihre Arme waren kühl, der Bauch warm auf meinem, etwas wie ein Glutpunkt war zwischen ihren Beinen.

Wir hätten so liegen bleiben können auf dem warmen Sand, im widerhallenden Gluckern und Zischeln des Flusses, unter den wandernden Lichtstreifen auf dem Brückenbogen. Ein Ochsengespann rumpelte über die Brücke. Ich hörte das Stampfen der weichen Hufe, die großen beschlagenen Räder des Karrens knirschten auf dem festgefahrenen Boden. Ich glaubte, das angestrengte Schnauben der Ochsen zu hören, das sich langsam entfernte. Ellie hob einen Hüftknochen etwas an. Ich spürte in der Hand, wie eine der Hinterbacken sich anspannte, und an der Ferse, wie sich ihre Zehen in den Sand bohrten. Sie nahm einfach meinen Schwanz in die Hand, und es geschah wieder dieses Erstaunliche, wie Wochen zuvor in unserem winzigen blauen

Klosett. Er wurde hart und fing an zu pochen. Ellie ließ sich seitlich in den Sand fallen, zog mich im Schwung über sich und nahm mich zwischen ihre Schenkel. Etwas musste jetzt geschehen. Ich wusste genau, wie es hieß. Es war groß in die Rückseite des Bretterverschlages, der am Fußballplatz als Umkleidekabine diente, geritzt: FICKeN. Als Junge musste man verständig grinsend dort vorbeigehen. Aber ich hatte keine Ahnung, was jetzt zu tun war. Entsetzt lag ich auf Ellie. Ich hatte plötzlich das Gefühl, sie wüsste es auch nicht. Sie sah mich abwartend an. Das war zu viel. Ich rollte mich neben sie in den Sand. Für einen Moment lag Ellie schwer atmend mit weit gespreizten Beinen unter der Brücke, kilometerweit entfernt. Dann sprang sie auf. »Du bist doch noch ein Baby!«, schrie sie. »Ich will dich nie mehr sehen!« Sie schnappte ihren Badeanzug, zog ihn an, rannte ins Wasser und entfernte sich mit kräftigen Schwimmzügen gegen die Strömung quer über den Fluss, flink wie ein Otter. Ich saß vor einer triefenden kalten Betonwand, die plötzlich deutlich nach Urin roch. Eine Gewitterfront fraß den Himmel, ein erster Windstoß wühlte hart in den Weiden am gegenüberliegenden Ufer.

Heute würde ich barfuß in meine Sandalen schlüpfen. Sie waren neu, nicht so klobig wie die alten, richtig chic. Aber wenn ich doch in diesem grauenhaften Klassenzimmer wegen der Hitze an den Sohlen schwitzte? Wenn ich etwas hasste, dann war es, in Schuhen zu schwitzen. Also doch die weißen Söckchen. Und los.

»Tschüs, Oma.«

»Ade, Prinzessin.«

Unten am Dorfplatz wartete Charlotte. Sie hatte ihr hübsches lachsrosa Kleid an.

»Ich kauf mir noch einen Amerikaner beim Huber-Beck. Kannst ja schon mal zugehen«, sagte sie.

»Alles klar.« Ich mochte die klebrigen Dinger nicht. Mir war mein Butterbrot mit Zucker lieber, besonders wenn die Butter bei dieser Hitze geschmolzen war.

Ich war zu früh in der Schule, es war noch niemand zu sehen im Treppenhaus. Ich stieg langsam die breiten Holzstiegen hinauf. Die vierte knarrte, wie jeden Tag. Es stank nach altem Bohnerwachs. Oben hängte ich meine Jacke an den Haken, den ich jeden Tag benutzte, an der Leiste neben der Tür zum Klassenzimmer. Irgendetwas stimmte nicht. Ich glaubte, hinter der Milchglasscheibe vor der Ecke, wo Lehrer Roth seit Jahren seine Winterjacke hängen hatte, einen Schatten zu sehen. Blödsinn! Ich drehte mich um und griff nach der Türklinke.

Da packte mich jemand von hinten. »Nein! Lass los, du Idiot!« Er schlang seine Arme um meinen Oberkörper und presste mir die Arme an die Rippen. Sehr fest, es tat weh. Ich schrie noch lauter: »Lass mich sofort los! Max, spinnst du?« Er packte noch fester zu, hielt mich von hinten umschlungen. Sein Kopf war jetzt neben meinem. Er blieb still, schnaufte nur mit zusammengebissenen Zähnen neben meinem Ohr. Hinter meinem linken Schulterblatt pochte sein Herz. Ich wand mich, hüpfte hoch, stieß mich vom Boden ab, versuchte auf seine Füße zu treten. Es half nichts, er war stärker als ich. Wir kämpften verbissen, schweigend. Warum schrie ich nicht lauter? Es war doch Max, der liebe Max. War er verrückt geworden? Wir hatten uns nie wirklich berührt, und jetzt fiel er über mich her? »Lass endlich los, Max, das ist überhaupt kein Spaß. Lass mich!« Statt loszulassen, griff er unter meinen Rock, drückte seine Finger fest auf mein Höschen. Es tat weh. Ich schrie erneut, bekam eine Hand frei und zerkratzte mit meinen Nägeln seinen Handrücken. Ich weinte.

Fröhlich schwatzend näherten sich die ersten Kinder, Lehrer Roth rumorte drinnen bei seinem Kartenständer. Max ließ los.

Ich fuhr herum und hob die Hand, um ihn zu schlagen. Mein Herz raste. Er war kreideweiß, seine Haare klebten schweißnass an den Schläfen. Er blickte mich an, verloren, entsetzt, den Tränen nahe. Ich ließ die Hand sinken. »Du bist so ein Idiot«, sagte ich leise, drehte mich um und rannte die Treppe hinunter, schlängelte mich durch den Schwarm der heraufsteigenden Kinder. Ich schämte mich meiner zerzausten Haare, schämte mich für Max.

»Was ist los?«, fragte Charlotte und blickte sehr erstaunt.

»Nichts. Muss aufs Klo.«

In der stinkenden Mädchentoilette hinten an der Friedhofsmauer wusch ich mir Gesicht und Hände. Ich ekelte mich entsetzlich, als ich die Hautreste unter meinen Nägeln wegbürstete. Ich versuchte, mein Kleid und meine Schürze wieder glatt zu ziehen, was nicht gelang. Als ich mein Haar feststeckte, sah ich in dem trüben, verschmierten Spiegel über dem Waschbecken das fremde Gesicht einer jungen Frau.

Ich werde nie wieder mit ihm sprechen, ich werde ihn nie wieder ansehen.

16

Ich machte ein Feuer, nur ein kleines Feuer, so klein, dass die Flamme in meine hohle Hand gepasst hätte, nur ein kleines Feuerchen, das ich jederzeit wieder austreten könnte, so wie ich es manchmal im Garten entfachte, mit ein paar Streichhölzern im trockenen Gras auf der steilen Böschung des Bahndamms. Blaugelbe Flämmchen zuckten um einen schwarzen Aschekreis, verflochten sich zu einem hellroten Schweif. Ich schloss die Augen, und eine grünlich blasse Flamme brannte für Augenblicke hinter meiner Stirn. Tränen rannen mir die Wangen herunter. *Lass mich los!* Ich öffnete die Augen und sah undeutlich, dass die Flammen sich sternförmig auszubreiten begannen. *Du bist so ein Idiot!* Wäre ich jetzt aufgesprungen, hätte ich das Feuer in wenigen Augenblicken austreten können. Oberhalb des Flammennestes quoll dicker grauer Rauch aus dem Gras, ein leichter Wind trieb mir die Schwaden in die Augen. Ich hustete, meine Tränen flossen mir über das Gesicht, mit ihnen floss meine letzte Kraft. *Du bist doch noch ein Baby!*

Aus dem Rauch sprangen plötzlich in gezackter Linie Flammen, die hell aufloderten und den Qualm verschlangen. Grillen und Heuschrecken sprangen nach allen Seiten davon. Eine Blindschleiche bäumte sich in den Flammen auf und verschwand. Das Feuer fraß sich jetzt in einer Linie sehr schnell den Hang aufwärts. Hitze schlug mir ins Gesicht, ich spürte schlagartig die Kratzer von Margas Nägeln auf meinem Handrücken brennen, Stechpalmenblätter bohrten sich zwischen meinen Schulterblättern in den Rücken, meine Hände zuckten, und die Erstarrung fiel von mir ab. Ich kletterte auf allen Vieren die Böschung hoch und sprang in die kniehohen Flammen. Immer wieder ausrutschend trampelte ich wie wild in Flammen und Rauch, hustend und würgend, völlig verzweifelt. Da und dort gelang es mir, eine Flamme zu zertreten, aber überall waren Glutnester, in die der Wind blies, aus denen vom Wind entfacht neues Feuer an immer neue Orte sprang. *Du Idiot. Schisser, Hosenpisser.* Ich konnte in den dichten Rauchschwaden nichts mehr erkennen, sie nahmen mir den Atem. Vaters spöttisches Gesicht wehte mit den Schwaden heran. *Wo bist du, Vater? Warum lässt du mich allein? Wie sehr hätte ich dich gebraucht.* Hätte ich doch einen Vater.

Der nackte Mann in dem Bottich an der Kirchenwand, unter dem das Feuer brennt, steht ganz ruhig. Überall um mich her sprangen neue Flammen auf, züngelten höher als zuvor. Es war aussichtslos. Ich gab auf, blieb einfach stehen. Wie schnell war man verbrannt? Aufgeben, ja, das alles war zu viel. Ich hatte das Kostbarste, was mir jemals widerfahren war, zerstört. Und ich hatte meinen Bruder getötet. Verbrennen und verschwinden. Die Härchen auf meinen Knien schmolzen und verschmurgelten, meine Schuhe dampften, die Sohlen wurden kochend heiß.

Ich sprang in weiten Sätzen aus dem Feuer heraus, hinunter auf die Straße, die den Bahndamm entlangführte. Ich ging in die Hocke und sah das Feuer wüten. Eine Flammenwalze hatte bereits den Kamm erreicht, schwarze Rauchwolken wirbelten in den Himmel. Der Damm brannte auf seiner ganzen Breite, und der Wind trieb das Feuer nach Osten. Ein Vogelschwarm floh aus aufloderndem Gestrüpp, einige Vögel stürzten brennend in die wabernde Glut. Sollte es doch brennen! Ein paar Birken standen wie unberührt in dem Gewaber, bis sie plötzlich in einer weißen Lohe aufloderten und der Rauch sie verschlang. Das Feuer prasselte, knisterte, brauste und fauchte wie ein Ungeheuer, die Luft flimmerte, Hitzefahnen wehten über den Weg und schlugen mir an die Stirn. Sollte sie doch brennen, diese entsetzliche Welt, in der man die schönsten Tiere in Eimern verrotten lassen durfte, in der alles Schöne zertrampelt wurde, in der sich die Leute die Köpfe einschlugen, in der einer den anderen quälte, in der immer noch ein Krieg herrschte, von dem alle schwiegen, in der ich nicht leben konnte, die ich nicht durchschaute, die nichts war als ein verworrenes Rätsel. Ich erhob mich und rannte weg.

Mit jagendem Herzen stieß ich die Eingangstür auf. In der Küche trank ich mit großen Schlucken ein Glas Milch. Niemand da. In der Toilette im ersten Stock musste ich mich am Waschbecken festhalten, so sehr schwankte ich. Die blau getünchten Wände bogen sich nach innen, die Fußbodendielen hoben und senkten sich in Wellen. Ich hielt meinen Kopf so lange unter den kalten Wasserstrahl, bis ich wieder stehen konnte. Im Spiegel sah ich ein mit Asche verschmiertes, geschwollenes Gesicht. Fassungslose gerötete Augen blickten mich an, die Wimpern und Teile der Augenbrauen waren weggebrannt. Meine Knie schmerzten, eine rosa glänzende Brandblase hatte sich gebildet. Ich zog mich aus, warf meine Sachen in die Wäsche und wusch mich gründlich. Die Knie cremte ich dick mit einer weißen Salbe aus einer dunkelblauen runden Blechbüchse ein.

Mein Zimmer lag friedlich in der Nachmittagssonne, ein helles Trapez lag über der unberührten Decke auf meines Bruders

Bett. Die Fische im Aquarium schliefen in ihrem trüben Wasser, die schönen Molche trieben schwebend bewegungslos mit abgespreizten Beinen, fächelten nur ab und an mit den feinen Hautlappen am Schwanz, durch die Licht fiel. Ich stieß einen tiefen Seufzer der Erleichterung aus. Als ich das Fenster öffnete, um meine verbrannt riechende kurze Lederhose auf das Fenstersims zum Auslüften zu legen, sah ich die schwarze Rauchsäule, die vom Wind gebeugt und zerfranst auf dem Bahndamm langsam nach Osten wanderte. Am Horizont, wo der Himmel gelb und braun wie ein fauler Apfel über den abgemähten Kornfeldern hing, zog ein Krähenschwarm in flackrigem Flug in Richtung des Parks von Direktor Pawlow. Lieber Gott, wenn der Park Feuer finge! Und das Elektrizitätswerk! Brachten die dunklen Wolkenbäuche Regen? Regen, der das Feuer löschen würde?

Ich legte mich ins Bett, zog die Decke über den Kopf und wartete auf Regen. Meine Knie brannten, und meine Augendeckel fühlten sich an wie Schmiergelpapier. Mein Herzschlag flatterte wie ein Vogel im Käfig. Was hatte ich getan? Vielleicht löschte der Regen das Feuer. Ja, der Regen würde den Brand löschen und alles wäre vergessen. Allmählich hörten meine Schläfen auf zu pochen. Aus der Ferne hörte ich das geschäftig rhythmische Puffen einer sich nähernden Dampflok. Ein langer Signalton drang vom Bahndamm herüber, schwoll an, sank ab, wurde im Absinken länger und länger. Er dehnte sich wie ein breites elastisches Band, wehte wie ein Vorhang, eine in sich verschlungene violette Stoffbahn, zum Fenster herein. Heinz und Rudi saßen mir gegenüber auf dem Sitz in dem schlecht beleuchteten Abteil und blickten mich voller Sorge an. Heinz zog das Prisma, das ich ihm geschenkt hatte, aus der Hosentasche und hielt es auf der Handfläche. Das geschliffene Glas leuchtete wie ein Lampe. In seinen Brillengläsern sah man ein Funkengestöber.

Heinz schloss seine Faust um das Glas, und ein regenbogenfarbener Strahl drang zwischen seinen Fingern hervor und wanderte über die Wand des Waggons, die sich ständig veränderte, manchmal flackernd und durchsichtig wie eine Luftspiegelung, dann wieder opak und glänzend wie eine Marmorwand. Rudi sah stolz hoch zu Heinz, wandte dann den Kopf zu mir und nickte mir zu. Jenseits des Mittelganges auf der Bank im gegenüberliegenden Karree saß Marga, ihren Schulranzen umklammernd wie einen kostbaren Besitz. Ihre Schürze war zerknittert, eine Schleife an ihren Zöpfen offen. Sie blickte mich aus ihren dunklen Augen ernst und voller Trauer an. Dann band sie sich sorgfältig und geschickt die Schleife, weiß leuchtend wie ein Wintermorgen, und der Anflug eines Lächelns streifte ihre Lippen. Ihr gegenüber saß im dunklen Anzug mit weißem Hemd mein Vater, die ganze schmale Gestalt, das scharf geschnittene Gesicht, wie eine Zusammenballung von Rauch, flüchtig wie Qualm, der aus schwelenden Scheiten aufsteigt, nicht anwesend und nicht abwesend. Ein Molch so groß wie ein Alligator glitt mit einem eleganten Schlag seines Schwanzes über unseren Köpfen durchs Abteil. Sein orangeroter Bauch leuchtete. Mein Bruder lag im Gepäcknetz, goldglitzernd, ein Schwarm Fische in der Dünung des Zuges.

Was tust du?

Wenn man die Sprache der Bäume erlernt, ist das Rauschen der Nadeln, das Knistern, Schaben und Plappern des Laubes von größerer Wichtigkeit als die Gesten des Gezweiges, das Winken, Deuten und Zeigen.

Sag mir, was wisst ihr über das Verzeihen? Weißt du, es zerreißt mir das Herz. Mein Herz zerreißt. Kannst du mir vergeben? Bitte vergib mir.

Wenn ich ihn töte, vergibst du mir dann?

Ich saß am Küchentisch. Vor mir stand auf dem hellgrauen Kunststoff meine himmelblaue Tasse mit kühler Sauermilch. Ich blickte aus dem Fenster und sah in einiger Entfernung die Rauchsäule, die ein großes Stück weitergewandert war, in die tief hängenden Wolken steigen. Es war schwül und heiß, aber es hatte nicht geregnet. Meine Mutter setzte sich zu mir an den Tisch.

»Ich bin krank, Mama.«

Sie legte mir ihre Hand auf die Stirn und blickte mich mit ihren blaugrünen Augen aufmerksam an. »Du bist heiß. Vielleicht hast du ja ein bisschen Fieber.« Sie strich mir eine Strähne aus der Stirn. Ihre Hand war fest und warm. »Deine Augenbrauen und deine Wimpern sind versengt. Was hast du mit dem Feuer zu tun, Max? Was ist mit deinen Knien passiert?«

»Wir waren dort. Wollten es austreten. Es hat schon richtig gebrannt. Wir konnten nichts mehr machen.«

»Das war sehr dumm.« Sie blickte mich ungläubig an. »Wie seid ihr nur auf so eine Idee gekommen?«

»Man kann es doch nicht einfach brennen lassen, Mama.«

Sie zog ihre Stirn voller Zweifel in Falten. »Und du hast wirklich nichts damit zu tun, Max?«

»Nein, Mama.«

Ich wagte nicht, sie anzuschauen. Ich spürte ihren Blick auf mir ruhen. Eine Fliege setzte sich auf den roten Blechschirm der Küchenlampe. Meine Mutter verscheuchte sie und sagte, als hätte sie einen Entschluss gefasst: »Manchmal fallen glühende Kohlen von der Lok auf die Böschung oder der Rauch trägt Funken mit, dann entzündet sich das trockene Gras. Das kommt im Sommer vor, ab und zu. Du bekommst jetzt jedenfalls ein Pflaster auf die Knie und legst dich ins Bett. Du bleibst zu Hause.« Ein ironisches Funkeln war in ihre Augen getreten. »Trink noch eine Tasse Sauermilch. Ich streich dir ein Butterbrot, ja? Mit Heidelbeermarmelade?«

»Ja, Mama«, sagte ich erleichtert.

»Und deine Hose kommt raus auf die Leine.«

Das Feuer brannte drei Tage lang, fraß sich auf dem Bahndamm immer weiter nach Osten. Manchmal wirbelte der Rauch nur noch in schütteren Strähnen in die zitternde Luft, dann stieg wieder eine dicke schwarze Rauchsäule auf. Es gab keine Versuche, den Brand zu löschen. Solange nur der Bahndamm brannte, drohten dem Wald und dem Park keine Gefahr. Die Schwüle lastete auf den Feldern, auf den Dächern der kleinen Häuser, aber es kam kein Regen. Ich ging nicht aus dem Haus, verkroch mich in meinem Zimmer. Ich lag schwitzend auf meinem Bett, hörte den seltsam gedämpften Stimmen der Kleinen zu, die im Garten spielten, lauschte dem fernen Rattern der Züge, den matten an- und abschwellenden Signalen der Dampfpfeifen, hörte das betäubende Gurren der Tauben im Apfelbaum. Das Sonnenlicht sickerte durch das trübe Wasser des Aquariums, breitete sich über den löchrigen Flickenteppich auf den Dielen aus und troff in verwaschenen, träge kreisenden Kringeln von der hellgrün getünchten Wand hinter meinem Bett. Eine Stechmücke setzte sich mit unangenehmem Sirren auf meinen feuchten Handrücken, und ich sah zu, wie sie sich vollsaugte, wartete, bis der Juckreiz einsetzte. Ich schloss die Augen und sah grauen Nebel. Mir war, als hörte ich jemand verzweifelt schluchzen. War das ich?

Die Flammen kamen zurück. Flammenwände, Haufen von verkohlten geschrumpften Körpern, einsinkende Fassaden, Glut, die aus leeren Fensterhöhlen schlug, Sirenengeheul, glühender

Ascheregen, diese Bilder, die aus dem Schweigen traten, die mich quälten, woher kamen sie? Schweigen, das sich vom Schrecken nährt, von Schuld, aufplatzend, überfließend, ausfließend in Mord und Totschlag von einem Augenblick auf den anderen. Immer aufs Neue hochlodernd aus leergebrannten Hirnen, leerem Frieden, erstickt von rastloser Tätigkeit, verzweifeltem Fleiß. Cognac, Zigarren, Leichenberge. Was hatte ich damit zu tun? Woher kamen diese Bilder? Ich fuhr hoch, setzte mich im Bett auf.

Am dritten Morgen stand die Rauchsäule schon am pflaumenfarbenen Horizont. Ich blieb in meinem Zimmer döste, schlief und träumte. Mein Bruder saß auf meinem Bett, wie er es immer getan hatte, wenn er mir etwas vorlesen oder mir etwas erzählen wollte. Mit dieser wohlvertrauten raschen Bewegung, die nur ihm eigen war, strich er sich seine langen blonden Haare aus den Augen.

Du bist gar nicht da. Du bist weg, einfach weg, für immer. Wie kannst du weg sein und doch hier sitzen? Du bist gar nicht hier, nicht wahr?

Seine Umrisse verschwammen, meine Augäpfel schwammen vor Wasser. Die Strömung zog mich unter das Eis. Mia und Pia sangen: *Du hast ihnen das alles hier angezündet.* Sie klatschten in die Hände. *Wie ist das herrlich, wie ist das wunderbar.* Sie drehten sich in der Strömung, die durchs Zimmer ging, und zogen Ellie hinter dem Schrank hervor. Ihre Augen waren Kohlestücke.

Komm mit, er ist nicht da. Der Widerschein der Feuersbrunst leuchtete durch das kleine Fenster über dem Klo. Sie hob ihren Rock, und da war nichts.

Ellie, da ist nichts. Wozu machen wir das? Es ist nur wegen dir, nur wegen dir, das alles.

Mach endlich was, du musst was machen, du musst, du musst.

Ellie, ich weiß es aber nicht, ich weiß nicht, was ich tun soll.

Du bist so blöd. Sie legte ihren Zeigefinger mit dem schwarzen Rand unter den Nägeln auf mein Schwänzlein, und es hob sich. Sie kicherte. *Weißt du es jetzt?*

Was soll ich wissen, was?

Ellie drehte den Wasserhahn auf und wusch sich ihre Möse. Das Waschbecken war voller toter Molche, eine einzige grauschwarze Masse.

Siehst du nicht, dass ich arbeite? Im Spiegel sah ich Heinz. Blut quoll unter seiner Mütze hervor. Sie hielten ihn, und Tschernik schlug zu, Tscherniks Vater löste seinen Gürtel und schlug zu, mein Vater drückte seine Zigarette aus und schlug zu. *Was habt ihr verbrochen? Seid ihr Mörder wie ich? Was schweigt ihr tot? Mein Bruder, worüber schweigen sie? Schweigen sie auch dich tot? Wie können sie leben inmitten des entsetzlichen Schweigens, inmitten des Entsetzens?*

»Hier, trink etwas, Max. Du bist ja ganz durchgeschwitzt.« Ich spürte die Hand meiner Mutter auf der Stirn. Die Schatten liefen auseinander.

Ich lag auf dem Bett in der reglosen Hitze. Die Türglocke schrillte. Charlotte stand draußen unter dem Balkon. Sie trug ein weißes Kleid und hatte ihr brünettes Haar zu einem Kranz geflochten. Ihre helle Haut leuchtete, kakaofarbene Sommersprossen tanzten unter ihren dunkelblauen Augen. »Ich hab was für dich«, sagte sie ernst. »Hier, ein Brief von Marga«, sagte sie, reichte mir ein kleines Kuvert und blickte mir neugierig ins Gesicht. Noch nie in meinem Leben hatte ich einen Brief bekommen. Ich riss hastig den Umschlag auf und glaubte, Margas saubere Handschrift zu erkennen. Ich wollte begierig zu lesen beginnen, aber

die blaue Tinte war völlig verlaufen, als wäre das Blatt lange im Wasser gelegen. So verzweifelt ich mich auch bemühte, ich konnte nichts entziffern außer der Anrede: Lieber Max. Der aufgeweichte Papierbogen begann sich aufzulösen, Fetzen, getränkt mit verlaufener Tinte, klebten an meinen Fingern. Der Zapfen hämmerte auf die Klingel. Aber ich hatte doch längst geöffnet.
»Max, wach auf! Heinz ist am Telefon.«

17

»Hallo, Max. Heinz hier. Gut, dass ich dich erreiche. Du lässt dich ja nirgends mehr blicken. Was ist los?«

Ich hielt den schweren Hörer in der Hand und blickte durch die Haustür hinaus auf den hellen Hof. Regentropfen prasselten in den festgefahrenen Sand, kleine Kronen aus Wasser spritzten überall auf. Mutter hatte die Haustür und das Küchenfenster aufgelassen, um Durchzug zu schaffen. Der frische aromatische Duft des Regens wehte herein ins Haus und vertrieb die stickige Luft, die mir seit Tagen auf die Brust gedrückt hatte, aus den Räumen.

»Ich war nicht so in der Stimmung, groß rauszugehen. Bei der Hitze.«

»Nicht in der Stimmung, hmm. Aber den Brand hast du mitgekriegt?«

Ich schwieg und lauschte hinaus in die rauschende Leere im Hörer. Leichter Wind wehte Vorhänge von Regen heran, plötzlich wirbelten Notizzettel und Rechnungen von der Kommode auf den Boden des Gangs, und die Küchentür fiel mit einem Knall zu.

»Hey, was war das? Ein Kanonenschlag?« Heinz' Stimme drang munter aus der kühlen Hörmuschel.

»Nein, die Küchentür. Klar hab ich das Feuer gesehen. Ich hab Angst gehabt, dass es auf das Elektrizitätswerk überschlägt.«

»Angst? Ja, das wär ziemlich blöd gewesen. Ist es aber nicht. Und jetzt ist es wahrscheinlich aus, oder?«

Ich legte den Hörer auf die Kommode und öffnete die Küchentür und schaute zum Fenster hinaus. Ich unterdrückte einen Jubelruf, denn es schlängelte sich keine Rauchsäule mehr in den Himmel.

»Max, geht's dir besser?«, fragte Mutter, trocknete sich die Hände an ihrer Schürze ab und legte ihre vom Spülwasser heiße Hand auf meine Stirn. Wie sehr mir diese Berührung guttat!

Ich trat wieder auf den schmalen Gang, der Zugwind zerrte an der Türklinke in meiner Hand, als ich die Tür schloss.

»Heinz? Es ist aus! Das ist schön.«

»Ja, toll. Obwohl es von mir aus noch ein paar Tage hätte brennen können. So ein irres Feuer! Kam wohl von den Loks, die Kohlen, kommt vor.«

»Ja, hab ich auch gehört. Ich bin froh, dass es aus ist. Und ich bin froh. Dass du. Dran bist.«

»Mach keinen Wind. Ist doch nix weiter. Stell dir vor, sie haben vorgestern den Rudi verprügelt. Jetzt ist endgültig Schluss! Wir müssen unbedingt was machen. Jetzt machen wir was.«

Ich nahm den schwarzen Apparat von der Kommode und trat, so weit es die Länge des Kabels zuließ, der offenen Haustür entgegen. Ich sog die Kühle der nach Regen riechenden Luft tief in die Lungen, sanftes Licht strömte durch den Türrahmen herein.

»Wir machen was, Heinz, das ist glasklar. So schnell wie möglich. Ich will den Kerl zwischen die Finger kriegen, der Rudi das angetan hat.«

»Na, das hört sich doch gut an!«, sagte Heinz fröhlich in mein Ohr. »Treffen im Hauptquartier, fünfzehn Uhr dreißig.«

»Ay,e aye, Käpt'n.«

»Hör auf mit dem Scheiß und sag Rudi Bescheid.«

Ein Trupp Spatzen badete wild um sich spritzend in der großen Pfütze vor der Treppe zum Hof.

Ich holte mein Rad aus der Garage und fuhr los. Der Regen hatte aufgehört. An der Spitze jedes einzelnen Blattes des Apfelbaums im Garten hing ein funkelnder Tropfen, die Äste bogen sich unter der Last der unreifen Äpfel. Ich fuhr am Hopfengarten entlang hoch zur Straße ins Dorf. Der Hopfen rankte dicht wie eine dunkelgrüne Wand an den Drähten empor, die in ein zwischen den in der letzten Reihe schräg nach außen geneigten Pfosten gespanntes Drahtgeflecht eingehakt waren. Zwischen den großen fünffingrig gelappten Blättern leuchteten üppig die feucht schimmernden Dolden. Die Hopfenernte war nicht mehr weit. Der herbe Duft der Dolden vermischte sich mit dem belebenden Geruch des feuchten Ackerbodens und dem des trocknenden Belags der Straße in der gereinigten Luft. Die Pfützen blitzten im Gegenlicht und spiegelten, wenn ich sie umfuhr, eine grauweiße Wolkendecke, auf die violettes Geäder bauchige Karos malte. Der schwarze Telefondraht sprang von einer Pfützenscheibe in die nächste.

In rascher Fahrt ging es an Altersheim und Nussgarten vorbei, ein paar grünschalige Nüsse lagen auf der Straße, hinunter zum Dorfplatz. Die Gänse schnatterten hinter den Gattern, wo Kinder Fangen spielten, einzelne Autos glitten an mir vorüber und umfuhren vorsichtig die großen Lachen auf der Hauptstraße des Dorfes. Zwei rundliche Hausfrauen mit Kopftüchern und Einkaufsnetzen standen auf der umlaufenden Rampe des kleinen Kaufhauses und unterbrachen ihr Gespräch, um mir entgegenzublicken. Eine freundliche Stimme rief ihnen durch die offene Tür etwas zu. Gegenüber auf der anderen Seite des Dorfplatzes saßen beim Bäcker auf den Blechsimsen der Schaufenster Ellie und ein paar Mädchen und ließen Kaugummiblasen vor ihren Mündern platzen. Sie kicherten und prusteten, ich aber schaute nicht zu ihnen hin und fuhr mit Absicht durch eine große Pfütze, hob die Füße von den Pedalen, damit meine Schuhe nicht nass wurden, und hoffte, ein Spritzer würde sie erreichen. Ich fühlte mich wie ein Adler, der hoch über den Berggipfeln kreist. Als ich den plätschernden Brunnen passierte, spürte ich den Blick von Ellies schwarzen Augen zwischen meinen Schulterblättern brennen. Es berührte mich nicht. Vor der Brauerei stand ein Pferdefuhrwerk beladen mit dampfender Mälze, die beiden riesigen grauen Kaltblüter stampften mit ihren Vorderhufen ungeduldig auf die Fahrbahn, schlugen mit ihren schwarzen Schweifen, wandten mir ihre im Kummet nickenden Köpfe zu und schnaubten, als ich vorbeiradelte. Der Kutscher in seiner rotbraunen langen Lederschürze stand mit dem hemdsärmeligen Wirt auf der Treppe des Wirtshauses und trank in großen Zügen sein Bier aus.

Auf dem Trampelpfad zum Bahnwärterhäuschen stieg ich ab und schob mein Rad unter den dicht belaubten Eichen hindurch, die immer wieder einen Tropfenschauer aus ihrem Laubwerk fallen ließen. Ein Eichhörnchen sprang über mir von Baum zu Baum und zeterte aus sicherer Höhe auf den Störenfried herab. Weinbergschnecken schleppten erstaunlich rasch ihre Häuser über den Weg. Ich bemühte mich, keine zu zertreten, während ich das näher kommende Haus hell durch das Laub schimmern sah. Über dem Dach kreiste ein Taubenschwarm, flog erneut einen Bogen, wurde für einen Moment im silbergrauen Himmel unsichtbar, drehte dann, jetzt wieder ein weißes und graues

Gestöber, mit knatternden Flügeln bei, und die Vögel landeten in schrägem Anflug wie bei einem militärischen Landemanöver, eine Taube kurz nach der anderen, auf dem durchhängenden First des Häuschens. Die hellblaue Tür stand offen; Heinz und Rudi erwarteten mich.

Ich stieg die schmale steile Holztreppe hoch. Als mein Kopf in der Aussparung in der Decke erschien, sprang Rudi vom Sofa und Heinz vom Stuhl auf, und sie liefen mir freudig entgegen. Sie begrüßten mich mit Schulterknüffen, Rudi packte gar meinen Arm mit beiden Händen, als hätten wir uns Wochen nicht gesehen.

»Mensch, ihr seid wohl übergeschnappt«, sagte ich und lachte.

»Was war los, Max? Wir haben dich nirgends mehr gesehen. Und es hat gebrannt, und wie. Hast du es mitgekriegt?«, sagte Rudi und ließ meinen Arm los.

»Ich war. Mir ging's nicht gut, überhaupt nicht. Ich hab. Krank, ich war krank. Ich bin. So froh, dass ihr da seid«, sagte ich.

Rudi trat einen Schritt zurück und sah mir ins Gesicht. »Wie du aussiehst! Deine Augenbrauen. Und deine Wimpern. Wie ein alter Mann. Was ist passiert?«, sagte er.

»Quatsch, der sieht ganz normal aus. Na ja, bis auf die Wimpern. Schau *dich* doch mal an!«, sagte Heinz.

Rudi trug ein großes mit getrocknetem Blut vollgesogenes Pflaster auf der Stirn. Er hatte blaue Flecken an den Armen und auf den Beinen. »Max, die haben mich auf dem Sportplatz überfallen, die Drecksäcke. Drei gegen einen!« Er senkte den Kopf und wischte sich schnell über die Augen.

Für einen Moment legte ich den Arm um ihn und sagte: »Tschernik. Das kommt nicht noch mal vor, das sag ich dir.« Ich sah Heinz in die Augen. Er nahm seine Brille ab, nickte und betrachtete die Gläser, als dächte er über etwas nach. »Ich habe gestern Charlotte vom Milchhaus nach Hause begleitet.« Rudi sah ungläubig auf. »Wir haben fast nichts geredet, weil mir ums Verrecken nichts einfiel, was ich hätte sagen können. Wir waren schon an ihrem Haus, als sie dann was sagte, das mich doch ein bisschen überrascht hat.«

»Was denn?«, sagte Rudi.

»Nix für dich, tapferer Krieger. Sie sagte, wenn man was Schlimmes gemacht hat, kann man immer noch versuchen, sich zu entschuldigen. Hab ich echt nicht kapiert, weil ich garantiert nix Schlimmes gemacht habe, überhaupt nix, leider. Verstehst du das, Max?«

Er setzte seine Brille wieder auf und sah aus blitzenden Gläsern zu mir herüber. Die Härchen an meinem Oberarm stellten sich auf. Sie gab mir eine Chance.

»Nein, keine Ahnung«, sagte ich, »was Mädchen halt so reden.« Heinz betrachtete mich aufmerksam, Rudi schüttelte den Kopf.

Ein Zug pfiff in der Ferne, stampfte im vibrierenden Fenster unter einer schwarzweiß aufquellenden Rauchwolke ungeheuer schnell heran, hüllte das ganze Haus in Schwaden und heulte im nächsten Moment unterhalb des Zimmers vorbei. Als sich der nach verbrannter Kohle riechende Rauch verzogen hatte, sah ich, dass die Luft in diesem großen leeren Raum ganz verändert schien. Kein Staub im Lichtschein, der durch die Fenster fiel, kein dumpfer Hauch von Mäusepisse und von den verfaulten Matratzen im Erdgeschoss. Der Kohlerauch hinterließ einen metallischen Nachgeschmack im Mund, aber die Luft, die durch die zerbrochenen Scheiben ins Zimmer strömte, war klar und frisch. Heinz trat in die Mitte des Raumes neben den Tisch, langte in seine Hosentasche und hielt sein Prisma auf den ausgestreckten Fingern. Die geneigten Flächen spiegelten im klaren Licht des Nachmittags, ein regenbogenfarbener Fleck zitterte auf der gegenüberliegenden Wand. Ich trug mein Prisma immer bei mir. Ich legte es genau wie Heinz auf meine Handfläche und drehte es so lange im Licht, bis ebenfalls ein bunter Klecks auf der Wand aufleuchtete. Auch Rudi hatte sein Prisma im Hosensack. Das Sonnenlicht fiel durch das an manchen Blattzacken bereits rötlich werdende Laub des großen Ahornbaumes vor dem Bahnwärterhäuschen. Der Schatten von großen Blättern und filigranem Geäst bewegte sich leicht auf der Wand gegenüber dem Fenster, verblasste, verwehte für einen Moment, um im nächsten umso deutlicher hervorzutreten. Durch das Schattengeflacker hindurch leuchteten drei helle Tupfen in den Farben des Regenbogens.

»Morgen!«, sagte Heinz.

Auf dem Heimweg beschloss ich, am Haus von Tscherniks Familie im oberen Dorf nahe dem Bahnhof vorbeizuradeln. Dunst stieg von der trocknenden Straße auf. An der Brauerei ging es steil bergauf, bis ich die Schreinerei erreichte, wo die Kreissägen kreischten und ich in die Straße einbog, die zum Bahnhof führte. Gegenüber dem Kino lag die alte Lagerhalle. Vor einem Prellbock hinter dem Gebäude brütete eine lange Reihe rotbrauner rostiger Güterwaggons in der Hitze des Nachmittags, die die Frische und Kühle des Morgens vollständig aufgesogen hatte. Die Telefonstangen, auf denen wir im Frühjahr gesessen hatten, um Mias und Pias Darbietung zu sehen, waren abtransportiert, aber noch konnte man deutlich ihre Abdrücke im Gras sehen. Der von Unkraut überwucherte Lieferplatz vor der Rampe lag im Schatten ihrer Überdachung aus braun eingelassenen, mit den Jahren schief gewordenen Brettern.

Drei Mädchen aus der Klasse für die älteren Kinder in zartblauen und malvenfarbenen Sommerkleidern lehnten dort an ihren Fahrrädern und waren offenbar dabei, sich voneinander zu verabschieden. Sie steckten für einen Augenblick die Köpfe zusammen, lachten über etwas, das ich nicht sehen konnte, dann strichen sich zwei der Mädchen ihre Röcke glatt, stiegen geübt auf ihre Räder mit der herabgezogenen Längsstange und fuhren davon. Eine blieb zurück. Es war Ellie.

Sie erkannte mich und winkte mich heran. Warum fuhr ich nicht einfach weiter? Ich wünschte nichts weniger als eine Begegnung mit ihr allein, dennoch bog ich ab, querte den holprigen Vorplatz, stieg ab und lehnte mein Rad an einen der Balken, die die Rampe stützten, unter der sich allerhand Abfall, leere Bierflaschen, ein Arbeitshandschuh, eine Stahlfeder im Staub angesammelt hatten. Der Schatten des Vorbaus fiel schräg über die Treppe, die zur Rampe hinaufführte, teilte sie in zwei Hälften, die obere Hälfte lag im Schatten, die untere in der Sonne. In die Schattenhälfte hatte sich Ellie inzwischen gesetzt, leicht nach hinten gebeugt, auf die Ellenbogen gestützt, die auf einer der blank getretenen Stufen aus dicken, breiten Bohlen ruhten. Ihre schmalen langen Handrücken hingen lässig herab. Den Rock hatte sie über die angewinkelten Knie gezogen, die nackten Beine standen mit einem etwas zu großen Abstand in der Sonnenhälfte im orangenen Licht des Spätnachmittags auf einer der unteren Treppen. Das blaue Kleid war ihr zu weit. Ich sah ihre mageren Schlüsselbeine und ihre spitzen Knie, die schmalen Hüften und die dunklen Härchen auf ihren scharfen Schienbeinen und ihren Unterarmen und die vom Schweiß gekräuselten Haare unter ihren entblößten Achseln. Ein blutig aufgekratzter Schnakenstich nässte oberhalb ihres Knöchels. Sie war barfuß in ihren Sandalen.

»Na los, setz dich. Du gaffst mich an wie einen Pavian im Zoo.«

Sie schüttelte sich die dunklen Haare aus dem Gesicht, nahm meine Hand und zog mich neben sich. Der Schatten war angenehm kühl nach der Fahrt bergauf. Ihr scharfer Geruch hing unter dem Vordach. Ich rückte etwas weg von ihr.

Sie bemerkte es und sagte: »Mach dir nicht ins Hemd, ich fress dich nicht.«

Ich sagte nichts.

Sie machte eine Pause und wandte den Kopf zu mir. Ihre schwarzen Augen glommen im Schatten. Mit einer abwesenden Geste strich sie sich ihr Haar hinter das Ohr und sagte: »Ihr wollt was machen gegen diese Pisser, stimmt's? Tschernik.« Sie nickte in Richtung des Hauses in der Nähe des Bahnhofs und verzog verächtlich ihren schmallippigen Mund.

Ich schwieg.

Auf dem kaum sichtbaren Flaum auf ihrer Oberlippe standen winzige Schweißperlen. Sie fuhr sich mit dem Handrücken über Lippen und Nase, um sich den Schweiß abzuwischen, und spuckte aus.

»Das ist gut. Machen inzwischen das ganze Dorf fertig. Und du bist da mit von der Partie?«

»Ja, ein bisschen.«

»Auch wegen deinem Bruder.«

»Ja.«

Sie hatte sich mir jetzt ganz zugewandt und legte mir eine Hand auf die Schulter. »Vielleicht bist du ja doch nicht so ein Würmchen, wie ich dachte.«

Sie grinste und stieß mich leicht gegen die Brust. Sie ließ mich nicht aus den Augen. Etwas wie Stolz stieg in mir auf, Blut schoss mir in die Schläfen.

»Ohne Scheiß jetzt. Das ist klasse. Hätt ich dir gar nicht zugetraut.«

Sie hob ihre Handflächen vor die Brust mit der Andeutung einer Geste der Verehrung. Der rechteckige Ausschnitt ihres zu weiten Kleides stand für einen Moment ab, und ich sah den Ansatz von zwei Halbkugeln, den Leberfleck auf den Schlüsselbeinen. Sie trug kein Unterhemd.

»Und was wollt ihr machen?«, fragte sie so beiläufig, wie man sich nach den Hausaufgaben erkundigt.

Es sprudelte einfach aus mir heraus: »Morgen Abend kriegt er was ab. Wenn er fertig ist mit Honig ausfahren. Wir haben ihn beobachtet.«

»So bald schon. Toll.«

Sie stand auf und stellte sich am Fuß der Treppe in die Sonne und fuhr sich mit beiden Händen durch die Haare. Ich hob den Kopf und beschirmte meine Augen mit der Hand. Sie war wirklich ein dünnes Mädchen, langgliedrig, aber nicht zerbrechlich, einen halben Kopf kleiner als ich. Ihre Haare glänzten im pfirsichfarbenen Sonnenlicht. Sie streckte mir ihren sehnigen Arm entgegen und zog mich hoch von der Treppe.

Für einen Augenblick presste sie sich an mich und flüsterte mir ins Ohr: »Vielleicht komm ich ja mal wieder zum Fernsehen.«

Ich atmete ihren scharfen Geruch ein. Dann leckte sie mir langsam mit ihrer breiten Zunge über Wange und Schläfe, drehte sich mit einem Ruck um, stieg auf ihr Rad und fuhr davon.

Sich entschuldigen, einfach hingehen, läuten und sich entschuldigen. Ich stand morgens vor der zerkratzten, vor langer Zeit braun lackierten Haustür. Die Kirchturmglocke schlug neun

Mal. Ich hob die Hand, um mit dem Daumen auf den abgenutzten Klingelknopf zu drücken, und hielt inne. Aber was sollte ich sagen? Die Säue etwas oberhalb an der Gasse rumorten im Stall, grunzten und quiekten. Gestank wehte aus der offenen Tür in meinem Rücken hinunter auf den Dorfplatz. Einfach verschwinden? Nein. Ich drückte auf den Knopf, ein schrilles Läuten breitete sich jenseits der Tür aus.

Schritte nahten, mein Herz sprang auf und ab. Margas Oma öffnete. Ihre blauen Augen blickten kühl auf mich herab. Sie zögerte und sagte dann: »Komm rein.« Es klang nicht sehr einladend. Sie brachte mich zu der kleinen Küche und öffnete die Tür. »Besuch für dich.«

Marga saß mit einem Buch am Küchentisch, das sie sofort zuschlug, als ich eintrat. Ihre dicken Zöpfe waren straff geflochten, ihre Schürze frisch gebügelt. Die Morgensonne schien rosenrot durch die Gardinen. Sie drehte sich um und schaltete hinter sich das große Radiogerät aus, das gerade noch Frühstücksmusik gedudelt hatte, das grüne Auge sank in sich zusammen, die Beleuchtung der Senderanzeige erlosch.

»Was willst du?«

Ich hatte keine Ahnung, was ich sagen sollte. Ich senkte den Kopf und blieb in der Tür stehen. Die ganze Last der Qual, der drei Tage in meinem Zimmer, als ich gehofft hatte, das Feuer möge verlöschen, senkte sich erneut auf mich herab. Margas Oma schob mich einfach zum Tisch, ich spürte ihre kräftigen Finger auf meinen Schultern.

»Setz dich«, sagte sie mit einer Stimme, aus der keine Freundlichkeit herauszuhören war.

Ich betrachtete das Blumenmuster auf der abwischbaren Tischdecke und begann vorsichtig: »Ich. Das war. Ich will mich. Entschuldigen.«

Auf Margas Stirn standen zwei senkrechte Zornesfalten, ihre braunen Augen funkelten.

»Ich will dich nicht mehr sehen!«

Margas Oma öffnete den neuen blendend weißen, bauchigen Kühlschrank, nahm eine braune Milchflasche heraus, schenkte zwei Gläser ein und stellte sie auf den Tisch. Niemand rührte sie an. Die nahe Kirchturmglocke schlug ungeheuer laut ein Viertel nach. Der Schall des einen Glockenschlags drang durchs Küchenfenster, ebbte schmerzhaft durch meinen Kopf und versetzte die Milch in den Gläsern in eine winzige Bewegung. Danach war es so still in der Küche, dass ich hören konnte, wie sich Margas Oma hinter mir die Hände an ihrer Schürze abwischte. »Ich muss Wäsche aufhängen«, sagte sie leise und zog die Küchentür hinter sich zu.

Margas Zorn stopfte mir die Worte tief in den Rachen zurück. Ich brachte nichts mehr heraus. Die Küchenuhr tickte. Die Stille stand zwischen uns und füllte die Küche bis in den letzten Winkel. Mein Stuhl knarrte. Der Motor des Kühlschranks sprang an und gab ein rumpelndes Geräusch von sich, dann ein tiefes Brummen. Es wirkte wie eine Aufforderung. Marga hob ihr Glas, trank einen Schluck, und ein Milchrand blieb auf ihrer Oberlippe zurück. Sie schleckte ihn mit der Zunge ab. Die Zornesfalten verschwanden, ihr Blick ruhte auf mir, ernst, bitter, aber wie es schien, nicht mehr so erbost.

»Ich hab was für dich.«

Ich langte in die Hosentasche und legte ein Prisma genau in die Mitte zwischen uns auf den Tisch. Es blitzte im Morgenlicht, fing einen Sonnenstrahl ein und zerlegte ihn in die Farben des Regenbogens. Ein bunter Fleck zitterte auf der beigen Küchenkommode.

»Was ist das? Wo hast du das her?«

»Das ist ein Prisma. Man braucht es für Ferngläser. Es kann Lichtstrahlen umlenken und brechen, sagt Heinz. Ich hab's gefunden.«

»Es ist. Wunderschön«, sagte Marga und lächelte.

Sie lächelte! Das verlieh mir den Mut zu sagen: »Ich weiß nicht, was mit mir passiert ist, Marga. Es war wegen. Wegen allem. Ich wollte dir nichts tun, ich wollte dir nicht wehtun. Bitte, verzeih mir. Es ist das. Du bist das. Kostbarste, was ich habe. Ich wollte es nicht zerstören.«

Mir standen heiße Tränen in den Augen, Margas Gesicht verschwamm, das Blumenmuster wellte wie die Stängel von Teichrosen in einem Tümpel, über den ein Windhauch fährt. Wenn sie mir verzeihen konnte, dann. Dann könnte vielleicht auch. Sie zog ein Taschentuch aus der Schürze und reichte es mir.

»Da.«

Der leichte Duft nach Seife und Lavendel. Ich hob den Blick. Marga blieb ernst und nachdenklich.

»Also gut, ich überleg's mir. Und jetzt geh!«

Ich stand auf, schob den Stuhl unerträglich laut auf den Dielen zurück. Für einen Moment hielt ich mich an der Lehne fest und sagte: »Heute läuft was. Heute machen wir es. Wenn Tschernik mit seiner Tour fertig ist, schnappen wir ihn.«

»Heute, lieber Himmel!«, sagte Marga und legte voller Schrecken ihre Finger auf den geöffneten Mund. Sie blieb einfach sitzen, aber sie umschloss das Prisma mit ihrer Faust und sagte: »Du findest allein raus.«

Ich trat auf die Treppe vor der Haustür. Ein Rest von Morgenkühle hing im Schatten des Hauses. Der Dunst im hohen blauen Himmel löste sich auf, gleißend trieb der goldene Wetterhahn auf der Kirchturmspitze durch die klare Luft. Es würde ein heißer Tag werden, der letzte dieses Sommers.

18

Ein Schwarm Stare, der in den Hagebutten und Holunderbeeren am Waldrand gewütet hatte, zeichnete sich deutlich gegen den violetten Himmel voller orange angeflammter Wolken ab und wehte als langes Band, das sich da und dort plötzlich zu dunklen Klumpen zusammenballte wie ein atmendes Organ, auf die grauen Strommasten im Großen Sand am Rande des Dorfes zu, und dann landeten Hunderte von weiß getupften, schwarzblau schimmernden Vögeln tschilpend und knarrend auf den knisternden Hochspannungsleitungen, die die große rotbraune Sandfläche querten, hoch über unseren Köpfen. Unten am Fluss trugen die ersten Pappeln gelbes Laub, die Auwiesen wogten in mattem Grün, und in den Büschen hingen reife Beeren. Der Sommer ging zu Ende.

Wir warfen unsere Fahrräder zwischen dürres scharfschneidiges Gras am Rande der Lichtung und suchten Deckung zwischen den hohen schilfartigen Büscheln. Eine bronzene Blindschleiche brachte sich in Sicherheit; ihr gepanzerter Echsenkopf glänzte in der Spätnachmittagssonne. Vor uns lag ein großes von Sandwellen, die da und dort schütteres Gras auf ihren Kämmen trugen, durchquertes Oval, so groß wie unser Fußballplatz, über dem die Luft von der im Quarz tagsüber gespeicherten Hitze flimmerte. In seiner Mitte wandte sich riesenhaft das Stahlfachwerk eines Strommasten von uns ab. Es schien, als ob der Mast mit den großen Betonblöcken, die den Stahl trugen, auf den Saum des lichten Kiefernwaldes zuschritt, der das Gelände auf der gegenüberliegenden Seite einfasste. Er schleppte im Licht der tief stehenden Sonne seinen scharfen, bizarren Schatten hinter sich her, die Gitterkonstruktion, die klobigen Isolatoren, die durchhängenden Drähte, der breit über die von dumpfem sonnensattem Sandgeruch und würzigem Kieferndu ft erfüllte Fläche fiel, immer wieder zerschnitten von den Wellenkämmen. Einzelne Wurzelstöcke saßen umgeben von rostbraunen Steinbrocken wie Kraken im Sand. Ein leichter, Trockenheit führender Wind kam auf, Grillen schabten auf Chitinpanzern, und die Hochspannungsleitungen, dick wie Taue, knisterten fremdartig.

»Er ist tatsächlich da!«, sagte Rudi leise neben meinem Ohr und wischte sich Schweiß von der Stirn.

»Schsch«, machte Heinz.

Dort drüben unter den jetzt sacht im Wind auf- und abwippenden Kiefernästen saß Tschernik im Sand, offenbar völlig arglos, und sortierte mit gesenktem runden Kopf seine Fussballerbildchen, Strehl, Morlock, Wabra, Morlock, in kurzer Lederhose wie wir, sich ausgiebig in der Kniekehle kratzend. Sein Rad lag neben ihm im Sand, der Korb war leer, alle Honiggläser verkauft. Heinz deutete auf ein Wellental, das schräg auf den Waldrand zulief, dorthin, wo Tschernik sich von seiner Tour ausruhte. Heinz kroch als Erster über den heißen Sand, von einzelnen Schilfgrasbüscheln gedeckt, und glitt in die Rinne. Er winkte, und Rudi und ich folgten. Mein Mund war trocken, als hätte ich eine Handvoll des Sandes geschluckt, ich wagte kaum zu atmen, als wir uns gebückt und immer wieder auf dem Bauch in der Rinne vorsichtig durch ein Gestänge aus Schatten vorwärtsbewegten. Tschernik schien jetzt sogar ein bisschen schläfrig zu werden. Er ließ das Kartenbündel sinken, seine Lider schlossen sich halb. Wir waren nur noch wenige Meter entfernt. Wir hatten ihn. War es so weit? Würde ich den Kerl hier zwischen die Finger bekommen? Mein Herz schlug mir in der Kehle. Heinz gab ein Zeichen, und wir erhoben uns aus der Rinne und kletterten hoch auf den Wellenkamm. Die Sonne stand zimtrot hinter den Kiefern.

Tschernik hob die Lider und blickte uns aus seinen kalten olivgrünen Augen an, unerschrocken, nicht erstaunt, keineswegs überrascht und hellwach. Wir blieben stehen, schlagartig unsicher, die Schuhe voller Sand. Er sortierte in aller Ruhe die Karten zurück in die Schachtel und stand auf, vierschrötig, kahl geschoren, mit großen abstehenden Ohren.

»Was wollt ihr, ihr Pisser?«

Hätte Heinz mich nicht am Arm festgehalten, wäre ich einen Schritt zurückgetreten. Ich bemerkte, dass er auch Rudi festhielt.

Rudi riss sich mit einer aufgebrachten Bewegung los und rief: »Wir haben keine Angst mehr vor dir, Drecksack!«

»Drecksack, mmh, keine Angst mehr, die Hosenscheißer«, sagte Tschernik. Der Satz hatte mit einer Art Knurren begonnen, das letzte Wort hatte Tschernik ausgespien, laut und schneidend.

In diesem Augenblick traten hinter den rußschwarzen, mächtigen Kiefernstämmen im flammenden Gegenlicht Tscherniks Kerle hervor, scharf umrissene Silhouetten, Ralf, grinsend, voller Vorfreude, Erwin, lauernd, Heinz im Auge behaltend, Gregor, der sein Hemd in die Hose stopfte, Herbert, bleich, seit dem Winter mit einer sternförmigen Narbe auf der Stirn, sich im Schatten haltend, und Ellie, die sich aus dem Schatten löste und in diesem zimtenen Licht die kleine Böschung am Waldrand hinunterrannte, Ellie, über den Sand flatternd wie ein dunkles Handtuch, dünn, beweglich, und Tschernik etwas ins Ohr flüsterte.

Jäh flogen die Stare auf, ein tausendflügeliges Rauschen über der Lichtung, ein Luftzug im Gesicht, hinweg über unsere Köpfe, weg über die Wipfel der Kiefern, und Tschernik und ich waren allein auf der Welt.

Tschernik war einen Kopf größer als ich, wurde in den Schultern schon breit, sodass man die Statur seines bulligen Vaters erahnen konnte, die er bald haben würde. Aber auch ich war in diesem Sommer kräftiger geworden.

Ich schlug zu, wahllos, wild, ein Sturm von Schlägen. *Du hast deinen Bruder im Stich gelassen. Du. Hast. Dei-nen. Bru-der. Im. Stich. Ge-las-sen.* Schlag um Schlag. *Du hast.* Seine Nase blutete, seine Unterlippe war geplatzt, er wich zurück. *Du hast meinen Bruder umgebracht.* Wir kämpften wie Straßenköter, unsere Füße wirbelten rötlichen Staub auf, wir droschen in einer roten Wolke, einer um uns kreisenden Lohe aus Staub, aufeinander ein. *Du hast meinen Bruder umgebracht.* Schlag auf Schlag, ich trieb ihn vor mir her.

Im Hagel meiner Schläge bückte Tschernik sich plötzlich und warf mir Sand ins Gesicht. Der Sand brannte in den Augen, und Tschernik traf mich an der Stirn, ich sah nur noch einen purpurnen Nebel. Ich taumelte unter seinen harten, kalt gezielten Schlägen. Die Schmerzfontänen der Treffer auf dem Körper, mein jagender Atem.

In einer Explosion aus kochender Wut sprang ich ihn an, blind, umschlang seinen Leib mit beiden Armen, presste seinen Unterleib an mich und hob ihn an. Er krachte mit dem Rücken in den Sand. Ich sprang auf seine Brust, die Knie auf seinen Oberarmen, schlug ihm ins Gesicht, wieder und wieder.

»Du hast meinen Bruder umgebracht!«, keuchte ich in eines seiner blutverschmierten Ohren. *Du hast.* Wieder schlug ich zu. *Du hast deinen Bruder verlassen.* Ich hob einen Stein aus dem Sand. »Mörder!«

»Nein! Hört auf! Hört sofort auf! Seid ihr völlig verrückt geworden?« Margas Stimme drang wie aus weiter Ferne in mein kochendes Hirn. Ich ließ den Stein sinken. Mein Blut tropfte Tschernik ins Gesicht. Ich hatte mit einem Mal keine Kraft mehr, ließ mich völlig außer Atem auf Tscherniks Brust sinken, der aufgab wie ich und seine Hände auf meinen Rücken legte. Ich rang nach Luft, konnte nicht mehr atmen. Meine Augen tränten vom Sand, niemand würde bemerken, dass ich weinte. Ich lag auf Tscherniks schweißnasser Brust voller Dreck und Blut, die sich wild hob und senkte. Mein Kopf war jetzt sehr nahe an seinem. Ich sah, wie ihm Tränen über die sandverkrusteten Wangen liefen.

Jemand packte meine Schultern und zog mich von ihm herunter. Brillengläser blitzten. Ich lag auf dem Rücken, und ein riesiges Rad rollte in meinem Kopf hin und her, her und hin. Ungeheuer kaltes Wasser spritzte in mein Gesicht, ein Lappen wischte über meine Lider. Ich öffnete die Augen und sah Margas feines, von Zimtlicht beleuchtetes Gesicht.

»Wir haben es zu spät erfahren, von Charlottes Schwester. Wir haben es nicht mehr rechtzeitig geschafft. Hallo, Max, lebst du noch?«

19

Der Bahnhofsvorsteher war in seiner blauen Uniform und mit der roten Schildmütze auf dem Kopf aus dem verglasten Stellwerk auf den Bahnsteig hinausgetreten, hatte seine Kelle gehoben – ein Ruck hatte mich sanft, aber kraftvoll in den Sitz gepresst –, und jetzt drehte der Mann sich langsam rückwärts gleitend weg, während er wie vergeblich zurück zu seinen übergroßen Hebeln eilte. Die Betonbalustrade mit den von Generationen von Reisenden rund ausgetretenen Zwischenräumen zwischen den Pfosten setzte sich in Bewegung, das zum Gleis hin offen stehende Tor wandte sich müde ab, die Kästen mit vertrockneten Geranien nahmen zugleich mit den schneller werdenden Stößen der riesigen roten Räder der zischenden Maschine Fahrt auf, und das erhabene Netzwerk der Fugen zwischen den dunkelrosa Vertiefungen der Ziegel des Bahnsteigs veränderte träge seine Koordinaten. Die große kreisrunde Uhr schwebte in Eile vorüber, und die Rostfahnen des leeren Bahnhofswaggons wehten rasch nach hinten weg. Unten im Dorf drehte der Kirchturm sich um seinen Wetterhahn, und die alte dunkelbraune Lagerhalle mit ihrer bühnenartigen Rampe hatte bereits einiges Tempo aufgenommen, als sie hinter Haselnusssträuchern verschwand.

Auf den roten Kunstledersitzen mir gegenüber saß Marga entgegen der Fahrtrichtung und blickte noch für einen Moment durch das große Zugfenster mit den abgerundeten Ecken. Ihr Gesicht spiegelte sich in der Scheibe, und ihre Pupillen rollten in den Augenwinkel, sprangen zurück und begannen die gleiche Bewegung von vorne. Sie hatte ihre Haare zu einem Zopf geflochten und trug einen dunkelblauen ausgestellten Rock und eine kurzärmlige Bluse mit einem Muster von winzigen Rosen. Sie war das schönste Mädchen der Welt.

»Wie ist es bei dir bis jetzt gelaufen?«, fragte sie und wandte mir ihr klares, an diesem Morgen etwas bleiches Gesicht zu, während sie sich eine leicht krause Strähne aus der Stirn blies, ernst, angespannt. Marga und ich waren die beiden einzigen Kinder aus dem Dorf, die zum dreitägigen Probeunterricht für die Aufnahme an die Oberrealschule in der nahen Kreisstadt geschickt worden waren. Heute war der dritte und entscheidende Tag.

»Ich weiß nicht genau. Die Lehrer sind total anders. Gestern hat einer sich hinter mich gestellt und geseufzt, als ich etwas aufgeschrieben habe, aber dann hat er gesagt: Das wird schon.«

»Ja, manche sind nett, aber man weiß nicht, woran man ist. Jedenfalls verkünden sie heute das Ergebnis.« Die feine Linie ihrer Augenbraue senkte sich in Richtung Nasenwurzel.

Ein halb verfallenes Bahnwärterhäuschen flog vorüber, der Wald war Streifen von Schatten und Licht, der Zug legte sich in eine Kurve, flaschengrüne Wagen mit hellen Blechdächern waren zu sehen, und eine Rauchfahne wehte vor den Fenstern. Die Blätterwand sprang zurück, ein weites sonnenbeglänztes Oval öffnete sich, und eine da und dort dürr gewordene Auwiese, auf der zartlila Felder von Herbstzeitlosen schwammen, drehte sich langsam um einen Punkt, Störche drehten sich mit ihr und zogen vorüber wie auf Schienen, und das breit hin- und herschwingende Band des Flusses leuchtete zwischen den graugrünen Weiden auf.

Ich löste den Blick von der vorüberziehenden Landschaft und sagte: »Du hast mir das Leben gerettet. Du hast mich gerettet. Zwei Mal. Dafür möchte ich. Möchte ich dir danken. Ohne dich wäre ich ersoffen oder durchgedreht.«

»Jetzt übertreibst du aber, gewaltig.«

»Wenn du nicht gerufen hättest, ich. Ich hätte ihn. Und ohne dich wäre ich da nicht rausgekommen, aus diesem. Diesem Loch, diesem Käfig, dass man allein ist, dass es keine Hilfe gibt, dass das alles hier, der ganze Zauber, bloß Lüge ist und Totschweigen. Und Totschweigen ist doch auch töten. Dass jemand einfach ausgelöscht werden kann. Dass sie alles zerstampfen, was schön ist. Dass das Gnadenlose hinter all dem ganz nah ist und immer da.«

»Das stimmt nicht, Max. Das weißt du.«

»Ja, Scheiße, jetzt vielleicht, seit ich dich kenne. Und Heinz.«

»Und Rudi.«

»Ja, klar, Rudi.«

Immer mehr Störche landeten tollpatschig, weiß und schwarz mit den Flügeln schlagend auf der Wiese, staksten steifbeinig umher, die langen spitzen Schnäbel gesenkt, um sich dann von einem Augenblick auf den anderen gleichzeitig in die Luft zu schwingen, der ganze Schwarm, all die großen Vögel fielen seitlich nach hinten weg in einem weiten ansteigenden Halbkreis, ein gutes Dutzend dunkler lang gestreckter Silhouetten mit abgespreizten Flugfedern im perlfarbenen Gegenlicht, dann drehten sie in einer eleganten, herrlich präzisen Bewegung bei, und Vogel für Vogel tauchte mit gestreckten Beinen und abgewinkelten Flügeln erneut in das hohe Gras und begann, sein Gefieder zu richten. Sie übten den Abflug in den Süden. Kiefern traten gleichmütig vors Zugfenster und nahmen rasch Aufstellung, bildeten bald ein dichtes Spalier, durch das weißgelbe Sterne von Sonnenstrahlen stachelten.

»Marga, kann es sein, dass einer uralt ist mit elf?«

Sie hob ihren Kopf und sah mich aufmerksam mit ihrem *Ich-sehe-dich*-Blick an. Dann lächelte sie. »Also, einen kenne ich, der sieht aus wie ein Rentner mit seiner neuen Kniebundhose. Er hat ein Pflaster auf der Augenbraue, und außerdem rutscht sein einer Strumpf.«

Ich bückte mich und zog zum wiederholten Mal den verdammten Strumpf hoch. Wie war meine Mutter nur auf die Idee gekommen, mir so etwas zu kaufen? Marga holte ein in Fettpapier gewickeltes Butterbrot aus ihrer Blechdose.

»Ich muss was essen. Da, beiß mal ab. Ist mit viel Zucker. Außerdem bin ich froh«, sagte sie kauend, »dass dieser alte Mann niemand umgebracht hat.« Sie schluckte und sagte dann leise: »Und dass ich keinen fadenscheinigen Goldschopf mehr hinter ihm stehen sehe.«

»Was kann jetzt noch kommen, Marga?«

»Alles. Es fängt gerade erst an.«

Ich nahm ihre zarten Handgelenke und sagte: »Vielleicht hast du recht.«

Die Burg über der Stadt tauchte aus den Wäldern auf, Fachwerkfassaden flogen vorüber, Gleise schlängelten sich heran. Durchdringend quietschend begann der Zug sein Bremsmanöver. Wir standen auf, hängten uns unsere Ranzen um und traten zusammen mit anderen Prüflingen aus anderen Dörfern auf den Gang zwischen den Plastiksitzen. Es entstand ein bisschen Gedränge, als der Zug mit einem Ruck schließlich gehalten hatte.

»Ich muss dir noch was sagen«, setzte ich, in dem Geschiebe auf Margas weiße Schleife vor mir blickend, an.

»Wir müssen raus. Los, schnell.«

Die Oberrealschule in der nahen Kreisstadt war ein scharfkantiger, zweistöckiger Neubau mit flachem Dach und großen Fenstern. Die Prüflinge versammelten sich in der petrolfarben getäfelten Aula und wurden dann treppauf auf verschiedene Klassenzimmer verteilt, an deren Türen große gelbe Zettel hingen. Marga und ich wurden verschiedenen Zimmern zugeteilt. Es roch hier nicht nach Bohnerwachs und frisch gedämpften Kartoffeln, alles war hell, neu und fremd.

Ich saß mit geschniegelten, scharf gescheitelten, teilweise eine Krawatte tragenden Dorfjungen in einem riesigen sonnendurchfluteten Klassenzimmer. Ein junger Lehrer stand vorne an der Tafel und erklärte irgendetwas, ein älterer schnurrbärtiger saß hinten an der Wand und machte sich Notizen. Locker und freundlich stellte der Jüngere Fragen. Wenn ich etwas wusste, meldete ich mich. Das war alles. Dann durften wir hinaus auf den Pausenhof, wo ein paar schüttere Bäumchen sich aus dem Pflaster quälten. Der Stoff meiner neuen Hose kratzte fürchterlich. Ich sah Marga. Schon hatte sie munter plaudernd einen Kreis aufgeputzter Mädchen in weißen Kniestrümpfen und hellen Kleidern um sich.

Wir bestanden. Es war kaum zu glauben, wie schnell der Zug zurückflog in unser Dorf. Es war, als wären die stampfende Lok und die kurze Reihe der grünen Wagen in der gleichen übermütigen Stimmung wie Marga, die mir gegenübersaß, frisch und sprühend, und mir munter plappernd jede Einzelheit, die sich während des Probeunterrichts zugetragen hatte, erzählte, während ich mich wie betäubt kaum noch erinnern konnte. Vor dem Zugfenster hatte es zu nieseln begonnen, erste Tropfen rannen im Zickzack über die Scheibe. Zwischen schwarzen Masten sank eine Telefonleitung im Bogen ab und schwang sich wieder hoch, wieder und wieder, schneller und schneller. Leichter Dunst hing jetzt über der weiten Auwiese unten am Fluss, und die Störche waren nicht mehr da. Durch die beschlagenen Fenster des Abteils auf der anderen Seite des Gangs jagte eine große braune verwitterte Sechs. Gelbe Blätter wirbelten vorüber. Der Zug näherte sich dem Dorf. Die Schiebetür des Bahnhofswagens stand offen, ein mannshohes dunkles, rotbraunes Loch glitt langsamer werdend ins Fenster, die grauen Pfosten der Balustrade ruckten an mir vorbei. Marga stellte sich auf die Zehenspitzen, hob ihren Ranzen vom messingfarbenen Gepäckträger herunter und rannte fast zum Abteilende. Noch bevor der Zug ganz gehalten hatte – wieder mit einem gellenden Quietschen –, stand Marga bereits auf der untersten Treppe des Waggons. Ein Gepäckwagen blieb vor dem Fenster neben mir stehen.

Auf dem ausgetretenen Bahnsteig, inmitten von rußwirbelndem Rauch, hielt ich sie am Arm fest. »Ich muss los, Oma wartet mit dem Mittagessen. Sie weiß doch noch gar nichts!«

Ich hörte das federnde Klacken des großen Zeigers der Bahnhofsuhr über unseren Köpfen, der eine Minute vorwärtsrückte. »Wir ziehen weg, Marga.«

»Wann?« Sie atmete dieses Wort aus.

»Nächste Woche. Ich sollte bloß noch die Prüfung machen.«

Das Gebälk zitterte nach, Putz rieselte in der Wand, die Tauben ließen sich leise gurrend wieder im Dachstuhl nieder, und Rauch verwehte im westlichen Fenster. »Die BR 50, 89 Tonnen, 1625 PS«, sagte Heinz. Wie federleichte Nussschalen lagen in einer Zimmerecke braune vorjährige Buchenblätter, die der Wind hereingeblasen hatte. Ihr mürber Duft stand in dem kahlen Raum. Staubteilchen sanken durch eine quecksilberne, kaum handbreite, rechteckige Zone aus Sonnenlicht, die schräg über dem Tisch schwebte. Es war noch einmal ein heißer Tag, aber die Nächte waren bereits kälter, und eine trockene Morgenkühle hatte sich unter dem Fenstersims, im Treppenaufgang und in dem verwüsteten Zimmer unter uns gehalten.

Wir schwiegen. Rudi saß mit gespreizten Beinen auf dem Bretterboden, mit dem Rücken an dem zerschlissenen Sofa, und untersuchte einen abgerissenen Riemen an seinen Sandalen. Den Sommer über noch hagerer geworden, seine Sachen schlotterten um seine schmalen Schultern, lehnte Heinz in der Hüfte leicht abgeknickt an der Wand und blickte zu mir herüber, während die Lichtreflexe seiner Brille, die er in den Händen drehte, ein irisierendes Loch in seinen gebeugten Schatten auf der Wand stanzten. Ich hielt die Stuhllehne zwischen den Oberschenkeln, auf denen ein großer schwarzblauer Fleck nicht zu übersehen war, umschlang die Lehne mit schmerzenden Handgelenken, mein Gesicht mit der pochenden Stelle an der Augenbraue in die Armbeuge gelegt, und konnte meinen Blick nicht von dem Blätterhaufen lösen.

»Er hat einfach mein Aquarium ausgeschüttet. Auf den Rasen. Er zieht kein Aquarium um, er doch nicht. Die Fische haben im Gras rumgezappelt. Ich hab sie in eine Honigbüchse voller Wasser eingesammelt. Die jungen waren tot, den Wels hab ich nicht mehr gefunden. Hab sie zum Fluss runtergebracht und schwimmen lassen. Zum Glück hab ich die Molche schon vor ein paar Wochen freigelassen.«

»Deutscher Qualitätshonig. Imkerei Tschernik. Fünf Kilo«, sagte Heinz abwesend.

»Wir ziehen in irgend so einen Vorort der Hauptstadt. Sie haben einen großen Auftrag gekriegt. Wir sollen wieder eine Familie sein, und er ist jeden Tag da. Ich weiß nicht, wie das gehen soll.«

»Tschernik fängt im Werk eine Lehre an als Werkzeugmacher. Ralf und Erwin lernen Kaufmann. Herbert kommt ins Waisenhaus. Alles läuft auseinander. Dann gibt's keine Tschernik-Bande mehr«, sagte Heinz.

Rudi hatte die Untersuchung seines Schuhs ergebnislos abgeschlossen, fuhr sich mit der Hand durch die karottenroten Locken, als wollte er etwas abschütteln, hob den Kopf und strahlte sein gelbzahniges Lächeln. Dann rappelte er sich entschlossen hoch, trampelte über die Dielen, legte seinen Arm um mich und sagte fröhlich von einem zum anderen blickend: »Den Tschernik, den gibt's nicht mehr. Das haben wir geschafft.«

»Und mich gibt's auch nicht mehr. Kannst wieder loslassen.«

»Quatsch. Du ziehst doch bloß weg. Wir besuchen dich, du schreibst uns deine Adresse auf, und dann besuchen wir dich.«

Heinz nahm seine Brille ab und putzte sie zum zweiten Mal. Seine weiß bewimperten Augen waren seltsam klein. »Ich hab was für dich.« Er griff in seinen Rucksack und holte das alte Armeefernglas hervor, das er sorgsam in ein Tuch eingeschlagen hatte. »Kannst du sicher gebrauchen, dort, wo ihr hingeht. Sind zwei Prismen drin«, sagte Heinz und versuchte ein Lächeln.

Ich wischte auf der Tischplatte mit der Hand eine dünne Staubschicht weg von Heinz' Skizze der Dorfstraßen, stand auf, trat an die Wand und zog vorsichtig das Blatt mit der Eidechse, das Rudi gezeichnet hatte, über den Nagelkopf, darauf achtend, dass das sternförmig ausgefranste Loch am oberen Rand sich nicht vergrößerte. Ich umfasste den runden Holzknopf in der Mitte der Tischschublade und zog sie ruckelnd, damit sie sich nicht verkantete, langsam heraus und ließ das Blatt in das hölzerne, sorgsam verleimte Geviert gleiten, zu dem Kreuzworträtsel, das niemals jemand fertig lösen würde, zu der Drahtrolle, die ein sparsamer, lange schon begrabener Bahnwärter aufgewickelt hatte, zu dem platt gewalzten Pfennig, auf den sich ein Hauch von Grünspan gelegt hatte, zu dem Kerzenstummel, den wir nie entzünden würden. Quer über Rudis Bibber-Bild lag der blankweiße Rehknochen. Das Bild hatte keine Bedeutung mehr. Ich nahm für einen Moment den Knochen heraus, der kühl und glatt in der Hand lag, und legte ihn zurück in die Schublade, die den vergangenen Sommer ganz zu enthalten schien und ihn vielleicht noch eine Zeitlang bewahren würde. Dann schob ich sie zu.

20

Regenvorhänge wehten über den Dorfplatz. Zum Glück hatte mir meine Oma vor ein paar Tagen dieses himmelblaue Regencape zum Geburtstag geschenkt. Der ganze Platz war eine einzige große Pfütze, das Wasser spritzte in hohen Bögen zur Seite weg, als ich sie mit dem Rad durchquerte. Meine Schuhe waren schon nass, die Speichen voller Schmutz. Das war mir gleich. Niemand war auf der Straße hoch zum Nussgarten zu sehen außer dem Pfarrer vor dem Pfarrhaus unter einem riesigen grauen Regenschirm, den ihm der Wind fast aus der Hand riss und jetzt umstülpte, sodass er von einer Bö vollständig nass gespritzt wurde, bevor er sich mühsam in seinen Mercedes gewuchtet hatte. Ich hatte ihn doch nicht fluchen gehört, als ich vorbeiradelte? Die Nussbäume bogen und schüttelten sich im Sturm, abgerissene Blätter jagten über das inzwischen fest vernagelte Bunkerloch, wo Max' Bruder gestorben war, ein Schwall praller Nüsse prasselte auf die spiegelnde Straße, einzelne platzten auf. Gelbe Gesichter verschwammen hinter den triefenden Scheiben des Altenheims. Ich fuhr so schnell ich konnte, machte mir nicht die Mühe, die Pfützen auf der Straße neben dem Hopfengarten zu umfahren. Onkel Herberts Hopfen war reif, ich roch ihn trotz der Regenböen, die mich hier oben fast vom Rad bliesen. Dann sah ich den Möbelwagen. Gott sei Dank, sie waren noch da!

Max' Vater saß im Auto und rauchte, Max' Mutter gab den Packern Anweisungen mit der Kleinen auf dem Arm, und Max saß auf der Treppe unter dem Balkon über der Eingangstür und starrte in den Regen, die Arme auf den Knien.

Als ich vom Rad stieg, der Wind blies mir die Kapuze vom Kopf, sprang er auf und lief auf mich zu. Wir standen da im strömenden Regen, mein Zopf hatte sich gelöst, die Schleife war weg, und Max strahlte über das ganze Gesicht. Seine Mutter warf mir einen raschen, freundlich erstaunten Blick zu, dann rief sie: »Vorsicht! Der Spiegel!«, und trat den Packern entgegen.

»Ich hab schon gedacht, ihr seid weg!«

»In einer halben Stunde soll's losgehen, glaub ich aber nicht dran.«

»Max. Ich.« Ich wusste nicht weiter. Das war mir noch nie passiert. Das war neu. Der Regen lief uns über die Gesichter, Max hatte meine Hände genommen, wie er es oft getan hatte im Sommer.

»Ich weiß gar nicht, was ich mitnehmen soll außer den Büchern.«

»Das hier.« Ich holte mein Prisma aus der Rocktasche.

»Oh!«

Max fischte seines aus den Tiefen seines Hosensacks. Wir hielten die Gläser auf unseren Handflächen, Regentropfen perlten über die geschliffenen Flächen, nirgendwo erschien ein Regenbogenfleck. Ich reichte ihm mein Prisma, und er reichte mir seines.

»Max. Ich –«

»Schhh.«

Ich gab ihm einen nassen Kuss auf sein nasses Ohr, und Max sagte: »Du hattest recht, Marga. Es fängt gerade erst an.«

DANKSAGUNG

Ich bedanke mich bei Vivien Klimke und Michael Berwanger für ihr aufmerksames Zuhören.